谨以此书献给如骆驼刺般
生长在这片土地上的人们

骆驼刺

沈思一　著

中国环境出版集团·北京

图书在版编目（CIP）数据

骆驼刺 / 沈思一著. -- 北京：中国环境出版集团，
2022.3
ISBN 978-7-5111-4637-3

Ⅰ.①骆… Ⅱ.①沈… Ⅲ.①散文集－中国－当代②
诗集－中国－当代 Ⅳ.①I217.2

中国版本图书馆CIP数据核字(2021)第243918号

出 版 人	武德凯	
责任编辑	范云平	
责任校对	任　丽	
装帧设计	艺友品牌	

出版发行　中国环境出版集团
　　　　　（100062 北京市东城区广渠门内大街16号）
　　　　　网　址：http：//www.cesp.com.cn
　　　　　电子邮箱：bjgl@cesp.com.cn
　　　　　联系电话：010-67112765（编辑管理部）
　　　　　　　　　　010-67112739（第三分社）
　　　　　发行热线：010-67125803，010-67113405（传真）

印　　刷　北京鑫益晖印刷有限公司
经　　销　各地新华书店
版　　次　2022年3月第1版
印　　次　2022年3月第1次印刷
开　　本　787×1092　1/16
印　　张　23.25
字　　数　303千字
定　　价　76.00元

前言 F o r e w o r d

因工作关系，作者较长时间以来往返于京、新两地，近些年更是工作、生活在新疆。本文集选编自此间写下的日志，因而，在纪事部分篇章中常有时空转换，场景变化之际也给阅读者提供了驰骋思绪的硕大空间。

因书中的文章多为作者近乎即兴速写、一气呵成的随笔和杂谈，像是讲给自己和朋友的絮语，随性随意，有话则长，无话则短，正因为此，保留了原始本真，原汁原味。读者从中可以看到作者对现实、历史、文化、政治的基本态度，以及对新疆的描画与思考。

新疆戈壁滩上的许多植物令人肃然起敬，骆驼刺便是其中尤为独特的一种，它庞大的根系深深扎入地下近百平方米，汲取水分、固守荒漠、以旱抗旱、粗犷顽强、坚韧不拔，它是新疆各族人民大众精神的象征。作者在书中没有对"骆驼刺"大书特书倍加颂扬，但自始至终却贯穿着对"骆驼刺"的敬意。此种风格倒像作者笔下的新疆人：看似对什么都淡淡的、松松的，实在心中有数。这不是作者的故意忽略，实是性情使然——熟识他的朋友们都知道，他自己本身就像是一棵扎根在新疆的骆驼刺，不需要为人所知的骆驼刺。

在选编文章时，作者力求可读性、纪实性、思想性并重，希望透过这本书，增进读者对新疆的了解。本书上半部分是生动的纪事，下半部分偏于冷静的思考，风格有异，然精神底色一致。

本书在出版过程中，得到了有关专家学者、媒体记者和朋友们的大力支持和帮助，在此，感谢中央民族大学杨圣敏教授、生态环境部黄森博士在本书编辑过程中给予的认真审读和指导建议，感谢为本书无偿提供影像作品的摄影师们，当然，最感谢的是生活在新疆大地上的各民族人民给予作者写作的灵感和滋润。

最后，特别感谢本书审读专家——中宣部出版局原副局长、中国期刊协会副会长刘建生先生高屋建瓴、精准严谨、不遗余力的斧正与建议。他高标准、严要求，认真审读、修改、加工，并特意为本书作跋。这篇独特的跋如实反映了本书成书过程中的反复斟酌、修改，其间既有对文字语法等"细枝末节"的推敲，也有大篇幅结构调整与删减，充分体现了一位"老出版人"坚决贯彻新时代党的治疆方略，聚焦新疆社会稳定与长治久安总目标，负责担当、爱惜作者的努力与付出的高风亮节；也如实反映了刘先生在审读中的所思所感，使读者从书外角度对新疆、对本书增进了解。

限于编辑水平，本书在选编中难免有不足之处，恳请广大读者批评指正。书中部分图片因未能联系到原作者，均注明"资料图"或"佚名"，请原作者见书后与我社联系。

本书编辑

2022 年 3 月

序一　Preface One

　　新疆面积约占全国面积的1/6，地域辽阔，物产丰富，是祖国的一块宝地。在166多万平方公里广袤无际的疆域，在巍巍雪山与莽莽大漠之中，千百年来，流传着无数迷人的神话和英雄故事。神话中的周天子与西王母，现实中凿空西域的张骞，宣扬国威的班超，留下不朽著作的法显、玄奘，兴修水利的林则徐，从外敌手中收复新疆的左宗棠……在那些故事中，前赴后继远赴异域去开拓新通道的志士仁人们，为求真理、为报效国家、为抵御外敌而奋不顾身的英雄气概至今仍在全国各族人民中传颂，特别是那汉唐雄风与历代勇士们的猎猎战旗至今仍令我们感奋和神往。

　　但在历史上，因新疆地处祖国西陲，与内地距离遥远，当地民族与内地又有语言的隔膜，历史文献记载的也主要是帝王将相、英雄人物，而且大多数是来自关内的英雄人物，较少当地民族特别是当地普通人的记载，所以在很多内地人心中新疆仍然是个谜一样的地方。

　　现在，有关新疆地理人文、社会历史、文化风俗的书已很多，但大多都是学者、文人从宏观角度的概念性介绍。新疆的普通人到底有什么脾气秉性？他们是如何接人待物，是如何生活的？或者说他们有什么特点？我们仍是不得要领。

　　本书作者沈思一先生，在本科和研究生学习期间，相继就学于北京大学历史系和国际关系学院，有深厚的历史学和政治学功底，毕业后长期从事边疆文化、民族宗教思想研究及相关工作，近十余年来长期深入新疆各阶层民众之中，其所密切接触者既有高层干部和知识分子，也有各方基层民众。作者本人儒雅而又豪侠的性格和深入基层、求实吃苦的平民作风，让他结交了大量各民族朋友，与很多人建立了亲密无间的友谊。本书选编自作者在此期间根据自己的日常所见所闻写下的日志、随笔类散文和各类短评，也有读书札记和政论文章。文体虽有不同，但都是作者的亲身经历和感悟，让读者如身临其境，了解生活细节中真实、有血有肉的当代新疆人。与市面上大量介绍新疆的书籍相比较，本书将带给读者丰富又真实可靠的人文与自然活生生的信息，这是本书最难能可贵之处。

　　新疆是我国面积最辽阔的省区，惊沙大漠，雪山绿洲，雄奇壮美。作者在新疆的十余年，有感于这片土地上新疆人那种豁达大气、勇敢顽强的性格，用"骆驼刺"来形容他们，以此表现他对新疆各族人民的热爱和感佩。

　　几千年来，我国一直是多民族统一的国家，如此辽阔的疆域和如此众多的民族与人民能够长期统一于一国之中，在世界历史上仅此一例。统一的原因和基础是多方面的，其中非常重要的一点是各民族的团结。当前，在中华民族伟大复兴的形势下，全国各族人民要通过更多交往、交流，达到更紧密的交融与团结。作者在本书中所表达的不同地域、各族人民之间这种互相理解、欣赏和学习的精神，无疑是推动我们进一步铸牢中华民族共同体意识和各民族团结的正能量。

中央民族大学教授　杨圣敏

2021 年 5 月 16 日

新疆是一部什么书？

对许多中国人来说，无论是工作出差还是私人旅行，国内大概有两个地方可能难以成行或去得不多，一是西藏，二是新疆，原因就在于或是因为高原气候而可能无法适应，或是因为地域辽阔而可能无法走遍。

对我个人来说，西藏目前还只是去过一次，而且已经是 20 年前的往事了。2001 年 8 月，我随"上海律师西部行"活动到青海、飞西藏，最远的地方居然走到了世界高海拔城市——日喀则。事实证明，本人对青藏高原的适应能力应该还是呱呱叫的。

对于新疆，我涉足的时间则更早，说来已经是 27 年前的经历了。1994 年 8 月，时任《法律与生活》杂志副主编的我与时任法制日报社总编室副主任的赵翔（现为人民法院报社总编辑）因为工作采访第一次来到了新疆。更有意义的是，我们不仅到了新疆，还到了新疆的最边缘地带——红其拉甫口岸。该口岸位于帕米尔高原上的塔什库尔干塔吉克自治县，这是中国与巴基斯坦边界的通商口岸，是中国西部通往中东、南亚次大陆乃至欧洲的重要门户。

当时，我们乘飞机从北京飞到了乌鲁木齐，完成第一阶段的采访任务之后，我们再从乌鲁木齐飞往喀什。没想到，在一个省级辖区内竟然还要坐飞机两个小时才能到达目的地，由此可见，新疆到底有多大。两个多小时的航程之后，我们落地喀什机场。一下飞机，我们立刻感觉到了一种别样的风情。因为从机场工作人员到前来接机的司机，都是少数民族同胞。走出机场，看到的标识和见到的街景，都明确地告诉我们，这是一个由多民族同胞共同居住的城市。

在喀什的采访任务完成之后，我们搭上了前往塔什库尔干塔吉克自治县的长途汽车。此前，我当时所在的《法律与生活》杂志曾经报道该县是当时全国唯一的"无犯罪县"。

上了车才发现，我们扎进了一个外国友人旅行团，全车只有我们俩是中国人。不要说汉族人，连一个少数民族同胞也没有。更加不可思议的是，这一趟路程竟然整整花了八个小时的时间！

早上，我们从喀什出发，傍晚时分才抵达终点——塔什库尔干塔吉克自治县。好在一路上风景宜人、风光迷人，让我们更加深切地感悟到无限风光总在风险之后的人生哲理。汽车时而在一望无际的戈壁滩上奔驰狂飙，时而在雪峰映照的盘山路上艰难爬行。这趟外国友人相伴的奇异之旅，最让我们惊叹的是绝美的西域风光……

可以说，这是我人生中迄今为止最难忘的一次旅行。尤其是到了红其拉甫口岸，那份站在祖国最西部边陲的激动与豪情让我们真正感到天下之远、中国之大。同时，坚守祖国边陲，守卫祖国边疆的红其拉甫人更让我们感动又感慨。为此，回京后我根据红其拉甫边检站站长薛孝辉的介绍和我们的采访，立即写成了通讯《寂寞的红其拉甫人》。不久就发表在《北京晚报》上。

后来，我又多次去过新疆，感觉每次去都能收获一种新鲜感与成就感。但是，在我与本书作者沈思一先生结识之后，我才真正发现，我对新疆的了解实在太少太浅薄太表面化了。

与沈思一先生相识 15 年，我们谈论最多的就是新疆话题。虽然他年纪比我小、上大学比我晚，但才学与功底却甩我十几条大街。尤其是对新疆的观察与研究，他完全是我老师级别。所以，每次与沈思一先生见面，我们的话题自然而然就会聚焦到新疆。因为我们都对新疆的历史与人文感兴趣，都认为新疆是一部不同一般的书。当然，每当此时，主要都是我在听，他在讲解和分析。他会讲起新疆的来龙去脉、谈起新疆人的前世今生、说起新疆文化的博大精深、论起新疆历史的跌宕起伏……

如今，沈思一先生将这些有趣有用有料的讲述，连同他多年来对新疆的近距离观察与历史人文研究及深度理性思考，汇聚成了这部既有文学性、也有可读性、更有思想性的新书。

作为先睹为快的第一读者，我认认真真地读完了全部章节与文字。可以说，我既读到了作者对新疆历史的深情描述，也读出了作者对新疆文化的深度挖掘，更读懂了作者对新疆精神的深入思考。

通过认真而仔细的阅读，我们可以发现，在作者沈思一先生的笔下和眼中乃至脑海里，新疆确实是一部不同一般的书。那么，这是一部什么书呢？

新疆是一部历史书。在我们中国古史中，对于新疆，一直是一部叫做"西域"（西部疆域）的历史。所以，有关新疆历史的具体记载，大都是发端于汉代。公元前 138 年，汉武帝派遣张骞出使西域，凿空西域。公元前 60 年，西汉政权在乌垒（今轮台县境内）设立西域都护府，自此西域正式列入汉朝版图。清乾隆后期改称西域为新疆（意为故土新归），1884 年正式建立新疆省，省会迪化（今乌鲁木齐市）。由此可见，西域自古以来便是中国不可分割的组成部分。

　　作者对新疆的描述与思考，主要是从具体的人物来着手的。他对新疆历史的挖掘，也是从张骞开始的。他认为，"张骞出使西域的丰功伟绩，今天看来，无论如何评价也是不过分的。在此之前，西域是一个地缘政治意义上的交汇地域"当然，这一切都是从汉武帝这位伟大的战略家开始的。所以，"没有武帝这样雄才伟略的皇帝，也就出不了灿若星辰的文臣武将，也就出不了张骞这样伟大的凿空西域的先行者"。因为新疆，作者不仅写到了左宗棠、林则徐、纪晓岚等广为人知的历史人物，而且还浓墨重彩地描述了被历史忽视的杨增新。在作者看来，"杨增新是继左宗棠之后稳定新疆、维护国家统一的中流砥柱"。但是，"历史不总是公正的，历史对杨增新的评价就不够公正"。为此，他提出"公正地评价杨增新，是研究者责无旁贷的事情，是中国人不可回避的历史责任"。

　　之所以说这部有关新疆的书是一部历史书，是因为作者在本书中强调的历史观。作者主张，"今人看待历史，需以客观的视角，又需以批判借鉴的观点。但是，这绝不是以古讽今，也不是厚古薄今，而只是要说明我们的先人，在某个时期，他们的文明与智慧已经达到了什么样的程度，他们在那样的历史时期犯过什么样的错误，为什么会犯这样的错误。我们今天是不是还在重蹈覆辙，我们今天有没有可能规避这样的错误。这才是以历史的视角看待今天的出发点"。

　　新疆是一部地理书。对我们大多数人来说，我们是"去"新疆，而作者却是"回"新疆。作者说，"回新疆，新疆是我心灵的归宿"。在作者眼里，"新疆是这个世界上最美的地方。这里的每一寸土地，都是美和音乐的化身。这里的每一寸土地，都是花朵和雄鹰的摇篮。这里的每一寸土地，都是神秘和梦幻的渊薮"。所以，"新疆是这个世界上唯一的自然之美与历史底蕴的完美结合体"。于是，作者"时时回想遥远的边疆，回想夕阳西下，霞光万里，回想在大地的怀抱中你看到的远方的连绵山脉，你看到银色的雪峰在霞光的映照下发出灿烂的光辉，那天际的剪影美妙绝伦；那无尽的戈壁，伸展浩渺的草原，气势逼人的雅丹地貌"。对此，作者不得不深情感叹："从没有一个地方让我如此用心、用身体的每一个细胞去感受，从没有一个地方让我用自己的沉默与肃然去追寻，追寻山映雪的洁净，追寻戈壁和那倔强坚韧的骆驼刺，追寻绿洲的新疆和红柳、胡杨树……"难怪作者也要感慨，"躯体回到了都市，灵魂仍然在遥远的西陲。离开你的时候，你已经在我心中，无边的天山"。

我们都听过那首脍炙人口的《新疆是个好地方》，都知道新疆地肥水美，令人神往。阿尔泰山泛着金光，哈密瓜甜到咱心坎儿上，塔里木盆地乌金闪亮，赛里木湖让幸福流淌。读完本书，我感觉作者犹如一位尽职尽责尽心尽力的导游。他问"为什么，你还不去新疆？"因为"最美丽的冬天在新疆""秋色万里向阳红"；他带你"与天地有约"，然后"穿越天山"，去看"生机勃勃的塔克拉玛干"，还有"夏塔古道"和"可可托海"；他给你说起"春天的心事"，"弹起心灵的琴弦"，让你看到"乌市的春天"，以唤起"布尔津的记忆"……

新疆是一部人文书。作者开门见山，就抛出了一个被朋友常问到的问题。这是一个非常具有哲学意义的问题——究竟什么是"新疆人"？作者沉吟良久，最后回复说：这是一本书。事实上，一本书也写不完。新疆是古"丝绸之路"的重要通道，是各民族迁徙融合的走廊，是"一体多元"文化和东西方文明交融的地区。作者也承认，从四千年前迄今，新疆大地居住的先民，换了一代又一代，在草原大漠绿洲的马蹄声和驼铃声中，各民族的血液已经相互交融在一起了。人们常说，新疆是世界上人种的博物馆，讲的就是新疆是一个多民族地区，有少数民族，也有汉族，还有近些年来来自其他国家的新"族群"，他们生活并定居在新疆，未列入民族序列。

由此而来，我们怎么来界定新疆人？通过作者多年的考察与研究，他认为"世代生活在这片土地上的人们，自然是新疆人，他们是这片土地的主人；已经融入到这片土地的几代人，自然是新疆人，他们是这片土地的主人；离开这片土地的新疆人，他们对故土怀有感情，热爱她，尊重她，维护她母亲般的权威和形象，那么，他们当之无愧也是这片土地的主人"。所以，"新疆人"不只是一个名词，它还是一个有强烈行动意义的动词和有感情色彩的形容词、感叹词。其实，新疆人就是一种文化，一种从历史到地理的独特文化。

对此，作者发自内心地感叹：新疆，在祖国大地的西陲，在亚欧大陆的中心。无知的人认为她是贫瘠的，其实她是真正的富有。她蕴含的精神，是崇高而伟大的，是无私而真诚的，是广袤粗野与奔放的，是柔美而多情的。她蕴含的财富，也是丰富而多彩的。她的儿女，是美丽而善良的，是智慧与英雄的，是富有内涵而不浅薄的。那种顽强与坚韧的力量，是任何地方的人都不能企及的。

诚如作者所言，新疆确是一本书。不管是历史书还是地理书抑或是人文书，在作者的眼里，"书轴是天山，左卷南疆，右卷北疆。看来这是一本线装书。山北准噶尔盆地，多雨多绿色；山南雨少，多戈壁沙漠少绿洲。沿着天山之南西行，并无奇峻地势，一望无际是戈壁沙漠，间有珍珠般的绿洲。大地在此际，是舒展的。如同一个平展的画布，等待巨匠的神来之笔，等待你四仰八叉地躺在这块土地上体验一种你从未经历过的感觉"。

从未经历过的感觉，不仅仅是你没有去过新疆，也不仅仅是你去了新疆却感受还没有这么深，更不仅仅是去了新疆却只是去了一两个地方，而是你没有读到一部既有新疆历史也有新疆地理更有新疆人文的新书。

这部新书就是本书作者沈思一先生奉献给我们的《骆驼刺》。沈思一先生通过这部新书，带我们走进新疆历史、走访新疆地理、走近新疆人文。新疆历史有多久、新疆地理有多美、新疆人文有多厚，这部新书给了我们正确而标准的答案。

最后，值得一提的是，沈思一先生在本书中提到的为新疆与西藏解放乃至经济建设做出突出贡献的王恩茂与张国华，竟然都是我家乡的前辈。我们永新人民永远以他们为骄傲。

接下来，我还要去西藏，我更要去新疆。不仅如此，我还要一边带着这本书一边走遍新疆。

你为什么不去新疆呢？你为什么不来阅读这部描述最美新疆的新书呢？

千言万语，是以为序。

法宣在线总编审　刘桂明
2021 年端午节于北京千鹤家园

序三　Preface Three

在西域，丝绸之路是贯通东西方文明的通道。

西域文化的特点，来自它的地理位置、人文构成、历史变迁等因素。

从斯文·赫定开始，来新疆的外国探险家回国之后，总要就其探险写两类书，一类是科学考察报告，另一类是探险纪实。

比如斯文·赫定的《1899—1902 年中亚科学考察报告》《中亚与西藏》，斯坦因的《沙埋和田废墟记》《古代和田》。这几乎成为惯例。国内外有关深入新疆考古、探险的出版物，足可以充实一个专业图书馆。

2020 年岁末，当《可可托海的牧羊人》传唱到我身边，正思忖着是自驾游去过的可可托海更美还是没有去过的伊犁更美之际，机缘巧合在一杯清茗中与《骆驼刺》的作者在北京初见。

一方水土养一方人，作为喜欢饮食文化，喜欢用照片和视频记录目光所及、足迹所至的大众点评 Lv8 级吃货的我，每到一地之前都会提前做好功课，边吃边游。我认为，感受不同地域文化最简单的方式就是津津有味地品尝当地饮食。2013 年从兰州去乌鲁木齐的自驾游，自然也不例外。

十分荣幸有机缘能在 2021 新年伊始读到这本内容丰富且知识点令人目不暇接的书，并受邀写序，人生又多了一个"第一次"。

读着这本与西域的文化、历史、风物相关，一半感性（书的前半部）、一半理性（书的后半部）的书，在字里行间很真切地感受到作者对新疆这片天地的理解与热爱已不止于见字如面，而是早已融化在生命的每一瞬间。

沈先生与新疆打交道二十多年，从不同区域不同角度，细致入微地观察和体验了当地的风土民情、人文艺术，然后落笔成花，让去过新疆的读者跟随一个个熟悉的地名，仿佛故地重游；让从未到过西域的读者，从感性和理性两方面了解和认识新疆这片神圣土地的古往今来，必然也会心驰神往。

2013年，我曾有过两周的新疆自驾之旅，亲眼见识到了可可托海的碧水青山，蓝天下的白桦林；伊吾的千年胡杨林和喀纳斯湖的纯净之美；吃了哈密的哈密瓜和吐鲁番的葡萄……感受到了少数民族的热情淳朴好客和无滤镜随手拍就是大片天成的自然风光。当车穿越东天山，途径火焰山，到达乌鲁木齐的大巴扎，驻足在红柳枝烤串儿的餐厅时，想到的是小时候看过的动画片里的巴依老爷和阿凡提是不是也曾来过这里？

文字是有温度的，亦会带给人能量，看到书名会联想到沙漠里各种生命力的样子，随着全书内容的展开会见到这些生命力不同的呈现方式。

不惧风雨，勇敢前行，生命原本充满了无限可能。

这个夏天，择吉日，故地重游一次，也去一次伊犁。

盘古智库　邹惠文
2021 年 5 月

目录　Contents

第一辑　新疆纪事

天山山脉博格达峰，"三峰并起插云寒，四壁横陈绕涧盘"（丘处机）。孙国富 摄

清朝平定西域的过程中，曾于乾隆二十年（1755年）、二十二年（1957年）、二十四年（1959年）三次以皇帝的名义颁文告祭天山高峰博克达山，其中乾隆二十四年颁布《岁祭博克达鄂拉文》（"鄂拉"即山），"惟神作镇西陲，效灵中土"，将博克达山纳入国家祭祀体系（王平等，2018）。

新疆归来明月心

新疆人

曾经，有位朋友问我什么是新疆人？当听到他这个问题的时候，我沉吟良久，说：这是一本书。事实上，一本书也写不完。同时，这又是一个人的脚步和视野，你的脚步有多远，你的视野有多远，你所触及的新疆人就有多深的内涵。他说，你能不能把这个内涵给我表述出来。我说，我没那么狂妄，我不能拿我的浅薄无知去博取别人的耻笑。因为这是一个非常严肃庄重而又非常深邃的话题。我不想用自己的无知去玷污她的圣洁。朋友无语，并没有勉强我。但是这个圣洁的名词、动词、形容词、感叹词却在我的心里生根发芽，无数次，甚至是梦里，我都在想这个词，为什么广东人、北京人、台湾人、海南人甚至是"中原人""西部人"都没有如此让我费心思，"新疆人"却仿佛是圣洁的仙女在召唤我穿越心灵的密林。所以，一直以来我都在思考"什么是新疆人"这个命题。

直到看到王君的一篇文章，深受触动。我突然顿悟，心底如一道闪电掠过，每一个生存在新疆、热爱新疆的人，每一个有文字记载以来就生活在这片壮美山河的人，当然也包括我们的先民，不就是新疆人的汇合体吗？！我们一己的感悟与生存轨迹，与这里的大地和山川结合起来，不就构成了新疆人的概念吗？！我们自己的一言一行，我们自己的所思所想，我们自己的喜怒哀乐，不就是新疆人的个体映照吗？！所以，我们没有理由怯于表达我们对新疆人的理解。就算是抛砖引玉，也有一定的价值和意义。

今天的新疆人是一个什么样的群体呢？是生活在新疆的人？是与新疆有密不可分的关系的人？还是户籍是新疆的人？如果我们这么来讨论这个问题，大概就会陷入一个迷宫了。20世纪五六十年代，那个时候在疆的人相互打招呼会问："你老家是哪里的？"回答：我老家天水的，我河南新乡的，我湖南湘妹子，我山东的……后来，人们开始说自己是南疆哪个县哪个乡的，是农几师几团以至于哪个连队的。今天，我们已不再这么说，别人问，就说："我是新疆人。"生活就是这么神秘，你不知道什么时候人们已经习惯于自己新疆人的称谓；生活就是这么简单，没有什么理由，你开始从潜意识里告诉自己"我是新疆人"。无论你去了北京、深圳、上海、宁波，还是去了美国、土耳其、挪威、瑞典，人家问你："哪里的？"你会条件反射地说："新疆的，中国新疆的。"

某日，朋友给我打电话："你来我家一趟。""干嘛？""来陪陪我家老爷子。""为啥？""老爷子想跟你聊聊。"我放下电话，去了朋友家。朋友在现地经商，条件很好，买了最好地段的房产，父母从新疆布尔津来这里帮他们照看孩子。老爷子是布尔津很早的卫生局局长，卫生局在布尔津的地位很高，老爷子救死扶伤，深得各民族老百姓的尊崇，或者，也可以说是爱戴。那个时代的老干部在民族群众中就有这样的声望，因为他们无私廉洁，有人性、有人情、有人格魅力。进门，老爷子说："你来

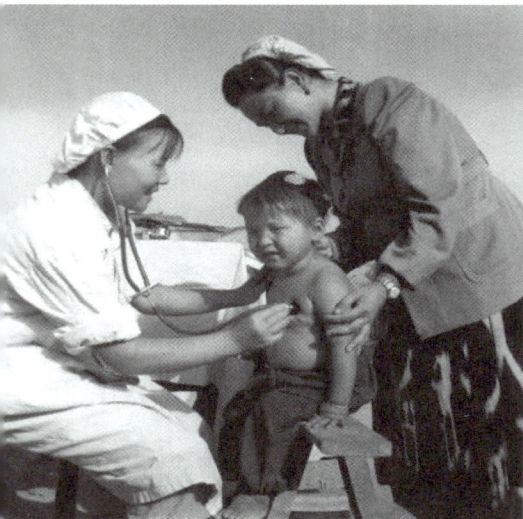

照片依次为：草原上的白衣天使；冰峰五姑娘（独库公路建设者，1957年）；
塔里木人（上海知青）；王震将军与阿拉尔军垦战士在一起（1960年）。
本组照片由陈平提供

了？"点头，"您老闷了？""是，没人说家乡的事。""您老家不是河北的吗？"老爷子看了我半天，"我说的是新疆。"我笑了："您想回家了？这儿待不惯了吧？那趁您动身之前，咱爷俩聊聊三区革命？""呵呵，好，你能号我老头子的脉。"老太太包饺子，我跟老爷子聊三区革命。朋友是计算机专业的高材生，主要精力用来对付游戏与程序。这顿晚饭，吃到很晚，把酒言欢，老爷子破例答应计算机朋友再多待几个月，说等到暑假的时候一起回布尔津。这是几年前的事情了。一个十八九岁离开河北老家到布尔津那样艰苦地方的老人，正如我们常说的，献了青春献子孙，至今长子在乌市，小女在布尔津。在人生的暮年，晚霞满天的时候，一方面内心深处眷恋着养育自己成人的河北，另一方面，饱经沧桑的灵魂深处，已经把布尔津当作自己的故乡，心底深处或者说条件反射，已经是自然而然的新疆人了。

从四千年前至今，新疆大地居住的先民，换了一代又一代，在草原大漠绿洲的马蹄声和驼铃声中，各民族的血液已经交融在一起了。人们常说，新疆地区是世界人种的博物馆，讲的就是新疆是一个多民族地区，有少数民族，也有汉族，还有近些年来来自其他国家的新"族群"，他们生活并定居在新疆，未列入民族序列。如果把这些先民、居民都算进来已经不是多少个民族可以概括的，数字之于"新疆人"已经变得非常苍白了。不用说，这些新的第二代、第三代移民，他和她的家乡是新疆，他和她的国家是中国，他和她的护照上要写上中国籍，而在若干的表格中，我不知道他们填什么民族。这个问题，我还没有请教过专家。

新疆人，怎么来界定新疆人？祖籍？出生地？居住地？世代生活在这片土地上的人们，自然是新疆人，他们是这片土地的主人；已经融入到这片土地的几代人，自然是新疆人，他们是这片土地的主人；离开这片土地的新疆人，他们对故土怀有感情，热爱她，尊重她，维护她母亲般的权威与形象，那么，他们当之无愧也是这片土地的主人。新疆人，这是我们今天一种共同的情感。它不是一个科学的名词，它没有经过法学家和逻辑学家缜密的修辞，但是，这个名词、这个群体已经在我们的心中生根发芽。我想，历代生活在这片土地上的人们，从不断地迁徙，到像骆驼刺一样扎根这片土地的时候，这个名词就形成了。不仅如此，"新疆人"不只是一个名词，它还是一个有强烈行动意义的动词和充满感情色彩的形容词、感叹词。因为，只有内心真正热爱这片土地并致力于为建设一个和美家园做出贡献的人，才能称得上是新疆人。

什么才是新疆人的特质？我们通常可以给各地的人画一幅素描，比如南方人就很容易用你的画笔把他或她描出来，四川、重庆的美女过去统称"川妹子"，就很有特色，如果我是画家，一定能用简练的几笔给勾勒出来；江浙人，也很容易，基本上都有些聪明外溢的感觉。如此种种。我们给新疆人画一幅什么样的素描呢？新疆的男人，走路倔倔的，仿佛要在地上踩出一个个深深的脚印子来，这是因为，新疆多雪、多沙漠、多草原，很多时候大地是松软的，所以需要脚丫子深深地扎到地下；新疆的女人一投足一挥手，透露出南方所没有的大气。你或许说了，这个没啥，不是什么说得上的特点。那么，我们还是来说眼神。新疆人的目光是深邃的，无论大人小孩，眼睛就像天池的水，幽幽的。那是因为，新疆人经历了多元文化的沧桑，自小就如同草原上的野狼，那目光，是自然的本能，从看你的第一眼就是第六感在发挥作用，那种目光，是腾格里天给的神力。

有个柯尔克孜族的朋友定定地看着我，"最近我做了一个梦，梦里我得到启示说，我想做什么就要坚持下去，一定能成功"。我说，"要多考虑负面因素"。朋友依然定定地看着我，"不行，你一定要支持我，我

图片依次为：劳动的笑脸；驻村工作队与脱贫致富；边疆卫士；柯尔克孜族人的雄鹰。本组照片由许业平提供

一定能成功"。

　　所以，不要伪装自己，不要欺骗新疆人。从你认识他或她的第一天起，他或她已经把你看准了。你不必掩饰或者试图修复你曾经因为虚假或者欺骗给他或她造成的印象。一句话，那是注定的。

　　清晨的阳光送来了新的一天，无论如何，春天的脚步越来越近了，无论我们碰到什么样的事情，我们依然需要默默地、坚定地向前走去，因为我们对自己承诺过，在心灵的某个深处承诺过，人需要为自己的承诺信守。当你信守一个承诺的时候，你发现自己是安静的，是纯粹的，是唯一的。这就是新疆人，一旦目标确定了，无论碰到什么样的艰难险阻，一定会坚定地向前走下去。无论这个目标在别人眼里看来是多么幼稚，多么渺小，甚至是多么可笑，我们都会一直做到底，一直到天涯海角、地老天荒。

　　新疆人经得起事情。新疆人绝对不会为一个鞭炮心惊肉跳。尽管经历过那么多的事情，甚至生死的威胁，新疆人仍然从心底感恩大地和上苍，感恩这一片美丽辽阔的土地。朋友的夫人曾在某次暴力事件中受到了惊扰，每当酒浓处，就会一边流着泪一边说这件事情，然而，他的心中并不怨恨，他反而是在陈述中赞美自己的妻子在惊险中一贯柔弱的身躯爆发出不可侵犯的凛然，反而在陈述中为自己勇敢的儿子而骄傲。在朋友看来，他的夫人与儿子不过是经历了一次激流险滩，唯其惊险才衬托出了妻子的巾帼情怀和儿子的年少英武——一种温室花朵式的杞人忧天从此消失了。朋友为此甚至还颇有些自得。

　　每当听到这些真实的故事，我常常情不自禁陷入深深的沉思中，沉浸在一种难以自拔的感情中。我想，如果我们能够去发现、去体味、被感动，就不会停留在空洞的说教中了，就知道只有人民，只有人民才是土地的真正主人，只有人民才能从内心深处感受并知道如何去处理彼此间的关系，也只有人民能从人性的深处建构新疆人。这些，都是在不经意间完成的，这并不是某个艺术家的产物或作品。当我在喀什看到那个乳臭未干的维吾尔族小毛头对着我的朋友说"Hello"，又一边挠着自己腮帮子的时候，我一点儿也不惊讶于我的朋友们内心没有仇恨只有爱。因为他们知道，邪恶的人会被惩罚，无论他们用什么伪装。

　　新疆人的心是宽广的。新疆人很容易忘记某些事情，最好的朋友也很容易为某一件事情发生争执甚至当场翻脸拳脚相向，然而，这样的事情一定会在某个场合得到化解。记仇，似乎不是新疆人的特点。新疆人没有隔夜仇，两个朋友吵架后，转天又喝酒喝得头碰头。所以，别指望新疆人像某些小资一样隔三岔五给你发个短信，一天到晚没完没了地跟你打电话，手机运营商对咱很不满意，就是因为真正的新疆人说话都比较简短：啥？行！九点？北门？啪，电话带着风挂了。不理解的人会以为新疆人有点功利，办完事情就不联系了，其实，这是因为你不了解新疆人。正是因为新疆人心大心广，无论何时你再找他，他永远像最初那样对你热情依旧。一个很久你不联系的新疆人，正当你怯怯地思度是否要跟他联系时，他已风闻而来，为你准备了上好的接风宴，然而，他绝对不会夸张地说一些很假的话，只不过定定地看你一眼，确保你没有变质，然后，把你淹没在酒中。那种久违的感觉，让你觉得像是骑在马背上，全身放松柔若无骨，恣肆地信马由缰在和风煦日的草原上。

　　在这宽广的心里，我们知道新疆人是真性情的。你的"皮袍下的小"，最好扔到爪哇国去，否则，你很快就会被淘汰出朋友的名单。正是因为性情，新疆人从不吝于即时表达自己的感受，绝对不会掩饰或者考虑给你留面子，如果你把自己的面子看得比朋友的友情重，那我建议你去寒风中凉快一会儿再回来。正是因为这宽广的心怀，新疆人容不得作假，如果你假假的，便不会受欢迎。与德先生第一次见面喝酒，他是一个非常温和的达斡尔族学者，儒雅谦逊，我经过几天泡在酒缸里，味觉已经完全不能发挥作用。谦和的德先生过来敬酒，我只是一个不经意的动作就赢得了他的信任和尊重。事后他对某货真价实的大学者说，这个人儿子娃娃（儿子娃娃，新疆俗语，意思是侠气、仗义）。朋友问为啥。德先生说，这个人把自己没有满的杯子倒得几乎要溢出来。我听后无语，那个时候，只想到要公平，不能欺人。不欺人者人不欺。

　　新疆人是戈壁的骆驼刺，是天山的云杉，是天空中的雄鹰和夜莺；新疆人是无际的草原和山川，是辽阔的戈壁和沙漠，是奔腾的江河；新疆人是冰峰上的雪豹和雪莲花，是美丽的玫瑰花和胡杨树；新疆人是刀郎木卡姆和玛纳斯的传人；新疆人是阿曼尼沙汗，是草原上的骏马和健儿。同样，新疆人是草原上柔柔的和风和小草，是无名的花儿。除了硬硬的，我知道，新疆人还有柔柔的时候，还有幽默的永葆童真野趣的那一面。

骆驼刺。作者 摄

乌鲁木齐的冬天

回新疆，新疆是我心灵的归宿。

每一年，无论时节是炎夏还是寒冬，如果没有回一次新疆，会觉得内心深处少了些什么，所以一定要找一个理由回到新疆，去感受天山的气息，感受戈壁大漠的气息，感受巍巍雪岭的气息，感受湖泊流水和丛林草原的气息，感受云中的鹰和雪线边缘雪豹的气息……

时令已是深冬，再过二十几天就是春节了，决定回乌市待几天。还没出发，短信就来了："乌鲁木齐天气很冷，零下十九度到零下二十八度，把自己穿得暖暖的，冻坏了我可不管。"临至出发前的几天，更是一天一个短信，一天一次天气预报，会有一些受宠若惊的感觉。

飞机起飞了，穿越云层，仍然是一望无际亘古至今的崇山峻岭，只不过明显地多了无垠的雪野，茫茫的大地白雪皑皑，无论高原大山都被洁白的雪覆盖着，绵延无际。

飞机落地，一出机场，扑面的寒风和厚厚的积雪提醒人们来到了真正的冬天。不到零下二十度的冬天怎么能称得上是真正的冬天？没有雪的冬天怎么能是真正的冬天？寒风是男人粗重的呼吸，飘飘的白雪是女人如兰的气息，这才是相得益彰的北国的冬天，让人觉得惬意和没有遗憾的冬天。

朋友驱车来接，出了机场，上乌鲁木齐外环，路上堵得厉害，将近两个多小时的车程，只好直奔吃饭的地方。

到一家真正的民餐厅吃饭。店面不大，莎车县人开的，正宗的烤肉，有叶尔羌汗国的风味，很正宗。无酒。朋友说，今天你不要喝酒了，让你的肠胃吃到真正的新疆烤肉和包子，明天就准备战斗吧。

无酒佐肉，朋友说，讲个真实的故事吧。某次事件之后，在一条街上，一个维吾尔族老乡主动找有关部门，指认残暴的杀人凶手，还拿出仅有的15000块钱帮助被恐怖分子烧毁了超市的汉族兄弟，他的女儿在学校还

所有艰难的跋涉，都始于内心坚定的信仰。　作者　摄

节省下生活费帮助两个内地来的贫穷汉族学生。朋友说得很慢，像仔细地咀嚼一块烤肉。他一一道来，讲到那些无辜的生命，讲到那位不计个人安危的维吾尔族老乡，这个粗犷的西北汉子，眼睛湿润了。一席无语，窗外是呼啸的寒风。

乌鲁木齐的冬天，在这样一个夜晚，呼气成冰的夜晚，是温暖的。

夜宿五星大厦邻近的招待所。

夜晚的乌市，已经很冷了，可是仍然能看到巴郎子背着书包在这夜晚的路上行走，内心是无限的宽慰——某次事件已经过去了。人们不能忘记，记得在之后的第二年，我们仍然生活在无限的悲愤之中，在遥远的大都市接待朋友和他的儿子，小孩子说了很偏激的话，我无语，不能反驳，不能支持。仇恨，是不能持久的。人们毕竟需要忘记。我们不能生活在仇恨之中，我们应当生活在宽容和爱之中，当然，要更多一些冷静和理性……

一夜深眠。通常我睡眠是很好的，沾枕即眠，一点儿也不会浪费造物主给我的时间。夜色深了，记着承诺的茶，很期待，我想我刻薄了。

第二天，去胜利路的巴格万，喝茶。

这是一处民餐厅，据说是一位很成功的维吾尔族人士开的餐厅。餐厅的老板，矜持中带了某种神态，我感觉他在掩饰自己的某种情感，一种耐人寻味的情感。

喝茶，薄荷茶，薄荷的味道是很浓的，一杯复一杯。

那是古来征战的将士吗？

一位很有名的作家和诗人说过，"黑夜，给了我黑色的眼睛"；白昼，给了人们白色的视野……

真正的战斗

人是需要精神的。没有精神的男人不可爱，猥琐而低质量；没有精神的女人也不可爱，锈色而刻薄。

能够体现一个人精神的，最重要的，就是敢于拿起某种东西，也敢于放下某种东西，内心世界果敢刚毅，以及像豹子一样灵敏，像鹰一样睿智与冷静。边疆的很多男人和女人就有这样的东西，这些人类初始的本能流淌在他们的血液中，渗透在他们的骨髓里。他们都有着自己的个性，有着自己独特的标志。当你以为他眯着眼睛似乎睡着了的时候，瞬间他眼中会放出鹰一样的光芒，有着杀气与庄肃的神态；当你以为她温柔似水的时候，她会在严寒的冬天里默然地行走，如同沉默的狩猎者，当然，不是走在老虎前面的狐狸……

我知道上天对我特别地眷顾，在大西北，我拥有这么多可爱的朋友。所以，我准备战斗，像一个真正的战士那样与酒精战斗。

夜色深了，我们来到酒桌边。

我在大都市是一只懒猫，充其量也只不过是一只无聊的懒狗，面对一切我总是选择似睡非睡的状态，而且常常丧失了战斗力。

　　然而，新疆的气息与我是相通的，在这里我会找到自然放松的感觉，在这里我喜欢严寒的天气，在这里我觉得自己是一个物种。

　　然后，我看着谁劝他别喝酒就咬死谁的人端起酒杯，很不耐烦地说："该我说两句了，我们干一杯，你这般啰嗦浪费了喝酒的时间。"

　　然后，我看到那位一直在敦促别人说了又说喝了又喝，终于忍耐不住发现自己喝少了拼命地补上损失和浪费。

　　然后，我终于看到那个似乎小鸟依人的女杀手冲了出来，一扫我不能喝酒了滴酒不沾了的谎言，端起酒杯来，对着一桌的男人们，带着盈盈的杀气让酒直接灌进肚子里。

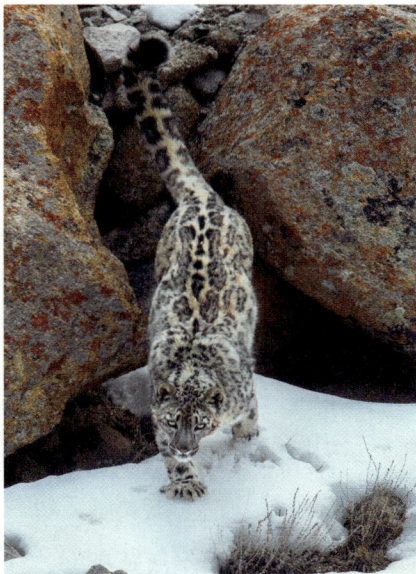

　　然后，我看到一个封了四十五分钟山林的男人非常不好意思非常自觉地站起来，自己把自己发动起来满满地一杯复一杯。

　　新疆的夜，尽心尽情的夜，在这里，他们纯洁而高贵；他们的心，像博格达峰那样晶莹与高尚；他们的灵魂，像和阗玉一样灵动而圆润。他们，是可爱的鹰和雪豹，他们的目光让猥琐者更加自卑；他们的气度让你如同沐浴春日的暖阳，在草原上。

新疆雪豹。吴海摄于达坂城

登门访友拜师

酒后回住所，很安静地睡了一夜。次日赖床，十一点多方起，收拾完毕。休息约一个小时，看电视，而后出门，就近在小饭店与同行的一位朋友吃午餐。小饭店的名字叫柴窝堡烧鸡，点了三个菜，辣子鸡很过瘾，结账，七十余元。这是乌鲁木齐此行唯一自费的一餐。不免汗颜，余也啃友族。

今天的计划是访友拜师畅谈。不能只做饭桶。

去老友的办公室，暖暖的，一扫室外的寒气。

先看书架，选了几本自己喜欢的书。然后开聊。洗耳恭听朋友对新疆当前诸多领域的真知灼见。

两个小时后，又来一位朋友，一起品茶论道。

这些人，生于斯，长于斯，一切情感与这里的山山水水一草一木都交融在一起。他们的目光，能够看到博格达峰的雪线；他们的感触，可以触及民族兄弟灵魂的深处；他们对问题的判断，是实事求是与客观的；他们对前辈贤哲治疆的方略，耳熟能详，了然于胸。与他们交流看法，能知道这里发生的一切事情的真谛。他们如同土生土长的野草，顽强地生长在这片土地上，保护着土壤和水流，保护着这片土地的良知与仁爱。他们不偏执，不狭隘，不左不右，执中而求正。我倾听他们对事实的回顾与陈述，察觉他们对物理的分析与判断，感受到他们内心强烈的是非观念和大爱大恨，感受他们内心深处的波澜。

　　下午的时光过得很快，夕阳西下。

　　去一个叫盆盆肉的餐厅就餐。六个人，举杯畅饮，饮而知人生快意莫过于朋友间的酣畅淋漓。酒不醉人人自醉，看他们搀扶着朋友出门，窃喜，自己没有晕乎乎的，哈哈哈。

雪峰环边城，绝色胜烟柳。陈凯　摄

写给伊犁

朋友是伊犁的，帅气而干净的小伙子。他离开自己的家乡已经很多年了。见面的时候，喝了一杯，又喝了一杯，又喝了一杯，又喝了一杯，如是反复。他眯着眼睛对我说，我想念伊犁。我说，我陪你想念伊犁，想念伊犁水，想念白头峰，想念草原。他说，我想念伊犁的白杨树，我说，我陪你想伊犁的白杨树，想伊犁的大街。

伊犁，我深爱的伊犁，清秀雅致的伊犁。

大阿姐生在伊犁，写了很多作品，是有名的作家，有时候会问我："我的作品你看了没有？"我貌似憨憨地看着她："啊，那个，不错啊……"大阿姐有些恼怒地看着我："知道你没看，老实点儿。"我装模作样地唯唯诺诺。大阿姐去了美国一年，很享受美国的生活。伊犁的女子，大气而雅致，某次让我陪她去喝酒，席间有"十二金钗"，都是她的闺中密友，个个饮酒豪放，我心情郁闷地浅浅地抿了一口。艾尔肯唱了几首歌。我跟艾尔肯说，我写了几首歌，你能不能给我谱曲。艾尔肯当时答应得很爽快，后来没有兑现。说话不算数。

二阿姐是个女中豪杰，巾帼英雄一类的，常常笑我弱弱的。我很恼怒。二阿姐去过很多地方，比如那些人爬不上去的冰大坂，二阿姐轻描淡写地告诉我她上去了。二阿姐还是个文物通，硬币啊佉卢文的书卷啊羊皮书啊，凡是地下埋着的，她都很精通，最擅长的是看玉，什么样的假货赝品都逃不过她的眼睛。为了避免自己的自卑和抑郁，我就躲着她，很长时间不跟她说话。我知道她很伤心。她在寒冷的冬天常常担心我在"狗窝"里冻着，我只好脚架在暖气上告诉她我这里暖气好得很。冬天她回了伊犁，走在伊犁耸立着白杨树的街道上，我知道她的脚步坚定而刚强。

三阿姐去了南方某个城市，嫁不出去了。为什么？唉，三阿姐大气不逊于大阿姐、二阿姐，人长得亭亭玉立，经常看到那个城市的小男人叽叽喳喳地吵了一路子，结果拳头也没有凑到对方的脸上，无限伤悲。可怜的三阿姐，很不屑于这些家伙弱弱的状态，只好独身一人，孤芳自赏了……

这就是伊犁的女子。

伊犁是大气的，伊犁山川壮丽，江河奔腾，草原上奔驰的马儿，是周涛散文《巩乃斯的马》中的模特。伊犁的马是上天赐给伊犁的精灵；伊犁的草原，是上帝留给自己的绸缎；伊犁的惠远城，是金戈铁马的大本营；伊犁的白石头峰，是锡伯族的圣山，那深深的马粪，可以养上很多盆鲜艳的花朵。

伊犁是秀美的，伊犁是塞外的江南，看着平展的原野，一片片庄稼地，一片片迷人的薰衣草，仿佛让你到了江南。婉转的伊犁河，江河湖海中的小家碧玉，悠悠地流向远方。恰西草原、库尔德宁、琼库什台，壁刃千峰中安静得像处子。伊犁人文雅而有礼，有着深厚的西式风范。伊犁的帅哥儿，是典型的骑士绅士；伊犁的美女子，是典型的优雅贤淑而又英姿飒爽的侠女子。伊犁是深厚的，伊犁是婀娜的，伊犁是沉稳的，伊犁又是热情的。

　　伊犁，梦里何时回故乡。

草原牧歌。新华社胡虎虎　摄

明月圆心

明天是很多朋友的节日，一个隆重的节日，祝福你们，祝福你们安康幸福和开心快乐。在喜庆的节日里与你同庆。

我已经感受到了天山的秋风凉意，草原上的草已经被放倒作为牛马羊过冬的草料，也期待来年的蓬勃与生机，想起草原，看着我自己养的转基因彩椒，目前已是多年生草本植物，可怜得每年一株一个彩椒。呵呵，看那蓬勃的草原吧，生机万象，而今，却已经准备迎接即将到来的秋风，以及飞扬的雪花。如果此际在草原，一定会感受到那无声坚韧的力量，平静而持久。当然，有人雇工种了一院子花，愣说是自己种的，算起来，也属于大学抄袭论文的一种，当予讨伐。

开斋节是个盛大的节日。我们尊重所有穆斯林朋友的信仰，也同享他们在开斋节来临时的喜悦与欢乐。朋友告诉我，喀什的广场上按例经常有人跳舞唱歌，有个 98 岁的维吾尔族老爷爷追着漂亮的姑娘跳舞说情话，他一个英俊的大小伙子居然没有竞争过这个老爷爷，为此今天伤心得不行，似乎是明天的羊尾巴不让他吃，鼻涕哭得垂到了脚底下。想此逸闻，我不免又大笑了一番，算是自己提前过了一个节日。

当明亮的圆月逐渐离得很近的时候，中秋节也快要到了。可是，那么美好的节日让我们自己的月饼折腾搅和得已经完全不是一个轻松愉快的节日了。想起小时候的甜瓜和特别有味道的月饼，实在是不知道现在索然无味、过分商业化的节日还有啥意思。画一个月饼送给所有的贪吃的饕餮。隔着遥远的山川闻着南疆大街小巷的羊肉的香味，还有大厨们潇洒的手艺下的成果，哈喇子，长长的……

开斋节是个什么节日呢？开斋节是穆斯林在封斋之后的节日，顾名思义，就是封斋后要按照正常的方式回归往昔，通常要作为节庆庆祝一番。事实上，经过一个月（拉马丹月）的封斋之后，真正的穆斯林信徒从思想上已经发生了很大的变化，如果没有产生一些改变和提升的作用，显然这个月的封斋就失去了本来应有的意义。

安萨里说，穆罕默德时代，阿拉伯人是"愚昧、邪僻、迷信"的一群人。穆罕默德要改造这么一群人，使他们成为有修养、有礼貌、

戒恶劝善才是宗教的本意。二道桥清真寺一角。
作者 摄

有道德、有良好的卫生习惯的高尚群体，从蒙昧时代进入到文明时代，所以，他以安拉的名义，通过传播《古兰经》教义和功修（必要的仪式），启迪阿拉伯人文明进步。每年有一个月集中修行，斋月期间除了老弱病残和孕期的女人，大家白天不吃不喝，日落后才开始必要的饮食，某间还要禁止房事，节欲行善，闭门思过，等等。

斋月的第一个意义是闭门思过。我们每个人都有各种各样的缺点，比如嫌贫爱富、有钱炫富、奢侈浪费、攀比、重男轻女、搬弄是非、欺压弱者、不能善待鳏寡孤独、不注重养成良好的卫生习惯，等等。穆罕默德作为他那个时代的智者贤人，非常敏锐地意识到阿拉伯民族尤其是他自己的部落，从母系氏族社会向父系氏族社会急速转型期间出现了各种社会问题，社会制度、财产关系、婚姻关系都面临着巨大的社会激荡，腐朽的、落后的社会现象吞噬着当时的古来氏部落和其他部落，乱伦、弃绝女婴及社会不平等加剧导致的陈规陋俗泛滥，所有这些都使穆罕默德心急如焚，不得不以宗教信仰的名义约束自己的部落，引导他们由恶向善。

斋月的第二个意义是启迪人们思考如何行善。人们生活在世界上，不是单纯的孤立的个体，而是群体中的个体，是社会人。作为社会人，既要考虑自己的利益，还要处理好与群体的关系。当时的阿拉伯人内忧外困，内部社会混乱，新旧转型失序，外部面临着北方罗马人入侵的压力，基督徒和犹太教徒在阿拉伯人居住地的周围咄咄逼人。面对这种局面，阿拉伯人却处在分散孤立四分五裂的状态，人们只考虑自己的利益，忽视群体和其他人的利益，只有一部分觉悟者（哈尼夫）意识到这种四分五裂的状态最终会导致阿拉伯人的灭顶之灾，他们祈求有一种力量把阿拉伯人团结起来，带领、引导、促使他们建立社会的公平正义。不仅如此，少部分人拥有资源，大肆享乐，社会转型产生了大量贫穷的人们，富人为富不仁，不能兼济弱者成为社会之病，全社会都需要行动起来，清除自私自利的社会病根，向穷人施舍。宗教信仰成为可资利用的最好武器，斋月就是要发挥这个作用。

斋月的第三个意义是倡导节约与节制。人生活的世界，是一个充满欲望的世界。追求物质享受和不受约束是人类的本性，在穆罕默德时代，阿拉伯富豪权贵如同中国两晋时期石崇等人一样，无节制地纵欲和铺张浪费，过着纸醉金迷、穷奢极欲的生活。斋月是一剂良方，无论富人穷人，在这个月都要节制自己的饮食与欲望，刻苦修行，过着清教徒般的生活，来体尝物力维艰，来之不易；来思考万物有序，不可恣意妄行；来体悯弱者穷人，推己及人，施以援手。

斋月修行与其他宗教形式的闭关、辟谷有异曲同工之妙，其意义当然不止于以上三点，仁者见仁智者见智。认真履行斋月修行的穆斯林会体会到其中的天人合一、清净自持等妙法，这恐怕才是《古兰经》、伊斯兰教义和斋月的本来意义。而所有宣扬对立斗争、极端狭隘、不包容、肆意侵犯他人正当生活方式的内容，都不是穆罕默德改造阿拉伯人的本意。前贤已远，后生小子岂能自矜？这才是开斋节珍贵的内涵吧。

狗舔过的盘子要洗几次

昨天是开斋节，对于穆斯林来说，这是个盛大的节日。在南疆，过去欢庆的气氛要持续半个多月，有钱的人家，家家杀羊，而且还要周济穷人。现在国家法定的节日是一天，有些少了。

不过，今天南疆的节日气氛据说还是很浓厚的。朋友的学生在开斋节当天有个社会调查，小伙子就约了一家富裕的家庭去做开斋节风俗习惯的问卷调查，为此还蹭了一条羊腿，吃得自己直揉肚子。不过，小伙子吃一条羊腿消化得快，再去广场上跟老爷爷斗个舞，更没问题，在大都市，可就没有这样的便利了。

突然想到要看看经文里对封斋是怎么说的，拿出圣训来再读，很有意思。

"圣训"是伊斯兰教创始人穆罕默德的言行和穆罕默德所认可的门弟子言行的辑录。它包括了伊斯兰教的宗教和社会主张，在伊斯兰教的经典中，其地位仅次于《古兰经》。"圣训"，阿拉伯语称"哈底斯"或"逊奈"。前者意为"言语",后者意为"行为""道路",我国通译为"圣训"。国内常见的圣训译本是根据伊斯兰教历 1348 年(公元 1929 年)在开罗出版的《布哈里圣训实录精华——坎斯坦勒拉尼注释》第三版译出。由买买提·赛来哈吉从阿拉伯文译为维吾尔文,再由穆萨宝文安哈吉从维吾尔文译成汉文。

布哈里圣训非常生动和有意义。

论旅行是一种苦差事:阿布·胡赖勒传,圣人曾说"旅行是一种苦事,它搅乱你们的餐食和睡眠。上路者,事毕后应即刻回家"。

论封斋时讲假话:阿布·胡赖勒传,圣人说"在封斋时谁不抛弃讲假话和靠假话办事的行径,其不吃不喝的封斋当不为真主所需"。

论担心成为单身汉者的封斋:阿布杜拉·本·麦斯武德传,他说,我们与圣人在一起时,圣人曾说"有婚娶能力者应当结婚,因为结婚会使其眼和……免于犯禁;没有结婚能力者应封斋,因为封斋会断其性欲"。

论封斋者刷牙:阿伊莎传,圣人说"刷牙可洁净口腔,使真主喜悦"。

布哈里圣训规范的思想行为品德等非常宽泛,宽泛得基本上就是一部行为大全。比如:论狗舔过的食器,阿布·胡赖勒传,圣人说"你的食器如果被狗舔过,当洗涤七次"。不知道那些狗的主人们是不是按照圣训这么做的。

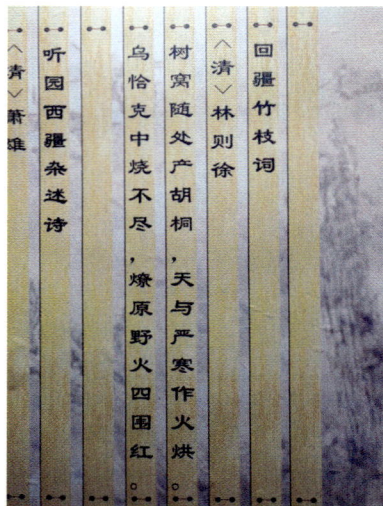

大道归一,大贤利民。作者 摄

雨季的心情

老王来电话，说"我在喀什"，我知道这家伙不厚道，故意让我难受，不理他。过了两天，他又打电话来，说"我在去阿勒泰的路上"，我有些恼怒，明明知道我现在地球的另一端，走不开，去不了，是不是故意让我难受啊！电话里有些生气。

其实，有朋友惦记的日子是最美好的。我每年都要回到大漠草原去，但是，有时候觉得自己竟日复一日地贪婪起来，割舍不了自己内心的思念，割舍不了如鹰一样自由飞翔的心。尽管，一个人在生活中并不完全是自由的。我们并不是草原的鹰，我们毕竟有俗世的羁绊。

离开天山的时候，还是春天的尾巴。空气中充满了凉意，酷酷的冷飕飕的风为我送行，在云海中看着辽阔大洋的时候，不知道未来的几个月会是什么样子，不知道我的朋友在天山脚下会是什么样子。在另外一个遥远的地方，偶遇了新疆来的导游，他已经出来八年了。我非常惊奇在异域碰到新疆人，看着他忧郁甚至有些疲惫的眼神，我觉得他的心底并不是很快乐。我们一起看着大洋的云气漫过山岭滚滚压过来，他说，这有点新疆的意思。我知道，尽管我们的内心向往着围城之外的世界，我们仍然把自己的灵魂寄存在某一块山石上，让一只鹰为我们看顾。告别时，我祝福他，希望他不要太孤独，当然，我知道我的顾虑是多余的，我的担心也是多余的。新疆人，不需要别人的怜悯和儿女情长。

雨季，这是一个多雨的季节。回京的第二天就是六十年一遇的大雨，六十年，一个甲子，世界会以自己的方式涤荡污秽、清洁一切。当哗哗的大雨像喷流的瀑布从天而降，当雨水在街衢很短的时间就流成河，那一瞬间，我想起了小时候下雨的光景，河水一下子就猛涨起来，树木的根都被

春意盎然的北疆山野。作者 摄

冲刷出来，大鱼从上游被裹挟到下游，在奔流的河道中向着下游、向着新的栖息地游去。新买的难得的凉鞋被水冲走了，那个小小的孩子坐在河边雨中难过得哭起来，却无法追到那只随着水流打着旋急速溜走的鞋子。不知道那只鞋子去了何方，有时候，你也不知道你的思绪去了哪里。那是你无法追逐的。

雨后的一切是繁茂的，郁郁葱葱的，久违的雨给了生命无限生机。朋友从贺兰山回来，说那里六十年山无青色了，今年的贺兰山变绿了。而且，他给我看了岩羊的照片。我想，新疆的很多山、草原，肯定比以前更绿了；很多河道干枯了若干年，估计也是水漫金山了；天山里的芦苇，也许摇曳多姿了。生命在那样的原野，有了水，一定会恣肆飞扬地把自己的个性充分地展示出来。

回来后，每隔一两天，都会下雨，这是一种久违的感觉。我常常会想起江南雨打芭蕉淅淅沥沥的感觉，非常享受，一再回味。有时候回到北方，不免会有一些遗憾，觉得北方少了这样的感觉，少了雨打芭蕉的细腻与安静。今年有些不同，雨敲着窗子，几天就会有一次，那种平平静静的雨声，让自己沉浸在一种思绪中，希望端着一杯酒，忘记自己在做什么，忘记自己在想什么。

突然，我想起，找一个精致的杯子，接一杯雨水，或可调出很好的鸡尾酒。

安静与热闹

也许是喜欢安静的原因，我喜欢人少的地方。

也许是性情的原因，我喜欢朋友多的地方。

俗世已累，每天在繁华的都市中，人们总看到一些为了追逐名利而蝇营狗苟的人，看到一些为了些微小事就把斯文一脚踢开丑态毕露的人，也不排除看到一些虚伪狡诈的面孔。但瑕不掩瑜，真善美是世界的理想，是引导人们前行的光明，尽管她总是在你的前面几步远，但你要有足够的耐心去等待，不断跋涉追寻。

乌鲁木齐的冬天是安静的。早晨一觉醒来，隔着窗子望着楼下的街道，路灯还没有熄灭，闪烁着的灯光映在马路边的积雪上，泛着晶莹的光，空气中弥漫着这个城市特有的气息。因为烧煤的地方多，便有一种飘浮的雾气，这种雾气透过窗子外的光能够感受得出来。自西气东输干线陆续贯通以来，新疆一直为内地源源不断地提供着大量的天然气，而自己在很多地方却是默默地奉献着，烧煤取暖的地方很多（此文选自数年前的日志，作者注）。清洁工们早就起床了，离很多人起床还早着呢，这些辛苦的人们在清除路边的积雪，这是一项很苦的工作。空气中的寒冷是凶猛的，并不因为人们的勤劳和善良就稍稍降低自己的冷酷。晨练的三五老人已经走在大街上，在积雪上踩出嘎吱嘎吱的声音来，借助清静的早晨传得很远很远。几辆汽车闪着大灯驶过，这么早，不知道去做什么，也许是赶着送自己的爱人去城市的另一边上班。雪后的马路显然结冰很厚，车开得比较慢，冰路上开车，估计只有大东北哈尔滨的司机才可以与乌市的司机媲美。不过，我以为乌市的司机师傅会更好一些，因为乌市的街道大多要比哈尔滨的街道窄得多。

这么清冷的早晨走在大街上，基本上碰不到什么人，只有路灯在闪烁，清冽的空气和丝丝燃煤味会毫不客气地钻进你的鼻子里。有时候，乌市人会抱怨糟糕的空气，当然还有冬天的堵车。

通常很多人起得并不早，几个朋友都是夜猫子，所以上午不要有访客的计划。到正午一点钟，我说的是乌鲁木齐时间（对于内地人而言该是上午十一点钟了），你才会看到很多人冒出来，到那些开门的馆子里吃午饭，大约也就是早餐和午餐并作一餐了。据说阿教授一般要睡到中午十二点多，一定要用床板吱吱嘎嘎地奏完一曲，才会懒洋洋地爬起来，有时候还要靠着门框像马一样再站着睡上一觉，美其名曰"立式回笼觉"，李书记很客气地称之为"普氏野马睡眠综合征"。

街道上停留的人并不多，偶尔有一两个人也都是匆匆走过，漂亮的小马靴，各色鲜艳的围巾，小伙子帅气的皮帽子，也许还会有几个颇具艺术细胞的帽子卷着耳朵，一个翘着，一个耷拉着。到了下午，因为难得的阳光，商场和主要干道上人有些熙熙攘攘，再懒的懒人们也要出来购买生活必需品。买买提拉着几个人在街道的拐角吃饭，这个餐馆不大，但是排队的人很多，买买提看着身后的几个大肚汉，心情灰灰的，摸了好几次自己的兜，估计在感觉自己钱包的厚度。李书记居然很不知趣地嚷嚷自己要多吃点，饿了饿了，一点也没有感觉到买买提的牙根已经咬了好几次。

有时候，大家更愿意约着去巴格万喝茶吃饭。要一个卡座，餐是正宗的民餐，茶是乌市特有的花茶，不是那种拼配的花茶。茶泡好了放在一个透明的玻璃茶壶中，底座是燃着的蜡烛，低低的火苗燃烧着浪漫，保持一种难得的恒温。在这样的地方，不经意你会碰到一两个熟悉的面孔，有的还睡眼惺忪的，经冷空气迅速催醒后，有点北地初霜后的秧子的感觉，有一点冻意，有一点青涩。伊揉着腮帮子，一层一层地宽衣坐下来，隔着典型的阿拉伯风格装饰的玻璃和窗子，感受着过滤了寒冷空气后的惬意。一杯茶下去，我想，任是什么被吹嘘得过头的名茶名酒都不及这一刻的惬意。

喝完茶，去了伊的办公室，房间里暖融融的。几个人胡吹海侃了半天，相约晚上去"盆盆肉"见面。

夜的乌鲁木齐是热闹的。

夜的乌鲁木齐加倍寒冷，又加倍温馨。寒冷的雪地踩在脚下变得更有质感而坚实，挑着有雪的地方踩，以免自己滑倒，最重要的是要在酒前不断地培养自己踩着雪地走的条件反射，以免酒后踩到光亮的冰面上有失仪态。几个人坐下来。滚着热气的火锅，冰凉的伊犁老窖，或者是伊力特。这里没有温酒的习惯，冰凉的酒如同冰淇淋直直地从体外一站就到了胃里，显然比任何一辆BRT(Bus Rapid Transit,快速公交系统) 都要快得多。伊已经有些晕乎乎的感觉了，不免手舞足蹈地要求几个文明人喝一杯，文明人突然变得非常不斯文，站起来，倒满了自己大大的杯子，很是平静如天池湖水般的目光投向伊，"那就干一个"，一杯烈酒如白开水般直接去清洗胃了。伊非常满意自己动员的效果，非常有脸面，也非常有礼貌地摇摇晃晃地站起来，自己也比划了一下。群众一旦被发动起来，那就不大好办了。已经退潮的大海，突然一下子又开始涨潮，惊涛拍岸，卷起千堆雪，窗外的寒风中有无数个雪堆，埋伏在街道的很多角落。灯光突然变得明亮起来，窗子上的雪花图案极为美丽多姿，窗外，已经是安静的道路了。

夜色渐晚，两个朋友架着伊走着，一片片的飞雪透过围巾飘进脖子里，非常惬意的感觉，小小的风低低地回旋着。

朋友们相聚的乌鲁木齐非常温暖，因为，这里的人，赤心衷肠，非常容易贴近。如果你够朋友。

冬之静谧。李江 摄

恰依多拉

中国文化中有一个耐人琢磨的现象就是跟风炒作。当然，跟风炒作的目的基本上不是展示文化的源远流长、博大精深，大多是为了钞票。

举个例子来说，譬如茶。全国对茶的炒作一度到了无以复加的地步，比如金骏眉、黑茶、普洱茶、白茶、绿茶、红茶。这其中，尤以金骏眉的炒作最有意思。红茶之中，以福建的正山小种较为历史悠久，据说过去大英帝国的皇室从中国就只进口正山小种，这件事未作考证。好的正山小种，灰红色，非常耐看，而且有一种油脂和润滑回甘的感觉，价格上也得在每斤千元以上，市面上几百块的所谓正山小种，大约都是冒牌货，或者非常低端。至于真正的金骏眉，顶级的正山小种，经由梁先生手工制作，零售价在万元左右。据说，一年的产量不过500斤左右，500斤左右的金骏眉现在出现在一大堆附庸风雅的人手中，都市酒肆，时不常就见有人掏出一包来，眉飞色舞地告诉你喝金骏眉。

我无意评判茶市、茶叶，也无意贬低各位手中的金骏眉，我只是觉得凡物是什么就是什么，你品质高，该给你高价钱就给你高价钱，你品质不好，就别说假话。

在这里，我要说的是新疆茶文化的一种。

很多人认为新

阿克苏产业园展柜，文明进步与勤劳致富的硕果。作者　摄

疆地处一隅，与先进文明与文化毫无瓜葛，其实这是一个天大的误解。从有文字及考古记录的历史以来，西域一直就是华夏文化的发达区域，其中的重要因素是：一者，她是与世界主要文明交流最早、最直接、最活跃的区域，比如犍陀罗文化中的雕塑，对西域很早就有影响，对中原文化也有很大的影响；二者，在很长的历史时期，西域文化是最开放、最富有创新精神的，在内地还是满口之乎者也、处于保守禁锢甚至腐朽堕落的封建王朝时期，西域就以其丰富、活跃、灵动的艺术创新精神，一直独领文化风骚。所以，在精神世界里，西域是强大的，是先进的。

茶之为饮，在于药用，在于理气安神，在于以茶会友，而不是无限炒作。茶之为饮，在于与一地气候、风俗文化的完美结合，在于与个体的匹配。不是茶尽可人，也不是人皆可茶。这实在是个常识，其实我也没有必要在大方之家面前班门弄斧。不过，我要介绍新疆的茶文化，不得不先作一些铺垫。

在北疆有乌苏柳花，谢彬的《新疆游记》中有所记载，问过博学的王博导，说现在也有，不过产量很小，很难找到。（2017年我终于找到了量产包装的乌苏柳花茶，是我七弟沙达提送我的。）

在南疆有"恰依多拉"，这就值得大书特书了。

南疆人对茶和水都很有讲究。

新疆人崇尚阳刚和热性，喜欢鹰、骏马、雪豹以及狼，对物之凉热非常敏感，自然也关照到水之饮。他们认为地下水没有经过阳光照射，是凉性的，称之为"母水"，喝了会使人四肢无力，连生的孩子都是女孩子居多；河流和水渠里的水，是高山上的冰雪在阳光暴晒下融化的，任情恣肆，奔腾喧嚣，是力量的汇聚，是阳水，也被称为"公水"，人喝了这样的水，自然是非常强劲的。

茯茶是热性的，又称为砖茶，很得新疆人的青睐。在南疆，勤劳聪慧的维吾尔族人民还发明了加强升级版的茯茶，就是"恰依多拉"。

恰依多拉是一种药茶，与茯茶一起煮着喝。"恰依"是茶叶的意思，"多拉"就是药的意思。药茶用黑胡椒、白胡椒、荜拨、大茴香等十多种药材与香料配制而成，药材与香料以粉状与茶合，成为药茶或五香药茶。它的直接作用是温胃润脾、理肠化气，长期饮用能够造就一个健康皮实的消化系统，年龄大了也腰不弯腿不软。

味道最正宗的是和田维吾尔医医院配制的药茶，据说除了列举出的十二种药材外，还有几味秘方。这个茶，个人认为，应该快一点申请产地和配方的保护。

我发短信问大阿姐知不知道恰依多拉，大阿姐是很博闻多识的，居然不知道这个维文词，我告诉她是茶，她立即回复："是药茶，南疆的老爷爷常年喝它，一把年纪了尚能娶妻生子……"

各位都去南疆买点吧，大阿姐经常说大实话。当然，为了讽刺茶的炒作，我用了恰依多拉，你懂的。

买买提和刀郎羊

买买提是个帅小伙子，家是南疆麦盖提县的，现在工作生活在乌市。

买买提相了几次亲都不成功，最近的一次是乌市第一场大雪的时候。远在南疆的父母都有些着急，不断地催买买提要加快速度，买买提开玩笑地对两位老人说："乌鲁木齐的路滑着呢，快不了。"老人都非常生气，"什么时候了还有工夫开玩笑，你妹妹都有了小娃娃了，你弟弟也有了女朋友，就你一个人不长出息"。说话都是用维吾尔语说的，这个神态语气我学不来，大致就这个意思。

买买提相亲不成功，跟女方没多大关系，跟自己也没多大关系。跟女方没关系，不是女孩子不漂亮，也不是女孩子不温柔可人；跟他没关系，不是他长得难看，也不是他脾气不好，小伙子高挑个儿，眉清目秀，极为英俊潇洒，还不戴眼镜。维吾尔族帅小伙的眼神也是带弯钩的。买买提来我这里，把几次相亲的结果和过程跟我一说，我也没听明白所以然，就问到底什么原因，是人家嫌贫爱富吗？"不是，我家也不穷。""是你嫌贫爱富吗？""我怎么会？！""那是什么原因？"买买提挠挠头，嗫嚅半天期期艾艾地告诉我，"每次相亲的路上都有漂亮的女孩子向我问路，我怎么解释人家都听不明白"。我哈哈大笑，以表示我的智商已经达到理解这个问题的水平了。买买提恼怒地看着我，似乎我有些搞民族歧视，我连连道歉，表示此事无涉政治和宗教，仅仅是我对他个人不太同情而已。

最近买买提给我来电话比较勤快，我说你别老打电话，省点儿钱吧，也没有太多的事情，再说也可能过几天我就过去。我天天"忽悠"人过去看雪、滑雪，去南山看牛哄哄的练单板的红衣服摔大马趴，我自己不去不合适。买买提说："你哪里凉快哪里待着去，我是跟你商讨我的终身大事。"我赶紧说："别别别，我介绍的一对儿也没成过，这是我引以为耻的事情，你可千万别找我咨询。"买买提这一次哈哈大笑，认为我应该多读几遍"1314"，用我自己天南海北的混合口音。我对此很生气，认为

驹俐娃子（小羊羔）。作者 摄

他对我搞民族歧视，决定讽刺他几句，还没来得及，那头电话边有莺莺燕燕，我很知趣地用几句很文明的话结束了到嘴的粗话。

其实买买提确实有比较重要的事情找我咨询，就是有关刀郎羊的饲养及科普知识，我并不是一个科普人，偶尔会对地产发表一些不着边际的分析，还入不得流，但是我还是认真地问了问买买提的情况。买买提说，他最近谈了个女朋友，一切都好，知书达理，温柔可人，还会女红，最重要的是一跟他说话就脸红，但是，幸而不幸的是这女孩儿家是暴发户。"啊啊啊，暴发户怎么了？现在有钱人不是多得是吗？""那不一样，此暴发户的老爹非常之怪癖。""怎么怪癖了？""这老爷子养了一只价格昂贵的刀郎羊，据说是几十万还是上百万，天天眼里只有刀郎羊，举凡刀郎羊的别墅、饲养、清洁，一概不委于别人处理，都是自己动手，连他自己的老婆和女儿都不能近前。""是不是跟前几年养藏獒的风气差不多？""就是就是，现在这个老爷子非常痴迷，眼里除了羊就是羊，除了自己养，还发动几个好朋友一起养，不仅养，而且还经常聚在一起开茶话会，讨论养羊经，这不，前几天邻居的几万元的一只羊'Game Over'了，愿安拉宽恕我，此老爷子和彼老爷子以及众老爷子还不免唏嘘了半天。""那，这些与你何干啊？""有关系啊。"买买提又吭吭哧哧起来。

我有些不耐烦。买买提憋了半天才跟我说："唉，我做了一件不太妥当的事情，前几天约着女孩儿和几个朋友去捡石头，有一块石头看着不错，我就跟女孩儿开玩笑说这是一块很好的玉，值很多钱，女孩儿心地憨厚，大老远地真的给背回了家，说是男朋友送的，结果，扔在羊圈边的时候，扑通一声，把羊倌——专心致志的羊倌和羊都给吓着了，羊晕倒不起，大病一场……"

这是买买提最近一次相亲的事情。

奇台的酒

书记是奇台人，跟买买提一道来此地公干。

书记不戴眼镜，瘦高的个子，走路非常踏实，一步一个脚印。

书记不苟言笑，偶尔跟买买提开个玩笑，属于冷幽默型。买买提是个完美主义者，跟书记很默契。

书记跟我第一次见面有些不太熟悉，不免有些端着。照例我问："您是哪里人？"书记回："我是奇台人。""喔，奇台曾经是北疆商贸通衢，据说过去很多人家藏酒很多，几乎家家都有酒窖。"书记不经意间眉毛挑了一下，以为我没看到，其实我注意到了。书记说他们家有个很大的院子，父亲人很好。

我请书记、买买提、王大教授、王先生以及若干人等吃饭。书记说"我不喝酒"，说完举起茶杯作了一下秀。书记举茶杯，四指并拢，大拇指作平衡状，我看到了这个动作。我不动声色，说："那您随意。"通常我是很民主的，比很多懂民主理论的人都民主。"那您喝茶？饮料？"书记似乎很犹豫，最后选择了饮料，因为晚上喝茶多了不利睡眠。

夜色很美好，平静的冰面，蓝色的灯光，透过窗子的玻璃能感觉到空气的冷峻、清冽。买买提和阿迪力喝着葡萄酒，做出很斯文的样子，人多的时候他们都有些讲究。我非常善解人意地尊重一切习俗、惯例和法律。

王大教授跟一个很熟悉的大腕一起喝酒，两人点了牛排，分着吃，不过叉子没分。大腕说肉有点嫩，王大教授说肉有点老，俩人有些争执，尽管腮帮子都鼓着。然后，两个人眼睛对眼睛地一杯一杯地喝。

阿迪力碰到了年轻的服务员，很美很甜的那种，不免叫人家妹妹，然后就跳起了很有名的舞蹈，只有杨贵妃才能欣赏到的那种，那是我看到的阿迪力跳得最好的一次。我申请跟他学，他对我有些不屑，穿着新买的靴子，在服务员面前胡旋（胡旋舞，以旋转为主要动作的舞蹈）。

书记有些心神不定地喝着饮料，我照例讲，这样的夜色，这样寒冷

江布拉克，上帝的调色板。作者　摄

的冬天，这样的狐朋狗友，最适合在新疆吃着手抓肉或是烤肉，大碗喝酒，大眼睛看阿迪力舞蹈。酒嘛，要一杯一杯地喝，肉嘛，要一口一口地吃，歌嘛，要一句一句地唱；歌嘛，要一句一句地唱，肉嘛，要一口一口地吃，酒嘛，要一群一群地喝。

王大教授一边看着舞而蹈之的人们，一边迎合着我的话："就是就是，这样的良辰美景，没有酒怎么行，没有花怎么行，没有诗歌怎么行。"我摸了摸腮帮子和牙，继续我喝酒的话题。

我又讲了那个千篇一律的有关酒如何诞生的段子，我又讲了在新疆南山寒冷的雪夜里一群人喝多后凌晨四点出来看钻石星星的故事，我又讲了在白石头峰、阿拉尔大醉和大块朵颐的事情。灯光下，书记还是有些不苟言笑，但是似乎对"酒"这个字开始有些过敏。

所以，你知道，第一次我跟奇台来的书记吃饭，我没让他喝酒，我也没劝他。书记自己也没有喝酒。买买提为这个事情很诧异，认为我对新疆乡亲不厚道。我说我是伊犁的，有地域性。买买提撇了撇嘴，很潇洒地甩了甩头发，不再跟我说话。说这话的头一天晚上买买提跟一个同性朋友躺在一张床上聊了一晚上，我对此稍有不解的时候，买买提连着喝酒的事情批评了我一些时辰，用着维吾尔语调调的汉语，还用了一句"欲擒故纵"的成语，我心里一惊，这个家伙，汉语通啊。

第二次我请书记和买买提吃饭，书记没再提饮料的事情。大家吃得很高兴，喝了一些酒。吃完后，寒冷的冬天里，夜深沉，灯迷离，买买提和书记说没喝到此地比较正宗的啤酒。站在饭店的门外，寒风从我的脖颈掠过，雪花轻轻地飘着。我很淡定地提议，隔壁有一家正宗的德国啤酒，我们去喝"一米"。买买提和书记都赞同，我们就去了啤酒馆，正宗的洋啤酒，喝了"几米"。

我扶着买买提，买买提跟我提了好几次他跟人在博物馆和红山公园约会，以及在老家的麦西来甫上跟一个老爷爷斗舞的事情，有些沮丧，估计当时老爷爷比较"飒"。

　　书记喝了一些酒，说奇台很美，奇台历史很悠久，有很多古迹，有个古城墙的遗址，他小时候在那里生活过。书记还说，奇台产硅化木，有很多奇石。我问："你们家的大院子是不是很漂亮？""那当……然。""你们家院子里有没有酒窖？""那当……然。""书记！""啊？""你再喝一杯饮料。"

奇台盛产硅化木和酒，图为硅化木。作者　摄

你好，新疆！

通常过年都要拜年的，春节不拜年的风俗好像还没听说过。

拜年大多数时候都要带些礼物，以示礼貌和敬意。我在房间里转了几圈，发现没有长物可以送给新疆的朋友；去附近的银行转了几圈，银行也都没有开门。只好远远地说一声：你好，新疆！算作我给大家的拜年。

你好，新疆。大学时候最好的朋友是新疆铁路中学毕业的。仁兄学的古生物学，是地质系的。我学的东西跟他八竿子打不着，可是跟他最是无话不谈。恰恰奇怪的是从没有讨论过古生物地质学。仁兄毕业后去了一个自然博物馆，某一年去看他，正是雨后，雨后的动物园有只可怜的大动物过水沟的时候发生了不幸，仁兄和自然博物馆的同仁帮人家干活，人家有所犒赏。是夜有雨，仁兄将犒赏炖了一锅，大约十几个人大块朵颐，酒醉熏熏。时光荏苒，后来仁兄去了国外，地遥天远。亲爱的朋友，新年好，祝福你新的一年。你的灵魂深处是新疆的儿子，你就像天山的雄鹰，从那时就充满了理想与率真，今日飞翔在遥远的异域。祝福你。每一个新疆的儿女，无论身处天涯何方，一样的祝福送给你，一样的新一年平安如意。

你好，新疆。买买提没有回家。汉族的春节，之于他就是多了几天假日。身边的朋友回家的回家，过节的过节，平常热热闹闹的，这几天如鸟兽散。买买提发短信说自己在用功写什么玩意儿，我很是怀疑地回了几个问号。那边估计很生气地踢了几脚桌子，回复说："我就是在用功。给你拜年。""呵呵，拜年就拜年吧，干吗说自己在用功啊？"那边更加气愤："我就是在用功！"这样的争论，当然是为了给过节没有回家还惦记着给我拜年的买买提平添一点乐趣。有时候，我想起买买提以及他的朋友们，民族朋友，他们的短信居然是我今年最早收到的拜年的问候。想起自己在开斋节、宰牲节上的粗疏与无礼，不免汗颜。善良的买买提，新春快乐。我想起了那个爬上树摇晃二秋子的维吾尔族老大娘，借这样的一个日子祝福你们新的一年心想事成。

冬季天池。孙国富　摄

你好，新疆。我该启程出发了。节前节后，最多的就是新疆来的电话。新疆人不喜欢发短信，有事情总喜欢直接在电话里说。一个又一个的电话。某日在某地跟几个朋友一起喝酒，这已经是这一天中的第三次，新疆的朋友在这期间来了电话，第二天，浑然不知道自己昨夜说了些什么，下意识地看看电话号码和通话时间，挺长的时间，聊的什么？不知道。日偏正午，朋友来请我去吃早餐，说，"你昨天好像态度不太好"。"怎么了？""你跟朋友通电话的时候骂骂咧咧的。""说啥了？""不记得了，反正是态度不好。"我非常惶恐，大惧，惶惶然，不知所措。最不愿意伤害的，就是新疆的朋友。一个电话过去："那个那个，在忙啥啊？昨晚在干吗啊？我昨天有没有得罪的地方啊？"对方一派茫然："你小子说啥？我怎么听不明白，昨晚上喝多了。"我挂掉电话，一阵狂喜。哈哈哈，那边也喝多了。朋友愣在那里，一时无语。新疆人从来不计小节，只要有一片赤子之心，到哪里都是朋友。新的一年，最好的祝福，当然要送给朋友。不过，这段酸酸的文字，估计已经招来几个朋友的板砖。是骡子是马，还得回到桌上遛完了再说。

你好，新疆。有新疆人的地方，就有生命向上的力量，看完李娟的《冬牧场》，想着此时阿勒泰的雪。这样的冬天，这样的节日，唉，最好的还是在新疆过。那肉，那酒，那儿子娃娃的情怀，那个冬窝子里的四不姑娘，哪里还有这样的风情人物。

过几天，还有人从海边背回晒的盐，那就是手抓要沾的佐料啊。

一亩地

在我的名下，有一亩葡萄园。

由于我既不种也不负责浇水，这件事就交给我妹妹和家人去管理，所以，这亩地的收成不能全部归我，不过，照例我会得到几大袋美美的葡萄干，在乌市还被乌市的人截留了一些。本来乌市的朋友都不相信，认为乌市人怎么可能稀罕葡萄干呢，及至看了我的地里出产的完全有机的、黑色的、很大个的、有籽的葡萄干的时候，他们都流了哈喇子。我说，不成，我就这么多了，我要带走，明年再说吧。

我用啬啬的名声勉强保留了三大袋葡萄干，回来后自己几乎只剩下一个信封那么多。在物质极为丰富的今天，我还是为我那亩地感到欣慰，感到自豪。

我的那亩葡萄园在鄯善县的连木沁镇汉墩六大队五组，这个单位很像江南诸省的村落安排。妹妹告诉我从乌市去她家有两个小时就够了。她这么褒扬乌市以及高速路的畅通程度，我个人觉得乌鲁木齐市市长或者公路交通局的官员们应该拨冗接见她一下才对得起我这个如此善良厚道的妹子。

车从杜氏庄园出来，过头屯河大桥，一路风驰电掣，一行人不免有些春风得意马蹄疾的感觉，很遗憾，人们总是把困难估计得不足，到了高速至乌市外环下道的地方就被完全堵死了，打了几个电话才知道高速路被挖断了。动辄就把高速路挖断看来也是一种乐趣，最可笑的是居然收了20块钱的高速费，也不提醒你前方是不通的。跨越式发展看来不能只限于口号，很多具体的问题要具体分析。

没有办法，只好从高速路下来，折回城里。买买提本来要带我去参加他一个同学的婚礼，我因为要去看葡萄园没有答应，买买提很是不高兴，特别提醒我（很加重的语气）有个很特殊的姑娘要去参加婚礼，让我的近视眼帮着参谋一下。道路一曲折，我就动摇起来，在车上嘟囔，要不去参加婚礼吧。王大教授非常恼怒，认为说定的事情就要坚持下去。新疆人就是这样，看着大大咧咧，可是说好的事情绝不能爽约，否则极可能被一脚踢飞变得不入流。为了在正道上混，我咬紧牙齿，决定战天斗地找通途，不到葡萄园不罢休。

精诚所至，金石为开。车终于绕过城边，走上了去柴窝堡、盐湖的路。

久违的风力发电机的大风车又出现在眼前，遥远的博格达峰在晴朗的天空下如此伟岸而高贵，那深色的山峰，那洁白的雪顶，那盘旋在天空的飞鹰，一切都是那么神秘而唯美，让人久久不能回到现实中。

柴窝堡水库，远远望去，碧绿如镜，可是，总会想到柴窝堡的大盘鸡跟沙湾的大盘鸡是不同的，这里的干锅烧，沙湾的炖……吃货啊吃货。

柴窝堡是淡水，接下来没多远就是盐湖。我第一次发现盐湖的湖面在日光下看去是绿色的，是那种鹅黄绿，中间间带着白色的片段，绿色而白，而近岸才是白色盐带的边缘。这种景象，突然让我想到在北方的山上花儿刚刚开放的时候，看上去如同初冬的霜色一样，花如霜，这是当时我看到山花一野的第一反应。同样，绿色的盐湖，也让我觉得突兀而别有情趣。

　　这一段路程，天山就在视线的南边，天山的北坡是舒缓的，一直连接到湖面都是平缓的坡地与原野，可惜不是草长莺飞的景象。

　　过吐鲁番，过胜金口（胜金沟）大桥，据说这是当年阿古柏入侵新疆击败回王，而后长驱直入乌鲁木齐的地方。历史沧桑，今天是看不到任何踪迹了，只能看到一片绿洲——林木茂密，村庄、河流生机盎然，地气渐暖，已然是初夏的感觉了。这一带，风景奇秀，多姿多彩。一般人跟随

葡萄好吃干难养。在天气转冷之前，埋枝防寒。作者　摄

旅游团，也就是到吐鲁番、葡萄沟、火焰山而已，在我看来，真正的景色在这些地方才更胜一筹。过吐峪沟，这是王大教授极力推介的地方，从我的葡萄园回来，计划要下道过去看一看。

　　车程三个半小时，加上在市区兜的一圈冤枉路，总计五个小时，早上七点半从昌吉出发，近中午一点才到连木沁。从高速路上下来，前行两个路口，在一个小的路口左转，远远地，看到了来接我们一行四人的妹妹，我的葡萄园啊，终于到了。

我的大家庭

已是七月。七月的新疆是花朵的海洋，是最美丽的地方。

南疆（东疆）连木沁镇有我的一亩葡萄园，那里离鲁克沁镇非常近。四月份我去的时候，葡萄园已经非常繁茂，小小的像米兰一样的葡萄已经萌动在架上了。坎儿井和远山坡上坎儿井的土包像蚂蚁窝一样，近处的流水咕咕地流过门前，穿过葡萄园。几只黑色的山羊在羊圈里，一只小羊像一个调皮的娃娃在吃奶，我走到一棵粗粗的桑葚树下的羊圈前，羊妈妈和其他几只羊都羞涩地走到内室去了。我想，大概我是生人的缘故了。

维吾尔族妈妈和爸爸看到我们非常兴奋，对远方来的客人表达着满满的热情；维吾尔族弟弟的小孩儿满月，这对维吾尔族来说是件很大的事情，需要把弟媳妇从娘家接回来，然后婆婆要给儿媳妇买首饰，大办一场，晚上还有歌舞表演。院子里几个小孩子一开始很腼腆地看着我们，后来对我拿的 Ipad 非常感兴趣，看到我给他们拍的照片和录的舞蹈都非常惊奇。

他们天生有表演天赋，现场给我们表演着经典的民族舞蹈和幼儿园的通俗舞蹈，然后过来看自己的表演重放，再跑到一旁去做鬼脸。院子里绿树成荫，院子外阳光暖洋洋。这是盛夏的鄯善。

望着远处的风景，看着近处大片的葡萄园，那一刻我觉得完全融入了田园风景，如此安宁，如此让人沉醉。别样的田园风光，比你在中原看到的村子更别有一番风情，别有一番美丽的景致。

这是生活真实的一面。我走进我的维吾尔族大家庭，我知道我的心可以寄放在那里，这样的家庭，我还有很多，尽管我还没有去过，但我一定会去的。吃着最好的手抓饭，表扬着在大都市当过厨师的大厨，他一样的羞涩，说自己的手艺还有待提高。为着他的谦逊，我们都笑了，他更加不好意思，连连问我们菜要不要根据我们的口味加以改进。维吾尔族爸爸跟我聊天，他做过村里的干部，说话有条有理、不紧不慢，从家里的情况说到葡萄园，然后说到他们家没有什么后台，希望能够得到我们的关照。这些话，坦诚而又自然。听说我们要在天黑前赶回乌鲁木齐，不能看晚上的歌舞和住一宿，他表示非常遗憾，我从他的眼神里看到了很深的失望。然而，很快他就调整过来，说，你们能来已经很不容易了，非常感谢。

我想，人民希望安宁，这是他们想要的生活。人民需要理解，需要尊重，需要联系、交流、沟通。当知识和外部世界向他们开放的时候，他们会对很多问题发出疑问，比如孩子受到了高等教育，可是就业的难度加大，等等。我们需要听到真实的声音，我们需要安静聆听，听他们讲完，因为你听到真实的声音很难。当听到真实的声音后，我们需要行动，很快地行动起来，成为他们中的一分子，把你的尊严放在他们的尊严中，为他们设身处地着想，他们遇到了什么问题，需要我们去尽哪怕是微薄的努力。我们还需要注意倒洗澡水的时候不要把孩子也倒掉了，因为很容易发生这样的问题，当你打击坏的事物时，会伤到与坏事物相近的好事物。

　　天山是高远的，从连木沁镇出来的时候，那一刻我觉得天山云峰冷峻而傲岸，一只雄鹰飞翔在白云、雪峰间，愈显天地之辽远壮美，左侧是盐湖，一样美得摄人心魄；大地是辽阔的，我们能看到古代的天山牧场，那是我们的古老草原诸部落活跃的舞台。在这样辽阔的土地上，胸襟应该是辽阔的、包容的、慈悲的，同样，也是需要细腻的。

葡萄熟了。沙达提·乌拉孜别克　摄

胡玛尔一家

胡玛尔是位知识女性，家住在克孜勒苏柯尔克孜自治州阿图什市，新疆人习惯上称克州阿图什。新疆的地名太长，有个开发票的笑话讲的就是新疆的地名和机构名称，当然，这么长的地名一般会有一些约定俗成的简称，巴州、博州，都属此类，本地人都明白，不需要解释。

克州在新疆的西部，与吉尔吉斯斯坦和塔吉克斯坦接壤，是全疆边境线最长的州。州府阿图什离喀什市区很近，大约几十里路程，阿图什商人多、富人多，一般都喜欢去喀什消费，有个说法就是阿图什人挣钱都花在了喀什，肥水流到了人家的田里。克州阿克陶县的乡村与喀什的乡村地界就挨着，两地通婚、串门，亲戚很多。克州人说喀什人很爱面子，对外总说慕士塔格峰是喀什的。克州向东的邻居是阿克苏，阿克苏离克州最近的县是乌什县。乌什县盛产沙棘，托什干河（兔子河）发源于中吉两国边界的山区，从克州阿合奇县流经乌什县。

克州的无花果比较有名，据说是全疆最好吃的无花果，新鲜的无花果摘下来,当地的朋友会教给你吃法:把无花果放在掌心,用手掌拍一拍,再打开食用,馨香甜蜜。还有一种厚皮、耐储存的木格纳葡萄也很有名,吃起来口感清甜。不过,最有名的可能还是柯尔克孜族的史诗《玛纳斯》。当然,那个阿图什乌鸦的故事流传也很广,说的是阿图什人聪明,是新疆的温州人。

我去克州调研,认识了胡玛尔一家,对克州的认识就更加深入和全面了。

说起胡玛尔一家,给我印象最深的是她的奶奶。胡玛尔的奶奶住在喀什,我去调研时告诉胡玛尔要到她家做客,她奶奶专程从喀什坐大巴过来。胡玛尔说老人家八十多岁了,在喀什市里还天天骑木兰牌摩托上街。老人不懂普通话,安静地听我们讲,不时露出和蔼的微笑,重孙辈们在她周围跑来跑去,搂脖子搭肩,四世同堂,和合美满。

老人家一辈子的经历引起了我浓厚的兴趣,以至于调研基本上偏离了预设的题目。胡玛尔告诉我,她奶奶名叫吾日亚提·祖农,1941年8月26日出生在阿图什市上阿图什乡;1950年9月至1955年7月读上阿图什乡乌恰小学;1955年9月到1957年7月读初中;1957年9月到1960年7月就读于喀什地区卫生学校助产师专业;1960年8月中旬被分配到麦盖提县人民医院妇产科工作,一干就是23年;1984年调到喀什地区妇幼保健院妇产科工作直到退休,在工作期间多次被单位评为先进工作者。胡玛尔像年轻人找工作谈简历一样给我详述了奶奶的经历,老人家是新疆解放后第一批受教育的民族少年。回首七十多年前,光阴变得柔和而美好,我们仿佛穿越时空,来到上阿图什的一座普通的民宅院子里,正透过窗格看着窗外的葡萄藤。

知识与教育是有源头和传承的,这也是传统的力量。奶奶的外祖父

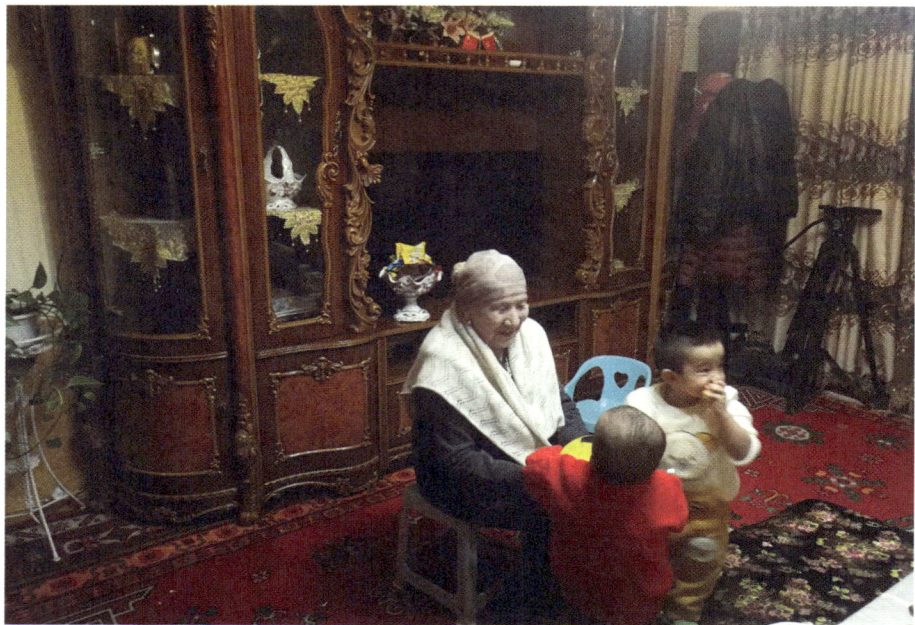

吾日亚提奶奶与外孙。作者 摄

麦麦提·那买提是上阿图什乡乌恰小学的一名老师，吾日亚提奶奶在这个知识分子家庭中长大，她的外祖父很重视教育，传到她这一代，她的八个孩子和孙女们按照她的要求都必须去国家开办的正规学校上学。这些孩子毕业后从事的职业有老师、警察、医生、技术人员等。

胡玛尔的妈妈是个家庭主妇，相夫教子，是典型的温良贤淑型的女子和母亲。这样一位家庭生活平凡的母亲，也有一段不平凡的经历。胡玛尔的妈妈叫古丽加汗·阿布力孜，1966年4月9日出生在阿克苏地区乌什县，父亲是一名修理厂工人，母亲经商。古丽加汗1973年至1979年在乌什县第一小学读书；1979年至1982年在乌什县第一中学读初中；1982年至1984年在乌什县第一中学读了两年高中，读高中时是阿克苏女子排球队队员（主攻手）。1984年7月到喀什参加全新疆女排比赛，她们排球队拿了全疆第二名。胡玛尔的爸爸去看球赛，一眼看上古丽加汗，辗转曲折，找到女排的教练，拿到古丽加汗的联系方式，追了一年，有情人终成眷属，1985年，两人喜结连理。婚后，生了三个女儿，长女胡玛尔。

胡玛尔姐妹三人都受过良好的教育。胡玛尔1986年出生在阿图什市上阿图什乡，1992年至1998年在阿图什市第二小学上学；1998年至2001年在阿图什第一中学读初中；2001年至2005年在内地一所中学读"内高班"高中；2005年至2009年就读于东北某大学英语系；毕业后在阿图什开办了一家英语培训班，这孩子属于那种能折腾型的，跟她奶奶一个类型；2010年至2017年在克州一所中学任教；2018年9月后到南开大学交流学习。她的两个妹妹都毕业于疆内有名的师范学校，都是理科生，毕业后到克州的中学任教。顺便说一句，胡玛尔的爸爸也是一名光荣的人民教师。

我们在胡玛尔的妈妈家做客，看到家里整洁有序，摆放着各种插花

胡玛尔的家乡——克孜勒苏柯尔克孜自治州的慕士塔格峰喀拉库勒湖，关于远处的慕士塔格峰，克州和喀什都说是自家的。胡玛尔　提供

和工艺品，地板上铺着厚厚的地毯，绣着美丽的花卉图案，工艺精湛。这位贤淑的母亲厨艺一流，做了一大桌子饭，同行的人吃得不亦乐乎。餐叙间，胡玛尔的妈妈给我们炫耀她的黄金首饰和存款，她告诉我们每年她都会买一件黄金饰品，这些钱都是丈夫上缴"国库"和女儿们给的，她有一个存折，没有卡，存折里存了一大笔钱。我们都诚心诚意地劝她不要炫富，花钱不要太大手大脚。

在这样一个知识氛围浓郁的家庭里，有强烈的民族传统文化气息和风格，也有非常开明的包容氛围，宾主交谈，没有任何隔阂，除了给老奶奶要做必要的翻译外，大多数时间大家的沟通畅通无间。夜色已是很深，主人都不愿意让客人离席。

我常常回想这一次调研，后来又去了胡玛尔的小家，她和先生在市中心买的复式楼房，有206平方米。时值她在内地，她的先生小麦接待我，小麦是伊犁人，一路追夫人追到克州。小麦是个英俊可爱的小伙子，厨艺也很好，煮的肉非常地道。

知识改变命运，观念的开放包容与狭隘极端决定着生活的不同质量和水准。胡玛尔一家，让我想起了那句中原地区很有名的话：忠厚传家远，诗书继世长。她们家，是这句话在民族地区的最好诠释。

范园长

范园长，典型的四川人，个子瘦小，常年在田间地头劳作，脸被晒得黝黑，显得特别结实健康。范园长走起路来一阵风，总是火急火燎的，似乎哪里的房子走了水，需要他立即挑水去救火；说话语速也是不一般的快，似乎爆豆子一样，然而带有浓浓四川口音的"疆普"，需要你适应一段时间才能听懂。

"范园长"是他自封的绰号，因为管理着一大片农田，所以就很不自谦地让别人叫他范园长，微信号也是"范园长"，至于本名，大家反而都不太记得了。范园长是种菜种地的行家里手，来新疆已经二十多年了，他在这里安家，在安宁渠种了二十多年的地，在往下面五家渠方向买了新房子。儿子很有出息，新疆农业大学毕业后去四川农学院读硕士，子承父业，青出于蓝而胜于蓝。

我认识范园长是在朋友居来提的公司租种的农田里。老居某日很热情地邀请我到他的菜地里搞采摘，我欣然应约。菜地在安宁渠，从市中心驱车走太原路大约 20 分钟的路程，走进农科院蔬菜种子实验站的大门，里面别有一番洞天。左侧是一大片麦田，初夏是青色荡漾的麦浪，盛夏是一片黄色的海洋，微风吹来，此起彼伏，煞是好看。右侧则是一大片菜地，都是各家单位租种的，菜地实行委托管理，凭票来采摘。菜地里种着辣椒、西红柿、茄子、豆角、包心菜、秋葵、韭菜等各式各样的蔬菜，有你常见的，也有你从来没见过的，绿油油、红彤彤、黄灿灿、黑黝黝，五彩斑斓，高低俯仰连片，蔚为大观。再往前行，是蔬菜种子站的试验田，试验田规整井然，试验的品种种类繁多，盛果季节果实琳琅满目，光是茄子、辣椒就有几十个品种，都标着稀奇古怪的名字，是另外一番景象。

老居公司的地就在种子站试验田的边上，范园长和他的姐夫管理着这一百多亩的地，整块大田分成几块轮作，一片种瓜果类，比如板栗南瓜、冬瓜、西瓜、甜瓜，这些不用太多管理，约等于播种后就不用再管的一类；一片是蔬菜类，最多的是茄子、辣椒、豆角、西红柿，这是常规菜，剩下的是芹菜、韭菜、香菜、皮牙子、大蒜、秋葵、生菜、包心菜、大白菜、小白菜、土豆、丝瓜、苦瓜、胡萝卜等；另一片算作标准农田，种玉米和花生。还有一小块地种了草莓，草莓春四月底发芽，结的果实不大，却特别有味道，很受欢迎，是吸引人们的"打卡地"。

安宁渠的土地肥沃，适合种菜。新疆常年少雨干旱，种地，水是第一位，整片大田都铺设了滴灌系统，每周定期开闸供水。根据这几年积累的经验，内地大江南北常见蔬菜品种新疆都可以种植，有些热带作物，甚至也在这里试种成功。这块土地上成功种植了甜叶菊、西兰苔，印证了"没有不长苗的地，只有不勤奋的农人"。

范园长就是一个勤奋不知疲倦的农人。俗语说，宁种三亩田，不种三分菜，这句话说明了种菜的辛苦。我业余时间到菜地劳动，陪伴范园长几年的时间，深有所悟。北疆大约比内地春季晚一个多月，具体时间各地又有差异，有些高纬度地区可能会更晚。春四月中旬以后始耕播，土地要翻耕平整出来，尽管现在农业机械化程度很高，农机工具一应俱全，那也需要人力操作。范园长瘦小的身躯里似乎孕育着不竭的力量，他要起早贪黑地把土地耕出来，平整好，调出垄来，紧接着要去安宁渠的市场购买菜苗菜籽，栽秧播种。忙不过来，就要雇用一些临时工，按天计费。有些菜苗他要亲自育苗，更费一番功夫。有时候五月初碰到倒春寒还需要补种秧苗。夏日是蔬菜收获的季节，也是最辛苦的季节，一片大田，放眼望去，蔬菜瓜果结满田间菜架，可是没有一片遮阴的地方。新疆蔬菜生长的周期短，大体在五月上旬苗成活生长，六七月开始长成收获，一直持续到十月中旬。蔬菜长则三日一收，短则每日都要采摘，如果不采摘就会长老或者出现烂果。比如，在内地一根老黄瓜的长成总需要些时日，而在安宁渠一周不采摘，黄瓜会长得皮黄籽实，茄子、豆角也是如此。蔬菜的茂盛既是农人的喜悦，又意味着农人的辛苦。当此时节，范园长自然像旋风一样，马不停蹄，劳作不止。四川人到了新疆，依然保持着川人的坚韧和吃苦耐劳，几年时间下来，从没听过他抱怨，有的只是沉默寡言，或者叙说充满智慧的种菜经验。

安宁渠的菜地给予我无限的快乐，早晨迎着朝霞在菜地劳动，看着一野的青菜瓜果，一排排，一架架，一畦一垄，土地散发着泥土的气息，蔬菜弥漫着各色叶香、花香、果香。从西红柿架上摘下一个果实，在衣服上蹭一蹭，张口就吃。新鲜的芹菜，直接从秧棵上掰下一根，在嘴里咀嚼，清香满齿。没喷洒过农药、没施过化肥的果实蔬菜有一种特殊的味道，通常人们会说，"我小时候吃过的就是这样"。

农人种地，是辛苦的，他们是为了生活。这是一种现代的特殊的生产关系，近乎农业职业工人。他们离开自己的家乡，到一个广袤的田野劳动，驾驭如此广阔的土地，他们是欣悦的，好比一个将军率领着更多的士兵。在这样的新天地里生活，他们是勤谨的，并没有一丝的滑头和偷懒。所以，秋天的收获是丰硕的，他们的岁月在这里是充实的，人生是幸福的。

　　有时候，我们两个人坐在田垄上，点上一支烟，望着夕阳西下，听着风吹叶子的刷刷声、浇水声、鸟儿的鸣叫声，看着邻居田里葡萄架上串串青葡萄，这田园景色，会成为我永怀的记忆……

播种勤劳，怎么可能收获秋风？阿卜杜拉的大蒜熟了。
董梅摄于喀什地区站敏乡

我的朋友

越是环境艰难的时候，越要善待那些纯朴的人们。

在新疆，我最好的朋友中少数民族的占了多半。我常常觉得他们善良而美好的人格是我的镜子，让我自惭形秽。

我认识的朋友给我的第一印象就是友善。有一次，买买提去北京动物园，在动物园边上的一个餐厅吃饭，老板娘随口说了一句自己的白头发多，不好染，用化学制剂担心致癌。他居然满口答应要给人家买新疆的天然植物染发剂，自告奋勇，既没要求人家给钱，也没要求人家免单。以我的经验，老板至少给打个折吧。过了没几天，同行的老李就告诉我，他已经把买的染发剂给人家寄过来了。这样的事例，不胜枚举。

回到乌鲁木齐市，每天都不会安静下来。艾克陪着我好几天，从来没有因为我的无趣和酒气熏熏而说过什么。有一次，居然还跟我喝了一杯，其时，他的一个家里人在座，按照家里的风俗，艾克当时是不能喝酒的。然而，艾克为了远道而来的朋友，为了给我面子，就硬着头皮去面对背后的训斥了。这就是民族朋友，他会因为你的友谊放弃一些自己的"原则"。

我的朋友都非常爱美，每一次见你的时候都收拾得干干净净，衣服从来不会皱皱巴巴，在你面前呈现出来的都是神采奕奕。去他们家里，屋里屋外总是那么干净整齐，还种了各种各样的鲜花，这就是维吾尔族、柯尔克孜族、哈萨克族等民族朋友的家。在喀什的高台民居，推门进到任何一个民族乡亲的家里，迎接你的都是笑脸和干干净净的庭院。

我的朋友都非常幽默。幽默的人是智慧的人，是善良的人。幽默的民族是自信而放松的民族。我的每一个新疆朋友几乎都是冷幽默的高手，几乎都是歌舞的宠儿，他们自信地跳着舞。长头发的古丽经常夸自己长得漂亮："哎呀，太漂亮了，没有办法啊，头发长，见识也太长，怎么办啊。""哎

节日里品尝手抓饭。沙达提·乌拉孜别克 摄

呀，我确实想请你吃好吃的呀，可是，你的肚量太小了，一个肉串就把你干掉了。"每当你跟他们相处的时候，你就忘记了自己的一切烦恼，你就会觉得人与人之间的温情和感情是暖融融的。

他们也有很多委屈，然而并不因此归罪于每一个人。常常，他们也会向你倾诉他们遇到的一些不理解，或者处理不当的事情。然而，他们用了更多的努力和艰苦的劳动去获取改变，他们是认真的、廉洁的、正直的，是你可以放心托付任何事情的。他们是好客的、友善的、迷人的，是崇尚公平与正义的。我想，我们应该学会去爱他们，去尊重他们。在艰苦的环境下，我们应该加倍地去珍爱他们，珍爱他们的友谊，为他们多做一点事情。

学会爱，学会祝福这片土地。无论什么时候，都是我们应该做的。

她属于自然与造化

新疆古来是若干文明的交汇区域，所以要比任何单一的文明更为吸引人们的目光与脚步。尽管如此，新疆又是唯一的。正如登山的人常说的一句话：山在那里。你不必企图去徒劳地把她塑造成属于你的东西，她属于自然与造化。

每个人对于新疆的描述都是独特的。有多少有关新疆的描述，就有多少个新疆。从有人类文明甚至没有人类文明的远古时代起，新疆就以其神秘与多彩多姿生生不息地繁衍着各类生物以及后来绵延不断又交相叠加的文明。

这片土地是单一的，她只有一种精神与品质——自然，她的每一个地方都是自然的。唯有自然的力量才能够解读这片土地。

这片土地是神秘而复杂的，她有万千仪态，即使是一个很单一的地方都足够人们用十年、数十年甚至百千年的时间去解读，而最后人工的努力或许变得非常徒劳。这种神秘，加重了她的纯粹与自我。

这是一片包容的土地，这也是中华民族版图上一片如此特立独行的土地。这里的每一个人都是大自然大气的产物，这里的每一个人又是如此爱憎分明，立场鲜明。优点缺点，都如此鲜明。

人们，不同的人们尝试去解读新疆，其实任何努力和尝试都是解读属于自己的新疆。这些努力和尝试都只记录了新疆的一点一线，在广袤的土地以及历史的长河中，显得如此苍白，如此单调。然而，人们又无法放弃自己的努力和尝试，这是一种割舍不断的情怀，这种割舍不断如同天池和新疆的所有湖泊一样，当你临水而居的时候，你无法去直视和面对湖面；当你尝试去与水面对话的时候，你会有跳到水里的冲动，一种深深的恐惧感从心灵深处某个神秘的地方升腾起来。

这就是新疆，祖国大地西侧的新疆，以帕米尔高原和富饶的伊犁为屏障的新疆。这个时候，你是从大海之滨来想象自己心目中的新疆。

然而，新疆是亚欧大陆的中心。

帕米尔高原木孜塔格峰。沙达提·乌拉孜别克　摄

新疆归来明月心

德先生是达斡尔族的，木拉提是维吾尔族的，两人都是名教授，老王的好友。某日喝酒，酒到酣处，老王起身如厕，两人因意见不合，手足并用，拳脚相加，如此之名教授，相拥厮打滚入草丛，老王回来，一看两位仁兄各饱以老拳，不禁哈哈大笑，拉开两人。德先生年长，吃亏了；木拉提五大三粗，喜欢讲法国的启蒙精神。两人相互记仇，如小学生般，见面不说话。

这件事情不能就此罢了，因为都是老王的朋友。老王觉得自己面子不够大，拉上自己的好友，某西方名校毕业之大学者，哈维两族的混血，潇洒而风流倜傥。两人劝和，摆上一桌。德先生先来，不知就里；木拉提后到，扭头欲走，老王堵在门口。德先生低着脑袋，搓着手，嘴里嘟囔着："我也有错。"老王肖之，语言不能及。木拉提转过身来一把抱住德先生，两个大男人居然哭起来。

这就是新疆的名学者。老王说，学生晚上搂着喝多吐了一身的老师走在大街上，那是一件可以炫耀的很光荣的事情，似乎要让人人都知道——你看，我老师又喝多了，你老师没种吧。当然，学生们更爱挽着自己东倒西歪的老师了。

在新疆，用江湖的办法喝酒，用江湖的办法打架，用江湖的办法和好，多么的浪漫主义。那天酒后，大雨，在门口等朋友的车，雨中走过的，都是两个人架着的酒鬼，那雨，多么有风情和气概。

伊犁的三阿姐去了南方一城市，已经是"剩女"了。因为她看不上那个地方的男人——手指鼻子吵了两个小时架，居然没有动手。估计是嫁不出去了。

吾尼其是一个坦率的好学生，有一颗金子般的心，大气温和，坦率幽默，善于关心自己的同学。吾尼其是鄯善人，家里有葡萄园，大约有十几亩，我开玩笑说，那就送我一亩吧，年轻的心当真了，一定要送一亩，而且特意告诉我今年种了几亩新产品，暑期回家就要标上我的名字。那一份坦率和真诚，让我有农人秋日收获的幸福。

"常委"是个调皮的孩子。因为他不同意，我只好尊重他的肖像权，不能说得太清楚。"常委"是他的外号，他的特点是爱睡懒觉。人极其聪明，玲珑剔透，像天山的雪莲一样纯粹。

朋友的孩子叫东东，小学四年级。朋友是文化贩子，家中万贯，收藏的石楠木烟斗有十几把，和田籽料在银行存着，很小气地说回头拿出来看看。我无语，笑着不搭话。问儿子去哪里了。答：卖报纸去了。一会儿东东回来了，见到我很兴奋。告诉我今天卖了六块钱，刨去成本挣了四块钱，没吃中午饭，爸爸没给中饭钱，水也没喝，不过爸爸要补贴五块钱。东东说完，擦完汗，大口喝着水，告诉我有人不买报纸还骂他滚，他们是坏人。还说有一个妈妈拉着自己的孩子，指着东东对孩子说，你不好好学习将来也像他卖报纸去。东东还说，《中国国防报》最好卖，因为有航空母舰的新闻，《参考消息》最不好卖。一同在朋友私人会所喝茶的，还有几个人，一个投资搞石油管道的，一个玉贩子。我们喝着陈年普洱，看着东东不说话。

在新疆，西行去喀什的戈壁滩上，最多见的就是骆驼刺。老王介绍说，骆驼刺的根系很发达，很庞大，一棵骆驼刺方圆几十米的根系，下伸到地下几十米，可以储存一年的雨水，等待来年的雨季。那些深深植根新疆的人们，是这片土地上真正的主人，是大地上的骆驼刺。

新疆，在祖国大地的西陲，在世界的中心。无知的人认为她是贫瘠的，

新疆是广袤与奔放的，是柔美而多情的。李江摄于独库公路

其实她是真正的富有，她蕴涵的精神，是崇高而伟大的，是无私而真诚的，是广袤与奔放的，是柔美而多情的。她蕴涵的财富，也是丰富而多彩的。她的儿女，是美丽而善良的，是智慧与英雄的，是富有内涵而不浅薄的。那种顽强与坚韧的力量，是任何地方的人都不能企及的。

羽博士从南方来，晕辣椒，吃了辣椒就会满脸红肿，起疙瘩；晕酒，一喝酒就手舞之足蹈之。几天以后，已经是伊犁老窖的同党了。那天羽博士跟自己酷酷的同党去野马公园，晚上通电话的时候，听到那边已经跟蒙古族的大哥又干上了。

新疆，让灵魂升华摆渡的地方。

夜市

中国人有一种特别喜欢夜市的情结。

通常夜市是指一座或大或小的城市、乡镇有一处或几处比较固定的地方，形成人们晚上聚餐放松的场所，这些约定俗成的地方，在约定俗成的时间，形成特有的饮食环境和特色餐饮，从而成为一个地方的特色和人文标志。

夜市最大的特点是自由随性。设夜市的地方既兼顾了历史习惯，又有简单的市场管理规则。这种可以作为夜市的地方一般都设在闹市区的临街之处，有的夜市历史悠久，是人们多年习惯形成的去处，有些则是政府这几年规划明令可以摆摊夜聚的地方。夜市通常以吃为主，有些餐食做得比大饭店还要好，却价廉物美；有些餐食则是小巧玲珑，自有一番地方风味。夜市的开放时间通常是在夜幕降临后，也没有太严格的开和关的时间限制，大体上有个上限和下限的参照，到了约定俗成的时间，这些约定俗成的地方就会变戏法样地生出很多小摊来，收拾利索的摊位小老板或打扮

有朋友的地方一定有夜市。作者 摄

精致的老板娘立即粉墨登场，浓浓的香气从各个小摊飘溢出来，人气由少及多，到了夜深时变得人声鼎沸，喧闹有加。北方的夜市受天气影响，大多有季节性；南方城市、乡镇的夜市开放时间则会长一些。

夜市似乎是中国各地城乡特有的一种人文景观，国外很少能看到类似中国这样的夜市。中国各地的夜市有"膀二爷"，有"短裤党"，有"趿拉板子"，人们在夜市中尽可以放松一天的紧张情绪，大声喧哗，举杯豪饮，把一天的劳累和紧张都在夜市中释放掉。有时候，夜市也是宴请好友的上佳选择，朋友从外地来访，大多都要去"吃夜市"，一来显示双方关系密切，不拘形式，是真哥们儿、"铁瓷"；二来确实想体验本地特色，而只有夜市才会有本地的地道小吃，同时，还可以享受天南海北的绝味小吃，比如，武汉的辣味鸭脖子、新疆的羊肉串、兰州或者青海循化的拉面，等等，这些通常会是各地夜市的标配。与外国人拿一杯酒喝一晚上不同，中国的夜市要数瓶子和签子，是一个复杂的数学计算过程。

夜市还是一个地方的名片。我去过的地方都有不同特点的夜市。四川都江堰，在岷江南北岸的一段设有夜市，中间是咆哮奔流的岷江激流。夜市的特色餐饮是地方产的叫不上名字的各种鱼类，或清蒸或垮炖或烧烤或火锅，不一而足，人们一边品尝着鲜美的鱼儿，一边听着歌手们在岷江激流的伴奏中歌唱，今年夏天的主打歌恐怕是《可可托海的牧羊人》了。广州的夜市有一家设在海边空地，很是优雅，岭南绿树成荫，高耸的椰子树下有这么一处吃海鲜烧烤的地方何其惬意，大海辽阔，海风习习，岭南人特有的享受生活的慢节奏赋予了夜市不一样的精神内涵。这样的夜市不太喧闹，人们觥筹交错，美景与美食相映成趣。山东海边城市与内陆也有别具特色的夜市，青岛是啤酒广场，泰安则有一家夜市设在一个幽静的院落里，人们坐在低矮的方桌和板凳上吃着烧烤，小串小签子，能吃的人一晚上可以吃上几十串，啤酒则是主打饮品。

中国之大，各地都有各地值得自豪和为之垂涎三尺的夜市。

人们喜爱夜市，夜市也成为烟火气的主要标志。

当然，给我印象最深的还是新疆各地的夜市。乌鲁木齐的夜市有很悠久的传统，这里的人们对自己的夜市如数家珍，五一夜市、日月星光夜市、大巴扎夜市，等等。这些夜市与全国的夜市有相同的地方，也有不同之处。最大的不同是这里的烤肉用料扎实，羊肉、牛肉是主打特色，羊肉有羊脖子、羊杂汤、面肺子、羊蹄子、手抓肉、烤肉、肉串；牛肉有牛头肉、牛杂汤、牛骨头汤、牛肚子，等等，挂一漏万。还有诸多美食来登台打擂，昌吉美食街的各色美食、回民小吃，天津杨柳青的传承美食，西北诸省的特色小吃……在这里都能够闻到它们特有的气息。乌鲁木齐的夜市当然少不了想弄死你的"夺命大乌苏"，是不是好汉，不仅要看吃肉的数量，还要看畅饮大乌苏的数量和速度，几瓶大乌苏落肚，夜市客们开始原形毕露，喜好吹牛的、最近发了一笔小财的、失恋的，一色人等粉墨登场，不待你劝自奋蹄，一杯一杯复一杯，誓要饮尽和平渠的水。夜色已是深沉，苦了那些脑子清醒的人们。

乌鲁木齐的夜市不能傲视全疆，疆内各地不服它。和田人说他们的夜市最好，他们的夜市里品种齐全，酸奶粽子别具风味，烤鸽子、烤鸵鸟蛋、烤鹅蛋、烤鸡蛋别的地方比不了，和田的烤肉工艺独特，乌鲁木齐的是"小菜菜"；喀什人说不对不对，喀什的夜市富有文化特色，喀什古城天下名胜，古城里面沉淀着历史文化，吃的是文化，享受的也是文化，喀

一个行走的夜市。作者　摄

什人优雅，喀什人讲究，和田人不讲究，乌鲁木齐算个啥；伊犁人不说话，只是酷酷地抬着下巴，眼睛呈 15°上仰角，伊犁的夜市在伊犁河畔伊犁河大桥边，美丽的伊犁河谷滋润着它，伊犁的冰激凌独步天下，伊犁的烤肉弥漫着薰衣草的香气，伊犁人要喝肖尔布拉克，你们的酒都是"渣渣"。新疆夜市中给我印象最深的还是布尔津的夜市。布尔津的夜市设在额尔齐斯河岸边，大河向西向北奔流，河里流淌着雪峰的融水，鱼儿在河中畅游，奔向辽阔的北方大草原，欢快的音乐带着哈萨克族特有的节奏旋律，让人禁不住想跳起来唱起来。烧烤鱼成为夜市的一大特色，浓烈的香气在夜色中弥漫开来，夜市上最能喝的，是那些貌似柔弱的小女子们，嗓门最大的也是那些白天娇滴滴的"女汉子"们。布尔津的夜市，小巧玲珑，却又充满着边疆的大气、洒脱。只不过，蚊子比较大，比较多，要做一些预防工作。

　　一座城市，离不开夜市。夜市繁荣的地方人们的心情充满着快乐的因子，夜市繁荣的地方人们喜爱着这座城市的烟火气，流连忘返，远方的客人羡慕这座城市的人们，城市的居民炫耀着属于自己的夜市文化。夜市是属于人民的，是属于普普通通生活着的人们的，因为夜市，他们对明天充满希望。夏天来了，人们期待着自由自在的夜市生活，热切地期待……

山河重光

2020 年注定是不平凡的一年。

四月的新疆，春天的脚步自南向北款款而来，从南疆克州阿克苏的麦田返青、蔬菜大棚草莓成熟，到北疆伊犁吐尔根乡的杏花漫山遍野、福海乌伦古湖碧波荡漾……大地之母，温婉舒展，孕育着生命的又一个周期。勤劳的人们，早已开始在北疆的山川草场间转场游牧，在南疆的绿洲田野打桩修舍、育苗养殖，劳动生产的美的节拍，奏响最美的春之圆舞曲。

1840 年以来，最好的日记恐怕得数林则徐记录他自西安至新疆的日记。尽管有一星半点的自怨自艾，以及对阴雨连绵山路十八弯和达坂城风口的惶恐，他和他的独轮车一路向西，最终到了伊犁惠远城。那个时候似乎还没有薰衣草庄园，不过这位禁烟的民族英雄仍然受到了很好的礼遇。安营扎寨之后，他的脚步踏遍了天山南北，疏浚沟渠，修缮坎儿井，丈量土地。烈士暮年，壮怀激烈。

不过，有付出才有回报。经年西域生活中，最有趣的回报恐怕是吃老虎肉，伊犁将军布彦泰请客，林公在餐桌上没有吃饱，居然厚着脸皮又让儿子去索取了一包。

日记的记载以及斯文·赫定的探险记说明，最迟在 20 世纪 30 年代新疆是有老虎生存的。新疆虎应该是介于西伯利亚虎与孟加拉虎之间的亚种，在当时估计保存了一定种群的数量，生活在塔里木河流域和天山腹地，与雪豹雄鹰狼群共从容。一说起这边地曾经的大猫，心情不免抑郁起来。我一向反对过度保护大熊猫，强烈支持保护老虎这种大猫，如果能够放生野化东北虎和孟加拉虎在这 166 万平方公里的土地上，伴随着奔腾驰骋的天马，该是一幅多么让人神往的画卷。可惜，保护动物的法律大多时候都是"马后炮"。

赛里木湖。沙达提·乌拉孜别克　摄

日记是生活和历史的忠实载体。从林则徐的日记中，我们能够感受到强烈的家国情怀，那时候列强用强盗逻辑、强盗语言和强盗行径侵略中国，华夏倾覆，覆巢之下无完卵，民不聊生。林则徐身居西北，忧怀东南。经营西北，经略东南；山河破碎，先贤勉力。一部好的日记，似乎这才是模板。一部好的日记，绝不是麦加贵族的骆驼尸体，那样很容易成为撒旦的帮凶。

边塞苦寒向阳，行走在熙熙攘攘欣欣向荣的街道上，用一点小文字缅怀在"抗疫"中逝去的张静静护士，她必归于天堂，她必归于星辰。歌颂她（他）们、怀念她（他）们，用阳光的心怀，以啄木鸟的敬畏，生命虽逝，精神不死。

2020 年，叩开真理之门，明辨拒绝之根，山河无恙。

离开你的时候

你已在我心中

到影成双。王剑波　摄

为什么，你还不去新疆？

每一个季节，都值得沉浸在这里的旅途中——世间有这样的地方，这就是新疆。这是王洛宾的歌声歌颂的新疆，这是世界上山川最为奇美壮丽的地方，这是中华各民族人民美丽的花园，这是雄鹰飞翔的边疆，这是古老音乐悠扬的新疆，这是记载着亘古繁盛的地方……

朋友在海外问我，这个秋季的中国最值得去的地方是哪里，我毫不犹豫地脱口而出，当然是新疆。如果在这个季节你没有去新疆，如果你没有去过新疆，那你的生活会有个不小的缺憾。今天给喀什的朋友去电话，居然有五个人在电话的那一边轮流通话，通话的内容自然是问为啥还没有过来，顺便还要通告，我那一亩葡萄，自然是有人代管的已经全卖光了。珠珠串串，估计卖到了钻石的价格。

新疆是这个世界上最美的地方。这里的每一寸土地，都是美和音乐的化身；这里的每一寸土地，都是花朵和雄鹰的摇篮；这里的每一寸土地，都是神秘与魔幻的渊薮。在世界上其他地方，一处一地或许会让你震撼，尼罗河澎湃的激流、罗马角斗场历史感满满的残壁、黄石公园砍伐后横七竖八的云杉、尼亚加拉大瀑布壮阔的水幕、科罗拉多大峡谷的地质奇观……然而，新疆是这些地方的集合体，新疆比之这些地方，更为雄伟奇峻，更加富有内涵。单就黄石公园作比较，黄石有云杉，不及白头峰的云杉，不及南山的密林；黄石有水，不及塔里木河气势恢宏，如同贝多芬的英雄交响曲；黄石有湖，何及博斯腾湖和孔雀河的文明绝续。每当我听到有关黄石公园以及世界上其他所谓美景的夸耀时，那些未能踏足的不能评述，那些足迹所至的，在我看来确乎没有比得过新疆的。

新疆是这个世界上唯一的自然之美与历史底蕴的完美结合体。这里的山川是与绵延不绝的文明融合在一起的，这里的山川连接了历史上几大文明交汇的中枢地带，这里的山川又静悄悄地湮没了文明的痕迹，让你在羁旅中去风沙深处寻找沧桑的痕迹。这里的自然奇观，被赋予了深厚的历史文化内涵。这里有过成吉思汗的征衣铁骑，这里有匈奴、高车、回鹘、布鲁特、汉唐使节的旌旗与节杖，这里有阿曼尼莎汗的婀娜多姿……历史在这里重叠，文化在这里衔接。然而，云卷云舒，这里似乎又是那么安静与淳朴，一切都融化在自然的气息中，仿佛都沉沉睡去，让你看不到历史的痕迹，当你追寻的时候，你会消失在狂风与魔谷之中，你会迷失在翩翩飞舞的草原蝴蝶的翅膀中。

新疆是寄托灵魂的地方，是人类的后花园。张骞，一代探险宗师、驴友的开山鼻祖，为文明的曙光照耀这片广袤的大地开辟了道路。行走在这片辽阔的土地上，把灵魂放在这里清洁吧！

那一望无际的原野和一尘不染的蓝天，可以得到腾格里天的神秘赐语和启示，我们在这里同他对话。

有一种精神无处不在。那是一种自由驰骋又静谧无息的精神，那是一种周流四野又静如处子的状态，那是纯粹得一尘不染又混沌包容天地万物的存在。那是诸神合体而又万物归一，那是冰与火、广袤与一滴露珠的共存，那是幽密的深湖，那是潺潺细流，那是天鹅湖，那是牛粪，那是饥渴到可以看到海市蜃楼，那是富足到遍地牛羊、瓜果腐烂一地。

那是简单，从罗布人的一叶扁舟到那洁白的毡房，从康家石门子的岩画到草原上的石人，从一望无际的草原到亘古的冰川，从矫捷的高山精灵雪豹到古老的恐龙遗迹，大地万物在这里一览无余，向你袒露着赤诚的胸怀……

朋友在海外问了很多问题，我理解他的担忧。其实，神秘的土地从来都是冒险者和挑战者的乐园。这里的人民仁慈宽厚，这里的土地温暖和煦。男人们情真意切，酒杯、热情开放、乐观是通行证；女人们大气、委婉、细腻、坦率与纯朴，这一切背后隐藏着不着痕迹的智慧。我不觉得任何时候来新疆需要担忧什么，当然，进了达坂城，需要担忧自己有没有足够的理性，也许，还要担忧自己不要被大风吹走——还是被达坂城姑娘的歌声淹没安全些。

那么，你，为什么还不去新疆呢？

朋友从海外发来邮件说，看了我留给他的书，决心改变以前的计划，来新疆。我想，这个决定当然是无比正确的。

南山南山

乌鲁木齐周遭，天山天池、奇台、江布拉克、吐鲁番，都是非常奇美秀丽的地方。然而，最让我难以忘怀的，还是南山。

出乌鲁木齐，行七十余公里，即进入南山界域。那是雄伟与秀美的天然结合，远处的雪山，云杉挺拔孤傲，清俊葱郁，白的雪覆盖着山顶，蜿蜒的山路上，是时隐时现的蒙古包和厚厚的积雪。回首处，博格达峰高耸入云，与蓝天相接，清晰可见。薄雾萦绕的雪顶映着阳光，照耀护佑着天山脚下的儿女们。

去年来时，已是雪的季节，沿着厚可没靴的盘山小路，爬行到一个缓坡渐高的山顶处，一路是深秋的荆棘和荒草丛，初冬的雪覆盖着萧寂的林木。下山时，晚霞星辉，清冽的空气沁人心脾，仿佛清洗了你所有的不洁与不净。初冬的山，南山，用她自己的情怀，时而让人清爽，时而让人迷醉。

夜色清冷，这是酒和男人的世界，是狼于山顶孤独嗥叫的夜晚。那夜里，屯了几瓶酒，买了佐酒的小吃，几个天南海北的男人风云际会，酒至尽兴，凌晨四点钟一同走进清澈的南山怀抱中，发出狼一样的嗥叫，天上的星星，大得像拳头一样，仿佛就在山顶上，闪耀着钻石一样的光芒，等待着你去采摘。

从此后，几个南山客颇有些气味相投了。

今年，计划中的事情做完后，坚持要去一次南山。

一行四人，开车先到丝绸之路滑雪场，看着从山上如飞瀑一样舒卷倾泻而来的雪，感觉优雅而磅礴。白色的雪道上，是边疆儿女们优美而流动的身影。盘桓之后，沿着山道去吃午饭的地方。

一路上，是雪野。踏着厚厚的积雪，呼吸着清冷的空气，嗅着马粪的清香，看着路边的马儿打着响鼻，一团白色的雾气弥漫在空气中，望着远处的博格达峰，禁不住想匍匐在雪野中，亲吻这净洁而纯粹的土地。

南山，我深深地爱着你，深深地眷恋着你，在灵魂深处，我深深地触摸着你，感受着你……

南山马鹿。作者 摄

春水安澜

　　乌鲁木齐的出名，也可以说是从"二路汽车"开始的，之后是《2002年的第一场雪》。这是一首非常有意思的歌，想起这首歌，不觉哑然失笑。

　　在遥远的西部，此时天还没亮，大多数人还处在刚刚睡下没有几个小时的美梦中。那些边地的朋友，遇到周末，一定是恣肆地放平了心境，三五好友，大块的手抓肉，大碗地把酒倒进肚子里，自如豪放地喷着唾沫星子吼两嗓子。边地人做事，即兴而行，随性即忘。所以，别指望他们记住什么对你不满的事情，也别指望他们会对你使什么小性子。他们，不屑于。

　　当我们离开南山，沾染了大都市的小资情调的时候，已经是又一个春天了。无论一个人在茫茫的人海中如何眷恋往日的生活，南山的雪总是会毫无遮拦地闯进你的思绪，自如地融化掉你眼前的一切，那酷酷的凉意，那木秀草长、郁郁葱葱，那种天然的雕饰，虽你千抹万涂，皆遮掩不住、挥之不去。留恋南山，我们确需把常常浮躁、无名的虚火，杂乱的心绪，寄存在南山的草丛中，像一头惫赖的猪，埋藏在其中，美美地鼾声阵阵，除了偶尔会有几只野兔出没，只有蚊蝇，没有蝴蝶来欣赏你的美梦。

这个春天，可能是一个顽皮的小孩子在操纵日月星辰的运转，迟迟地或者是因为贪玩，忘记了季节的轮替，夏已经叩门了，春意依然浓郁弥漫四野。天气是凉爽的，雨意之后，必定是凉风习习，短袖竟然有些穿不住。北地常常是春脖子短，就像北方人的性格一样，甫一进门，一碗水已经进肚子了，左手葱右手饼已经抄在手上了。可是，今年不同，没有春脖子短的感觉。迎春花缓缓开过，姗姗而来的，是梨花樱花桃花，还有公园里香气怡人的槐花，梧桐树的花儿也在枝头留恋了很长时间。春天，仿佛是要挽留住每一个急匆匆忙碌碌的人。

有一年，一个布尔津的朋友遇到了非常棘手的问题，他小学二年级的儿子很酷地对他说，时间会解决一切问题的。果然，春天来了，一切释然。这个春天，信步悠然，慢慢地在塑造这个世界，慢慢地熏染着人们面对风雨无奈无力的心绪。

来自春天的信息和步伐总是让人感受到生命的力量。冬天的寒冷总是已经远去了，冬天的孤独与寂寞也总是远去了。登山人曾经说过，登山不是到一个孤独的地方去寻求寂寞，人在孤独的时候，是增强力量与信念的过程。漫步在春天的池塘边，感受着如此宁静深绿的春水，感受着多情的春天，感受着生命扩张的力量与信念，然而，心是纯净的，因为这安澜中的力量与信念是强大的。用了秋的沉思来感受春水的生命力，方倍觉生命的寥廓与博大，深感内心拥有的气息是如此美好与恬然。

杜氏庄园

　　四月的新疆，昌吉和五家渠市是梨花和郁金香的季节。

　　昌吉回族自治州在自治区首府的外缘，距离乌市不过 35 公里左右的车程，按照哈萨克族指示道路的方法，也仅仅是一个不完整的鼻音而已。

　　因为这一次回疆的行程比较短，酒场比较多，所以聪明的王大教授决定在我到达的第二天就离开乌市，去昌吉的杜氏庄园住一晚上。一来可以离开乌市如同八卦阵一样的道路，二来可以看看昌吉春天的风情，三是可以在庄园里惬意地享受一把美食。这个主意如此美妙，加上教授的睿智向来都如同博格达峰上空的月亮一样散发着光芒，我没有片刻的犹豫就同意了。

　　第二天一大早，一行人出发去昌吉。人多聚齐、顺序出发，对于各路人马来说，是一件比较困难的事情，等了王君等李君，等了古丽等买买提，好不容易都到了，大家心情很好，心劲很高，出发，向着目的地。出乌市，就有些旷野的风情了，道路向着远处伸展，两边是起伏的河滩与洼地，以及村庄集镇。途径头屯河大桥，这是当年马仲英的部队被击败的地方，这位枭雄一般的尕司令是近代民国史上响当当的人物，瑞典探险家斯文·赫定在他的《马仲英逃亡记》里记载了马仲英与盛世才的交战。只有到了新疆，看到这样的大桥以及默默无闻的河床你才能感觉到那个时期的人物活得如此潇洒，如此英雄，如此富有天地人合一的自然与奔放。人们往往不能理解多民族的中国为什么延续了这么长的历史周期，美国的那么多战略大师用尽机关，却也不过是王熙凤的算盘珠子而已。这是因为，历史与历史的左右力量如此复杂，无法用数学物理机械的方法加以演算，任何自以为人可以设定的东西，其实最后都被冥冥中的某种力量消弭掉了。

过了头屯河大桥，一脚油就到了昌吉。在昌吉的文化美食一条街停车打尖。这里是典型的回族风情，新疆的回族儿女跟内地的似乎大不同，刚停车就看到了打架的两口子对两口子，抢起一把椅子，没有打着，后来被一位阿訇模样的有德之士给劝止了，劝止后才看到一位警察模样的人现身。进了美食一条街，各类美食店铺和招牌非常夺目耀眼，一群人如狼似虎地进了一家店，馋嘴的女生们还去专门要了凉皮子。吃完饭，登上观景的高塔，整个昌吉市区以及塔下的公园尽收眼底。春天的公园，绿色满园，花开满园，暖洋洋的，游人已醉。

近杜氏庄园，一行人兵分两路，一路人马进庄，一路人马去了五家渠市。

五家渠，顾名思义，就是修渠的时候有五户人家，五户而渠，五户而市，这是现代新疆发展的缩影，也是伟大的兵团人改河造田、战天斗地的缩影。至于地窝堡机场，我估计以前就是一个地窝子，当然咯，是不是我可没有考证。五家渠有一个很大的水库，湖面辽阔，风很大，在水库的坝下就是一大片郁金香园地，各种颜色的郁金香应季而开，丰姿冶丽，花色饱满，如同美丽的新疆各族儿女鲜艳夺目的服饰一样。古丽说出门的时候提前四个小时打扮自己，辫子梳了几十遍。本来我有些狐疑，看到如此鲜艳的郁金香，我相信了。爱美，接受别人的赞美，毫不吝啬地赞美一切美的人和事，这是新疆人的天性。湖面很大，风很大，船很大，游人很多，有个调皮的小娃娃在船上摆各种各样的 Pose，转了一圈，回到岸上。潘君开了一辆很拉风的好车，美女朋友没有下来，说啥也要在车上眯一觉，结果很多人过来看车，顺便对美女啧啧嘴巴，真漂亮啊，甚至有人还要敲敲窗子问问车价，既看车又看人，觉是没有睡成，答询不胜其烦。新疆人就是这样，有好看的怎么能不看一眼，有美女怎么能不去搭讪一句，哪怕是问个路，也是对美女无比的尊重啊。

五家渠郁金香花季。姜可 摄

杜氏庄园的风景很美。有烂漫的花，有秋千，有湖，有雅致的小屋子，有大炕，可以睡四个人。还有自己酿酒的作坊，号称"杜氏茅台"。最重要的是有一个湖，湖面很大，湖心有小岛，湖边有竹筏子。

美美地吃上一顿，一行人，包括同来的女生，都自己灌了自己几杯。买买提看着天上的月亮，似乎是有月亮，很忧郁，不知道是不是在想什么人或者心里有啥事，就没有喝酒。木拉提和非常有名的一位考古学家喝到兴致起来，非常严厉地回绝了老婆大人的电话，不免吆三喝四起来，一派斯文直直地扔到南山的山沟里了。又喝到兴致大发，移师竹筏子，躺在竹筏子上看月亮喝酒，湖面有些朦胧，隐隐约约有些雾气，勾画出似隐似现的意境，可能是考古学家挖掘文物太多了，有些招鬼神的味道。考古学家兴致很高，不免引吭高歌。我撑着竹筏子，努力寻找平衡，幸而有在密歇根河单桨过河的纪录，这样的夜色里，迷迷糊糊中，没有把一筏子的人辎到湖里去。

第二天有些后怕，竹筏子为什么没有翻个个儿，那样的话，岂不是杜十娘怒沉百宝箱了。

出发前的准备工作

明天出发，车行路线大致是乌市—喀什，单程 1480 公里，往返 2960 公里。

朋友设计路线，我被委任成旅游专员，我很喜欢这个称呼，毕竟有点当了大官的感觉，比如巡查使啥的，基本上是一个类型的。旅游专员被分配的主要职责就是监督各位的准备工作。一行几个人，没啥可讨论的，根据以往的经验，都是一人提议——专制，没有任何人提出意见——基本上都是草民的沉默。不过有一个一贯话多的同人借机批评了去国外旅游的做法，认为新疆是世界上最美最多姿多彩的地方，比如同一个纬度的英国就没有我们的旅游资源丰富，更不用说文化了，他们只不过有一个罗宾汉，我们可多了去了，从张骞可以一直说到去年，阿勒泰的金矿有关狗头金的传说就写了好几本书；他们有尼斯湖水怪，那纯属瞎胡说，影子都没有，我们的喀纳斯湖可是被科学论证了的，最有可能的是一条大鱼，而且一口能吞下 500 只羊，肚量大得很。这位先生获得了大家的表扬，认为出师

明人不说暗话。作者 摄

需有名，这番话无疑是出行的宣言，有授旗的意味。

话扯远了。旅游专员以其资深经历又略通法律，比如大清律例有赌债过夜不还的规定啥的，经常唬得几个年轻人瞪大眼睛一副景仰的样子。本专员的基本职责就是监督水、必备药品、食品尤其是啤酒的储备程度，还要略备一些白酒。其中，尤其强调了墨镜和防晒霜的重要性，防晒霜不抹的危害是可能皮肤都会烂掉，几人中有那么几个当时就脸色白了，赶紧争先恐后问什么牌子的可以管五天，"抹一次管五天？春秋大梦！"——有知识的人是多么有权威啊。

不过，由于基本上是酒桌上的瞎讨论，只能委托某个小伙子带着女朋友啥的去当采办大臣，其他的听之任之。

没有法律授权的专员大人也没啥市场，只能是自由主义盛行，直到开车出发自然各就各位。行动是解决一切犹疑和讨论的最好办法。

旅行的见解

一直以来，一位懂法律的朋友经常给我提供一些非常专业的见解，有时候遵照国际惯例跟我提收费的事情，奈何我脸皮比熊皮厚，总是顾左右而言他，好不容易把各种各样的饭钱省下来了。

法律兄曾经严正地警告我：不要迷恋博士文凭，尽管许多有知识有文化的代表先进生产力的各民族的有为青年都靠自己的勤奋拿到了博士学位，你也不要垂涎三尺，因为购买假文凭非常恶劣和低下、弱智。不过，仁兄还是给我提了一个建议，如果碰到博士，走在他们后面就可以了，对女博士要保持八米以上的距离，这样"博士后"的水准已经很高了。

由于这些优质的建议，加上我是一个非常非常喜欢听各种中肯建议的人，所以，我以非博士的身份说了很多不博士的话，心中总有些忐忑。至于旅行的见解，也是在这样的惴惴中写出来的。

通常一个人去某地旅行，是为了风景，我喜欢一个地方，通常是因为喜欢这个地方的人。青海我很喜欢，那里有我很好的朋友。新疆自不用说，那是第二故乡。心中的很多意念，在这片土地上总会得到升华，狭隘暧昧自私瞻前顾后小人心态，等等，一大本劣质账单，都会在这片土地上消弭掉。在南山看星星的时候，星星像拳头一样大，在那之前，先是踩着雪爬到几百米高的山峰上，夜色已经暗了，差点没下来，现在想起来还有些后怕。夜里，在我的房间，一堆人等喝得手舞之足蹈之，俨然已经很博士的样子。喝完后，一群人相互搂肩揽背在清冽的山风中去看星星，那种感觉，在都市中久违而难再逢。

因为购物去某地旅行也是相当不明智的。有些人一生气就购物或者吃东西，前者买了一堆自己不喜欢的东西，占地方不说还送不出去，心疼自己那些没用的东西；后者把自己吃成了大胖子，很不符合专家的形象，还需要花钱去做瑜伽减肥，更是舍本至于逐末。那些不远万里去中国香港、美国、法国、英国购物的人们，假着旅行的名义，其实也可能去看同学老友狂吃一顿，不是旅行的精髓。

最好的旅行，是因其人，因其风景，因其历史，而方式则最好是当背包客或者开车。背包客最是上等人，但是非常耗费时间，需要彻底地放松或者失恋啥的，一身轻松，走遍天涯。等而下之，自然是开车。开车是不漏过大致主要风景的最好方式。三五个人，或者再多几个。备好水、照相机，手机的电池要充足。要遮阳帽、防晒霜，防晒霜最好请教专业人士给以合理建议。要查看备胎和换胎的工具。沿着公路线加油站是充足的，所以不必太过担心。譬如"驴友"进村，尤需一个极为专业、精通某地风情历史人文掌故而又健谈的人做导游，最好不要女导游，旅行中有诸多不便，比如"唱歌"啥的，女孩子很麻烦。导游也不一定是博士，当然能带博士最好了。导游还需要好酒量，否则前夜醉酒次日嗜睡，不能严格执行旅行打卡上班制度，也很煞风景。开车上路前，一定要备简明地图，手表要能耐高温水，可以显示温度和高度，以芬兰出的运动款为好。也须有粗犷悠扬或者节奏感好的 CD，不要靡靡之音，容易引人入睡。沿途掌故多，可以先做做功课。不可带太小的孩子，可能会有很多他（她）需要的饮食是旅途不能提供的，七八岁以上为好，当然不带是最好的。新疆旅行的要点是在出发前买上馕，好放、耐饥。即便出发时忘记了，中途也会有很多村镇打馕。旅行中还要注意的是，如果跟人照相，一定要征求人家的意见，除非举着"长炮"在很远处偷拍。此中秘笈，向不传人，请不要打破砂锅。还要带防晒霜和清凉油、风油精之一种，带防止闹肚子的以及藿香正气，墨镜。

除了馕没有买，穿越天山之后，我们就在这样的状态下向着远处的地平线驶去。

大雾弥漫的巴音布鲁克大草原。作者 摄

穿越天山

从乌鲁木齐出发，走314国道，向东，向南，穿越天山再向西，是去喀什的路。穿越天山这一段路，大约有160公里。

六月的乌鲁木齐已经开始有些热了，但是，树荫下依然很凉爽。姑娘们早已穿上了飘逸的衣服，带着边疆人特有的仪态丰姿渲染着这座城市的美丽；小伙子们却很少看到有穿短裤的出现在大街小巷里，大多收拾得整齐利落，带着特有的干练和帅气，那眼睛里明亮的光折射出边疆人心底的率真与坦诚。

一大早向着吐鲁番的方向行驶。远远的，晴朗的天，车窗外凉爽的风，可以遥望到博格达峰的雄姿。白云在山顶缭绕，雪峰隐隐可见。蔚蓝的天，如同洗过一样，一尘不染。

车过达坂城。最让人瞩目的就是一排排三扇叶的巨无霸大风车。仔细看去，并不是所有的扇叶都在迎风旋转，沿途的风力发电据诸事通老王讲已经并入西北电网，所以要根据流量恒定入网。我一直崇拜懂法律懂民族懂动植物学格物致知的人，所以不免流露出十分敬佩的神色。大风车一直向着远山延展过去，就像南国的芭蕉树叶，恍惚间摇曳多姿。

在达坂城前是柴窝堡水库。柴窝堡水库是双子座水库，相连着两个比较大的水面。在西北，只要一看到水就会让人特别兴奋特别亲切，尽管天山以北并不是特别缺水。柴窝堡水库的大盘鸡非常有名，这儿的大盘鸡实际上是辣子鸡，干烧的；沙湾的大盘鸡是炖的，两种风格。据说正宗的在沙湾。这件事情考倒了很多人，不过两种风味其实都很好。

车掠过达坂城的风口，前几天刚吹翻过车辆，甚至火车到这里有时候都不敢走，加油飞驰而去。开始进入天山，过小草湖，这儿是南北疆的分界，临近吐鲁番，天气明显变热。逐渐地，进入东天山的深处。天山之阴，郁郁葱葱；越往南行，越鲜见植被。天山的腹地有山谷，道路的两旁是河流冲刷的痕迹，个别地方还会有骆驼刺、水洼。两边的山看上去都不是很高，车行的海拔在 2200 米左右。山有特色，既不是纯石头山，也不是北地的土山间石，而是一种沧桑的质感，有一种无法言表的感觉。在山中盘行，车速不快，近十一点才看到一个宽阔的山谷，有水，有芦苇，看来雨季有水流从山上冲下来。

看到托克逊弯左、库车直行的路标，很快就从天山穿越进入南疆了。一路西行，朝着日落的方向、唐僧取经的方向直直而去。

一路西行，穿越天山，朝着日落的方向、唐僧取经的方向直直而去。沈桥　摄

导游老王

王导，男，回族，哈密人，一说昌吉人，某研究所领导，某非著名大学教授、导师，屈尊就驾，自告奋勇担任本次非危险性旅程和非背包客及非购物团导游。

去年冬天回乌市，正值冰天雪地，王导约了三五好友，一天一聚犹不尽兴，害我吃不成南山的炖羊肉，那些吃遍江南十五省的人绝然吃不到的美味，至今让我恨恨不已。王导于心不忍，当时提议夏天我再回来一趟，或开车沿边境线走一趟，或安排一次去那拉提或者巴里坤。那时候，独没有想到去喀什。其实，在上大学的时候就要去慕士塔格峰，惜乎擦肩而过。大学最好的朋友是乌市铁路中学的，这小子后来去了美国，现在又常驻加国，估计已是全无斗志的北极熊，不过，那一次他登上了慕士塔格峰，尽管靠了贵州的蓉姐姐把他背下来；否则小命就留在那里了。去年蓉姐姐来，我看她瘦瘦的样子，怎么也想不通当时她是怎么把那个家伙背下来的。蓉姐姐以她独有的憨厚笑着说，那时候他瘦着呐。迢迢万里，在水一方，缱绻往怀，怎能不让人牵念。

　　不管怎么说，当老王告诉我计划开车去喀什的时候，以其惯有的狡猾故意征求我的意见，我在电话的这一头生气地大声说："定都定了，还有啥好商量的，不能给我省点电话费吗？真是越大的教授越啰嗦。"撂下电话，心情之美，奖励自己吃了一个三重厚的汉堡。

　　去学校找他，值三五个学生正陪他校园散步。教授大人正唾沫星子乱飞地对学生们高谈阔论，我尾随一侧，以教授的特点是很难迅速发现我这样没文化人的踪影的。不远处走过来两个学生，手中抱着几本书，大大咧咧地走到跟前，"王老师，把您的饭卡给我们，我们几个要去食堂吃饭"，可怜的王教授乖乖地像波斯猫一样从自己油乎乎的口袋里把饭卡掏出来供奉上去，学生一点儿都不领情："有没有钱啊，够不够我们吃的啊？"说罢扬长而去。王大教授停步间感觉到了异常，这才观察周围的环境，发现咱站在一边，憨憨一笑："走，吃饭去，喝几杯。"

　　旅途中有了老王，就有了乐趣。

　　自乌市至喀什的人文掌故，都拜老王所赐。考虑到我要现学现卖，这儿不能说多了。

　　旅途中的闲杂活，基本上也是我和老王来。车到库车，出发时没买上馕，在加油站加油的时候，我们两个到人家打馕的地方买了十几个馕，那里有个非常有名的大麻扎，可惜我把名字忘记了，如果不去辛苦买馕，是永远不会看到的，所以乐于劳动的人是多么有福气啊！新疆各地的馕各有特色，有大个的有小个的，有薄的也有厚的，有像面包一样的，也有像发面饼一样的。罗布泊刀郎人的馕是在沙子里烤的，据说麦子面极为质朴，麦香淳厚，而且并无沙子之扰。库车馕的特点是个头大，对于那些每天睡懒觉的"哼哼"们来说，买上一个，挖个孔套在脖子上，一周就可以应付下来了。老王挺着个大肚皮抱着十几个直径 80 厘米左右的馕，蔚然成为一道风景，被同行的人很不客气地照了下来。

街头小店胜似贵宾楼。作者 摄　　　馕是在沙子里烤的，但并无沙子之扰。佚名 摄

趣事很多，不胜枚举。在喀什的高台民居，几个人看到一群放学的五年级民族小学生在一个空地上复习功课，不免假模假式地过去体察一番人文风情。我和老王坐在人家的门口高台上看近处的吐曼河、远处的云，突然老王眼睛一亮，视线不免聚焦，我斜着眼睛看过去，一位年轻妈妈正牵着一个蹒跚学步的小男孩走过去，老王直直的眼睛看着人家，小男孩注意到老王的目光，冲老王可爱地笑着，脏脏的小手挠着胖乎乎的小腮帮子，用纯正的英文跟老王打了个招呼——"Hello"。

年轻的妈妈回眸一笑，老王当时差点晕了过去。

开都河

车行穿越天山，沿着天山南麓一直向西。天山南麓，山无绿色，很难说清楚山脊、峰谷是一种什么颜色。新疆天山山系，是独特的地形，山北面向乌鲁木齐和伊犁方向，绿树如茵，林木参天；山南面向塔克拉玛干的方向，孤独无色，有一种远古的沧桑。紧贴着山的南麓，是连绵不断的戈壁，大地在无限的沉默中，用散落生长的骆驼刺昭示着生命的力量，以此牵引着人们在孤寂中向着水草绿洲行进。

过乌什塔拉，路边的标牌指示距库尔勒 40 公里，在戈壁的消逝中开始看到绿色村庄，还有一野的小麦、豆子、土豆、水洼，以及连成片的树林。如此强大的生命迹象告诉我们，大河已经不远了。很快出现了博斯腾湖和焉耆回族自治县的地标，沿着公路标注的地标出口向南行驶十几分钟，就可以看到浩波连天的博斯腾湖，湖区属博湖县境，公路沿着焉耆回族自治县的地界延伸。我们已经行进在天下第一州——巴音郭楞蒙古自治州境内。

通常在其他地方的旅行是以国家或者省来作为计量单位的，有些也许是以一个小岛来计量，比如马达加斯加、毛里求斯、瓦努阿图等印度洋或太平洋的岛国或纯粹的岛屿。唯有新疆，是以点或者乡村为单位来衡量的，例如，高昌故城、交河故城、楼兰古城、莎车（叶尔羌汗国的都城）、塔什库尔干的古城堡（太阳的子孙）、新源县的那拉提草原（一部分），真是不胜枚举。有时候，你会觉得在新疆随时随地坐下来，都是可以入镜入诗的好地方。曾经有人说，日本人到了高昌和交河故城，是以年或者月为时间单位来欣赏当地的一切的，他们拿着显微镜仔细地审读泥土城墙、水井遗址、城门以及古老的历史的气息，也许，只有站在这片土地上，才能理解到这种精细体味的感觉。在巴州，车行绝尘，便是对风景的挥霍了。

巴音郭楞，蒙古语是"富饶的流域"，是大河滋生的地方。这个华夏第一州，面积近50万平方公里，约占整个中国的二十分之一，相当于两个英国。巴州南北长800余公里，境内有塔克拉玛干沙漠、塔里木河，这里生长着全中国90%以上的胡杨树。巴音布鲁克大草原地势辽阔，天鹅翱翔，仪态优雅，牛羊连片，不可计数。这里有古西域三十六个城邦国中的十一个，有楼兰古城，有罗布泊的罗布人、尼雅人遗址。孔雀河出博斯腾湖围绕库尔勒向南流去。群星灿烂，以至于各种旅游版本的书都不忘叙述开都河。

从某种意义上说，开都河是博斯腾湖的母亲河。开都河源出天山中部的萨阿尔明山，流经和静、焉耆、博湖等县，最终注入博斯腾湖。开都河全长约610公里，流域面积2.2万平方公里，总落差1750米，多年平均径流量33.62亿立方米，是新疆的大河之一，也是一条著名的内陆河。传说，该河就是小说《西游记》中的"通天河"，唐僧取经归途中的"晒经岛"就在和静县境内，充满神秘气息。全国闻名的巴音布鲁克天鹅湖保护区就位于该河上游的高山盆地中。春天，河两岸杨柳发新，草吐新绿，是踏青的好时节。夏天，两岸树林葱茏，绿水盈盈，水天一色，片片沙洲像镶嵌在碧波中的翡翠，沙洲上灌木芳草，密集丛生，飞鸟飘落，唧唧相鸣，妙趣横生。这里是夏日休闲纳凉的好去处。到了冬季，开都河河面成了天然溜冰场，活跃着一群群喜爱滑冰的男女老幼，冰面上一派热气腾腾的景象，别有一番情趣。

开都河上接天山九连环，是名副其实的通天河。她滋育着这片土地上的生民千百年来生生不息。事实上，开都河流域自古以来就是人类生息繁衍的重要区域，早在细石器时代就有人类活动，春秋战国时敦薨人（吐火罗的转音，雅利安人一支）在此游牧，从西汉到元朝时期，匈奴、突厥

开都河就这样流淌在南疆的腹地，向着更远的地方不紧不慢地走去。
丁磊 摄

等许多古老民族都曾在开都河流域扎下过他们的牙帐，拉锯式地争来夺去，征服、驱逐与被征服、迁徙，像骏马一样，在四季的草原上奔腾跳跃，来回穿梭。明代，准噶尔部在此游牧，因河流弯曲悠缓的姿态，称它为开都河，沿袭至今。

公元 1771 年，蒙古族土尔扈特部落从伏尔加河流域回归祖国，谱写了壮丽雄浑的爱国主义诗史。清代大帝以其博大胸怀和海纳百川的气度将远方的游子揽入怀中——东归的土尔扈特部落被安置在巴音布鲁克草原游牧。

开都河两岸的草原是一块养育胸怀的地方。浮舟沧海，立马天山，驭马手与奔腾的骏马演绎着渥巴锡汗当年率部东归的勇猛，马头琴诉说着归途之路的艰辛。无缰的马群奔驰在无垠的草原上，牧人在马背上跳跃、翻腾，一次次将绳套抛向狂奔的头马，这种惊险和壮美的气势常常强烈地震撼着我们的心。

今天，开都河流经的草原是一幅美得让人陶醉的图画。河两岸洁白的毡房炊烟升起，荡气回肠的一曲《蒙古人》在黄昏的草原上响起，马头琴如泣如诉的乐章，在奶茶的清香中渐渐融进夕阳的余晖。

当我们遥望着库尔勒以及巴音布鲁克草原的时候，是炎炎烈日下从天山穿行出来后一片单调而苍茫的感觉。大地山川以及戈壁无限向西，你周围的人已经被这样的沉默锁定在昏昏欲睡中，这时，开都河出现了。平缓的开都河从天山之巅经历了美丽的草原，经历了成片的牛羊和夏之草、原之花，经历了天鹅湖湿地，经历了牧羊的健儿和美丽姑娘的对歌，在这时平静地和缓地含蓄地或许还有会心地微笑了，就像很多德高望重的老人看着数脚丫子的专家或者学问人。

大地的一切，都汇聚在这雪山的河流中，那特有的颜色，是雪山的水色，是雄浑和开阔的音律。河流特有的混沌，如同老辈子的经书，是清澈的溪水、墨玉一样的天池水所没有的颜色。河水的律动，也正如那个天之骄子的民族在马背上挥舞鞭子的节奏。那个驰骋草原的民族，在成吉思汗和他个个如枭似隼的将领以及生龙活虎般的儿子们的统领下，不紧不慢地一直到了西方的腹地。开都河，就是以这样的韵味流淌过天山之南的大地，流淌在南疆的腹地，向着更远的地方不紧不慢地走去。我们看到了连片的绿色，看到了骆驼群、村庄，依仗着大河的气势，大大咧咧地躺在戈壁的肚皮上了。

或是缺氧或是激动的原因，出现了一个小小的舛误，博学的老王说这是《西游记》里沙僧居住的地方，让一行人误以为这条缓缓的大河是沙和尚的地产。那是流沙河，这是通天河——权威有时候也不免有些极纳米的小失误，一如在喀什高台民居被小童所戏一样。不可深究。然而，又有权威说，通天河的一段就是流沙河。

铁门关

过乌什塔拉、焉耆回族自治县，过开都河，仍然沿着巴州的地界行走，距库尔勒不远，是铁门关。

铁门关位于库尔勒市北郊 8 公里处，扼孔雀河上游陡峭峡谷的出口，曾是南北疆交通的天险要冲、古代"丝绸之路"的中道咽喉。晋代在这里设关，因其险固，故称"铁门关"，被列为中国古代二十六名关之一。

天下雄关，山海关长城入海，嘉峪关楔入大漠，潼关扼西出秦川之咽喉，雄关漫道，奇石嶙峋，气势逼人，皆可状述。铁门关不同，铁门关是西域的一部分，西域生地绝地皆主宰于上苍，人类在自然面前已是卑微，至于铁门关，只不过是自然在绵延的戈壁上设置的一个锁钥而已。

尽管如此，车过铁门关的时候，两山壁立，山道狭窄，仍然能够感受到险关逼人的气势。谢彬在《新疆游记》中有"两山夹峙，一线中通，路倚奇石，侧临深涧，水流澎湃，日夜有声，弯环曲折，时有大风，行者心戒"的记述。《水经注》中称关口所在的峡谷为"铁门关"，后人延用，也有叫它"遮留谷"的。铁门关自古以来就是兵家必争之地，关旁绝壁上还留有"襟山带河"四个隶书大字。如今关旁山坡上还留有古代屯兵的遗址。西汉张骞衔命出使西域曾路经铁门关，班超也曾饮马于孔雀河，故而人们又称孔雀河为"饮马河"。唐代边塞诗人岑参登铁门关曾赋诗一首："铁关天西涯，极目少行客。关旁一小吏，终日对石壁。桥跨千仞危，路盘两崖窄。试登西楼望，一望头欲白。"这首诗，真实而生动地描绘出了铁门关的险峻。前凉沙洲刺史杨宣部将张植曾屯兵铁门关，击败焉耆王龙熙于遮留谷。不过，公路驶过的铁门关，并不是"襟山带河"这一段，那里估计是收票的地方，车过夹岭，未作停顿即疾驶而去。

随手拍的这张图片平淡无奇，铁门关在戈壁大河中扼守丝绸之路的沧桑，绝然没有体现出来。后人修的关址，已是画蛇添足，徒增可怜。

事实上，铁门关是与无数英雄的慷慨气节以及士人的大智慧联系在

铁门关。作者 摄

一起的。在人类崇尚英武，开始相互间的征伐时，山海嘉峪潼关镇南而名之；当汉代的读书人投笔从戎，背包西行，怀着大皇帝的远志伟业的时候，铁门关成了考验英雄的门户。已是大漠征程，已是土人胡杨，已是大河通天，已是戈壁烈日炎炎，已是边塞冷风明月，已是羁旅孤苦，已是立马望云，已是渴无茶饥无肉欲仆倒于地的时候，乡关已天涯，何处是终点。那时那地，那就是铁门关。当我们一路绝尘，期盼大地一望无际的平坦能够出现变化时，开都河出现了，铁门关出现了。这就是铁门关。

天下雄关，大都扼军事要道，一夫当关，万夫莫开；唯有铁门关，是一条以商闻名的通道，是一条以读书人的剑胆琴心而闻名的险关。铁门关，在这种孤独寂寞儒雅未加雕饰以及连通着货物丝绸与钱币的古丝绸之路中，沉默地记录了无数投笔从戎、饮马西域的英雄的气节与大智慧。

在交通极不便利的时代，一匹马、一架马车、一个驼队、一支小而精悍的队伍，是史书中早已记录了的武侠情节。在大漠孤烟直、长河落日圆的景象中，我们仿佛看到了张骞凿空西域的大智大勇，仿佛看到了班超饮马孔雀河，也仿佛看到了岑参匹马吟诗的意蕴，其中的潇洒风流，今人何能望其项背？！但所有这些，都不及弱国弱势下的左文襄公和杨增新，今人对杨增新多有诟病，但是杨增新的治疆智慧又岂能低估？当年杨增新跃马南疆，以一介老儒满脑子的老庄哲学，指着铁门关慢悠悠声若老妇地说，"给我五支枪，就可以镇抚天山之南"。

事实上，他五支枪也没用到。

大地向西——雅丹地貌

没有去过新疆的人，大概不太理解雅丹地貌。

西出天山之南，过了开都河到铁门关，近铁门关以及刚出铁门关，就是让人震撼的雅丹地貌。那种自然的经过巨大风暴或者某种地质时期的剧烈变动而形成的大地的褶皱，如同起伏的波浪，那连绵的赫赭色，强烈地冲击着你的内心世界。近处的戈壁，是在强烈的日光下顽强生长的骆驼刺。大地，在沉寂和顽强的生命力之间摇摆而又静止，静止而又生机坚韧。

离开连绵的雅丹地貌已经很久了，这并不是我第一次光顾有雅丹地貌的地方。然而，即便是若干日夜之后，我仍常常沉浸在对那种力量的无言的回思中。我常常会想到那些饱经沧桑的老人，他们脸上的褶皱，就如同缩微版的雅丹地貌，他们经临世事变幻以及突然的劫难时的那份岩岩沉静，不觉令人肃然。

时时回想遥远的边疆，回想夕阳西下，霞光万里，回想在大地的怀抱中你看到的远方的连绵山脉，你看到的银色雪峰在霞光的映照下发出的灿烂光辉，那天际的剪影美妙绝伦；那无尽的戈壁，平展浩淼的草原，气势逼人的雅丹地貌。虽然我们时时期冀美好的讯息笼罩着自己，但是有时候我们会非常沮丧，有时候我们会非常愤怒，然而，一想到这些遥远的印象，我就会想到大地给我的力量，就会想到遥远的边疆那坚毅的大地，那些豪侠的朋友们，他们无言地给予我助力，期望我前行。尽管，也许他们并没有意识到。

朋友们去克州做社会调查去了，买买提据说在那里遇到了一个非常可爱的柯尔克孜族姑娘。此际，我想到遥远的阿图什，那些坚毅乐观的心灵。我知道，大地向西，就是力量。我内视心灵的深处，知道自己会坚持。

近处的戈壁，是在强烈的日光下顽强生长的"骆驼刺"。作者 摄

生机勃勃的塔克拉玛干

常识中人们认为沙漠是没有生命的，是充满未知和风险的地带。漫卷的狂风，狂风中除了流沙还是流沙。炙热的阳光，无可遮蔽地蒸烤着步履艰难的侠客，干燥的嘴唇，疲惫的目光，颓然地倒在无尽头的沙漠中……这就是我们经常从各种影像中感知到的沙漠。

我没有去过其他大洲的沙漠，但是，我知道塔克拉玛干是充满生机的。

从乌鲁木齐飞到和田。清晨，驱车从和田出发，穿行塔克拉玛干。

和田的早晨，初秋的季节，已经凉意颇浓了。穿过那条以玉而名闻天下的河，河岸上整齐码放着从河床里淘出来的沙石，沙石中的精灵已经被贪婪无趣的人们取走了。河的两岸生长着低矮的草丛，由于对植物学的匮乏，不能名之，然而那种在人类贪婪攫取的脚步后所隐藏的无言的生机，仍然让人无言。

过河后是一条小道，路的两边是新植的杨树，大约有手腕那么粗，幼弱的枝干在凉意沁人的空气中迎着从远处地平线喷薄欲出的阳光安静地倔强地扎根，路的延展处，已是塔克拉玛干的入口了。

路口有一个界碑，标志着零公里处即将深入这个充满各种传奇色彩、流传了千百年无数故事的沙漠了。我想，所有没有到过新疆、没有经历过这个大漠的人，脑海中的第一反应可能就是：前途莫测。因为这是一个没有生机的大漠。

车行前处，路边是人类的智慧——用来固沙的芦苇网，据说是就地取材，十分节约，成本低，是我国筑路工人的一项发明。然而，芦苇是死寂的。恐惧的心理在加剧。可是，没多远，惊奇地发现路的两侧就有小水洼，问走过沙漠的人，原来塔克拉玛干地表虽然是无尽的波涛滚滚的沙——从飞机上可以看到像大海一样的沙的波浪，可是地表以下富含着大量的水，有的地方一米以下就有水。只是这些水不能喝，动物中好像只有骆驼喝了这样的水没有问题，诸如马、野"哼哼"什么的都不能饮用这样的水，人也不行。

这样的水洼，不断地出现在安静而孤独的旅途中。除了车厢中粗犷的音乐声，沙漠是安静的。就算是那些在城市中称为噪声的汽车音乐，在这里也变成了蚊子的嗡嗡声。正当你陷入躲避水洼的疲劳时，不多远处一株、一株、又一株胡杨树映入你的眼帘。

胡杨树据说是杨和柳的同体（也未认真格物致知过），在沙漠中，胡杨树的叶子是不一样的，同一棵树上，一半是柳树的小叶，一半是杨树的大叶，所谓大，不是内地真正杨树的那种大叶子。

有树，矮矮的，守候在那一洼水边。她依赖着水洼滋养她的生命，水洼又依赖着她固锁周围的沙丘，依赖着她宣示生命的力量。有树有水的世界，已经让人非常感动了。尽管胡杨树少得可怜，甚至有些已经枯萎，然而生命的迹象在这样的地带依然是强大的。同行一位博学的女才子告诉

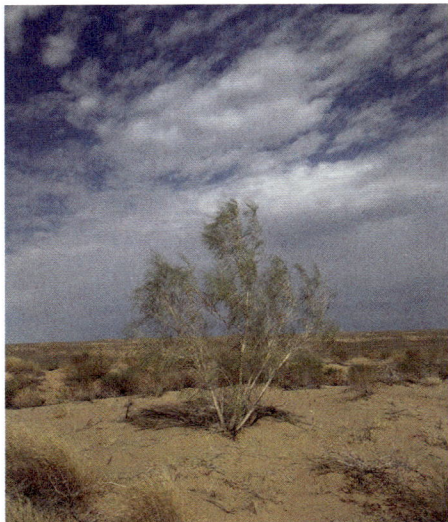

我们，沙漠中还有动物，沙狐、沙鼠什么的，只不过很少见，野"哼哼"也不能在这里生存。

这是塔克拉玛干，有生命的塔克拉玛干。在沙漠的中心地带，还有人居住，那是维修、养护沙漠公路的人们。常年生活在这样孤寂的地方，一切给养要靠外界的供应。车行过的时候，这里正在大兴土木盖房子，把车停下来，到沙漠中去"放水"，有的人审视盖房用的石头——从和田河运来的石头是不是就是玉？捡了其中一块绿绿的，回来放在凉台上的花盆中，看到它，沙漠中的水、树、房子，未谋面的沙狐、沙鼠和野"哼哼"，就如在眼前了。

渐出塔克拉玛干，近阿拉尔，已是生机无限了。生命在沙漠中受到的局限，至此消除，到这里已然蓬勃张扬开来。路的两旁是水溪与农田、郁郁葱葱的胡杨树，胡杨金黄色的叶子，在阳光中熠熠生辉，映照着远处的雪山，塔里木河翻卷着青白色的雪山之水奔流而去。

晚上，吃到了塔里木河筑坝而库里的雪蟹，我觉得这是全天下最好吃的螃蟹，最好吃的美味。

吃了塔里木河的雪蟹，估计有各种饮食陋习的人会与过去划清界限。

当然，螃蟹脚里，并没有沙漠中的沙子。

夏塔古道

穿越天山南北，有许多曲折奇峻幽深的古道。它们连通南北疆，在时光隧道中隐藏着文明交汇的驼铃和那些伟大探险家的足迹；它们沟通文明，让不同民族间璀璨光耀的精华在这里飘落、生根、发芽、壮大；它们自身就是奇妙的秘境，吸引好奇者深入它们的怀抱流连忘返，挑战它曲折的河道、险峻的冰川、寂寞的孤旅……

从东天山到西天山，从车师古道、吐峪沟、独库大通道、乌孙古道到夏塔古道，越接近帕米尔高原，串联天山南北的古道就越险峻，就越保留着"羁旅长堪醉，相留畏晓钟"的古道秘境，其间树木丛生，河流时而舒缓时而湍急，羊肠小道起起伏伏，或平缓，或下临绝壁深谷，命运付之于鞍下的骏马，付之于上苍。

从伊宁出发，经行特克斯或者经行白石头峰蜿蜒崎岖高入云端的新路，都可以到达夏塔古道。沿着陡峻的小道向山谷深处爬行，一侧是壁立山峰，一侧是夏塔河澎湃的流水。这条发源于冰川大峡谷的河流在你的侧边看似内地的溪流，河道在此处非常狭窄，河的两侧是高耸入云的杉树，然而，穿行在山谷中的这条"小河"气势绝然不同于内地温顺和缓的溪流，它从亘古的冰川雪原而来，像乳虎、幼豹、山猫一样，从娘胎里就带着杀气，张牙舞爪，气势汹汹地在这样促狭的涧道中狂野咆哮，下入奔腾的伊犁河，上则隐藏在幽深的古道远处，神龙摆尾，未见其首……

在夏塔河的交响曲中一路盘旋而上，气候凉爽，景色怡人。激流勇进声，鸟鸣深涧声，野虫振翅合奏声，风吹树叶萧萧声，马蹄踏石呼吸急促声……在寂静而生机勃勃的冰川古道中，所有的声音都是大自然的天籁，澄澈而空灵。行走在大自然最原始的时空隧道中，那些经行此地的古来的脚步声在多维的空间中伴随着你，与你一同徜徉在幽林秘境，窃窃私语，哑然失笑，或喧闹或庄重肃穆或故作深沉。

这是一条承载着久远历史的古道。人类如蚂蚁搬运货物的同时，也在不断搬运着文明。这些古道是文明交汇的大动脉，它们把摇头晃脑的道家弟子和儒士们搬运到古老的西域以至于更远，它们又把来自地中海沿岸西亚古印度的文明搬运到农耕文明发达的东方中原腹地，称颂着"阿弥陀佛"的大师们、宗教的火与光明、亚里士多德和苏格拉底的信徒们、伊斯兰教的信士们通过这些古道把经堂教育传播到西域，当然，也用了战争和强制的手段……这些古道，就是时光老人的魔术道具，来者不拒，去者不留，怀远博望，惠远绥靖，张掖武威，一切都化育在古道千百年来成长着的树木的光影中。

这是和平往来的通道，这是战争杀伐的古道；这是文明向西的古道，这是多元文明本土化的通道；这是侠客风云传奇的古道，也是流亡逃窜的通道。

穿过崎岖的山涧，是一片开阔的河谷。夏塔河在此处舒展胸怀，形成宽阔的河面，冲积出一片扇形河谷湿地。这是一处世外桃源，有密林，有湿地，有小溪，有山谷草原，有毡房木屋，有古老的温泉汤池……山峰密林耸峙，环抱着这片人间秘境，雄鹰飞翔在河谷的上空，骏马散落在河谷的草木茂盛处，闲散安逸，自由自在，三五旅人扎营空地，懒懒散散地躺在草地上……

眺望远山，雪峰在浩渺的云海中若隐若现，晴天一览无余，阴天则没入滚滚翻卷的云雾中。从河谷出发，需做精心准备和筹谋才能够结伴穿越未经的险途直达南疆，西出葱岭。

河谷盘桓逗留者多，穿越天山者稀。旅人至此，大约都要住几日，古老的汤池有两个池子，一个温度70多摄氏度，看得入不得，一个40摄氏度左右，正可温泉滑水洗凝脂。比邻汤池是几百年的木屋，古风古韵，有块木板上写了洋文字码的"到此一游"，计算时间，似有五百年之久。住在木屋，清冽的空气中弥漫着烤肉和西瓜的香气，清晨被木屋外的声音扰醒，推门看去，两匹马儿在吃垃圾桶的西瓜皮，忍不住一乐。

后来，听说木屋已被推倒，建了混凝土建筑。

再后来，抖音短视频里有女县长骑马，英姿飒爽。

留在夏塔古道的几百年前的"到此一游"。作者　摄

可可托海

可可托海，北纬 47° 12′ 42.12″，东经 89° 48′ 06.88″。

很长一段时间，人们在地图上找不到这个无名的北疆小镇。

事实上，可可托海不是无名的，她的无名是蕴含着无穷能量的无名，她的无名是守护着惊世宝藏和秘密的无名，她的无名是一座丰碑，一座新疆为中华民族复兴崛起奠基的物质财富与精神价值交相辉映的丰碑，这座丰碑，直抵霄汉，如同夜空璀璨的星辰。

山路九十九道弯，初秋的北疆已经略有凉意，摇下车窗，山风拂面，冷峻清爽，一行人中博古通今的贤者开始介绍可可托海的传奇。这里是额尔齐斯河的上源，河水寒凉，虽夏日不得下水；石钟山形似座钟，巍峨高耸；夫妻树相依相伴，一直在"撒狗粮"。至于可可托海的宝藏和功勋，不胜枚举。

进出可可托海有几条路，从富蕴方向进出有老乌恰沟和新乌恰沟路。行驶在蜿蜒盘旋的山间小道，远处的绝崖峭壁上似乎刻着上古时期先民们狩猎劳作的岩画，简约几笔，宛如写实派的大师，勾勒出对腾格里天，对狼熊鹿羊的崇拜，深度刻画了先民们热爱生活的激情奔放。这远古时代的生命气息，安静幽秘深邃，他们在远古时代的呼唤，他们放牧渔猎的场景，仿佛就从这层峦叠嶂深处传来……

　　穿出蜿蜒曲折的山路，冲上隘口，眼前豁然开朗。放眼望去，是一片辽阔的盆地。可可托海，其东延伸入大山的深处，是额尔齐斯河的发源地。额尔齐斯河，这条冷水河之品性正如同草原民族的性格，含蓄劲节，不善言辞而又胸怀博大，时而沉默舒缓，时而粗犷豪放。她发源于大山深处，是西北方的大河，青龙白虎，绵延向西向北，全流域300多万平方公里，奔腾呼啸，汇入北冰洋。以洋流对北极的贡献而言，我们宣示在北极的主权自然名正言顺。可可托海位于阿勒泰地区富蕴县，西向通过山谷间的通道（俗称西沟）连接阿尔泰山脉的主脉腹地，这个纬度横跨蒙古大草原，与大兴安岭的加格达奇相对称，这两个袖珍县城有很多相似之处，都有北方小城的独特韵味，以及非常切近的地形和植被，北地的白桦树，路边的

进入可可托海的必经之路——乌恰沟。姜可　摄

野草野花，都如同倔强的小孩，那份气质，那份一尘不染在风中的傲然与淳朴，深深地刻在旅人的脑海中。在这个纬度的东北方向——大兴安岭北段顶峰东端，是古代鲜卑人的发祥地——嘎仙洞，一个比可可托海袖珍的山谷，谷底流淌着一条小河，夏日茂密的树林和草丛，掩映着峭壁上一座可容千余人的大山洞，洞口还立着记载北朝时期中书侍郎李敞代皇帝来祭祖的碑刻。鲜卑人从此洞走出，创建了北魏王朝，成为中华民族历史上第一个入主中原的少数民族。可可托海，更是西北方民族之源，以其更加宽广的胸怀、大山大河、开阔的盆地、怡人的气候养育着多个民族。从隘口向东南方向望去，一片湖水，喇叭口面向东南消失在薄雾之中，那是青河。中国社会科学院考古所和新疆考古所正在那里的三道海子开掘古老的草原文明遗迹。青河县境，还遗留着 20 世纪 30 年代从中国甘肃延伸到苏联境内西伯利亚地区的地震大断裂带，造化鬼斧神工。在自然面前，唯有自然是永恒的，当然，还有人类杰出的精神世界，可与日月同辉。

我们可以想象这片森林茂密、河流奔腾的谷地曾经是多么令人神往的古人类生活的乐园。曾经的沧海，退潮之后形成辽阔的原野，在山谷之外，是恐龙、猛犸象的领地，一直延伸到今天的卡拉麦里自然保护区、将军戈壁和五彩湾、古海温泉；山谷之外，是火山喷发时有余烬散落的世界，大地在那时是大水泛滥、女娲补天之后雨林繁盛的创世纪。山谷深处，早期的人类开始出现在这片与世隔绝的土地上，繁衍生息，男人渔猎，女人钻木取火，缝衲皮草，饲养驯化野猪野马野狼。他们从深谷发展壮大群体，积蓄氏族的力量，从此出发，向外播远，人类的香火从"野蛮"蒙昧时代，一步一步地走向"文明"新时代，走向外部世界。

人类在这块土地上留下了已持续几千年的深刻印记。经可可托海向西向南都是草原民族行经的大通道，向南直趋北庭故地和达坂城南天山北坡游牧大通道，向东南经吐鲁番去往敦煌故地及楼兰罗布泊，向西则经富蕴、福海乌伦古湖过阿勒泰南缘乌尔禾大通道奔伊犁河谷，这条路是曾经的大月氏西溃之路，恐怕也是耶律大石建立西辽国的通道。放马草原，奔驰戈壁，狼奔豕突，象走虎啸，天似穹庐，笼盖四野，天苍苍，野茫茫，风吹草低尚不可见牛羊。

人类草原文明是一部交响曲，时而高亢激越，时而陷入近于无声的孤寂与沉默，而今，古老的文明湮灭在你脚下的草丛和碎石堆中。可可托海一度突然消失在文明的视线外，只有额尔齐斯河的河流咆哮流淌在这亘古以来的山川峡谷中，伴随她的只有一代代的野狼家族。直到 19 世纪末 20 世纪初，苏联人踏足这里，发现了这里无穷的宝藏，开始垂涎觊觎这块天赐宝地。

从苇子湖（据说现在有个洋气的名字叫可可苏里），过海子口（伊雷木湖），进入可可托海镇。过一座小桥，界分南北。桥北，在 20 世纪主要是矿区的生活区；桥南，则以矿区为主，今天闻名遐迩的三号矿坑和阿依果孜矿洞就在南区，也有零星的居民房屋。可可托海有河南人、河北人之说，其实就是桥南北之分。小镇东西向是个长条形，以可可托海地质陈列馆为中心，镇的最东头一个小山丘下是过去的医院，医院往东过另一座小桥，进入额尔齐斯河上游景区。

曾经，古老沧海古原的寂静和人类工业文明时代机器的喧嚣在这里碰撞交汇；古老的遗迹已成为历史的丰碑，为数不多的生产者依然在此坚守，可可托海在北疆的山峦怀抱中独自享受着大江流日月、天近星辉灿的光阴流转。

可可托海是北疆一座安静的小镇，安静得如同江南旖旎水乡的处子。清晨，漫步在小镇的街道上，炊烟袅袅，奶茶的香味从邻家的院子里飘逸出来，混合着牛粪特有的芬芳，在北疆清冷的空气中弥漫。小镇是个冬窝子，气温相对要高一点，据说冬天也很少有风。不过早晚温差大，仍然是典型的北方气候。这样一座小镇，没有车水马龙，一切都很安静优雅，哈萨克族勤劳的牧民一大早赶着羊群和马儿出发了，哒哒的马蹄声和树梢鸟儿的鸣叫混合在额尔齐斯河穿流的河水声中。你漫无目的地走在桦树小道上，初秋的几片金黄色的叶子已经飘落下来，散落在晨光普照的小径上，泛着金色的光彩。那些 20 世纪 50 年代以来把自己的青春奉献在这里的工程师、技术人员、爆破工人，地质工作者、医生、老师，行行业业的建设者们，来自江浙沪皖鲁，大江南北，赋予了这座小镇特有的人文情怀。她曾经是科学与文明的高地，她曾经是医疗教育高水准的荟萃地，她很早就在这片蛮荒之地建立了"德先生"和"赛先生"的管理模式；她是自由的，她是有文化的，她是先进的，她是严谨的；她拥有当时最先进的发电站和选矿业、采矿业。她是视金钱如粪土的工人阶级的先锋队创业奉献的光荣之地；那时她崇尚科学与知识。曾经的可可托海，是一片汪洋中的岛屿，是岛屿上的灯塔。她是海洋文化的严谨务实与古海洋之地粗犷与乐观的结合，她的气质优雅而又大气。

所有的伟大精神，都是由人类中杰出而又貌似平凡的人们用血汗浇筑的，这是一条漫长而又艰辛的道路，这是一条充满乐观主义与理想主义的道路。从海子口出发，穿过一条长长的隧道，是过去的一处绝密工程，一座建在山中的发电站。在当时的技术条件下，它设计之奇妙，施工之艰难复杂，都是今人无法想象的，很多地方的施工是靠人力一钎子一钎子凿出来的，正如当年为偿还中国欠苏联债务做出重要贡献的三号矿坑，矿石都是一筐一筐从上百米深的矿坑底背上来的一样。伟大的解放战争是人民用小推车推出来的，共和国今天的脊梁难道不正是建立在这些建设者的驼背之上的吗？！

当年的矿工在矿洞中的工作场景。秦风华　摄

每一次，站在可可托海发电站的深洞里，看着当年的建设者在墙上留下的革命乐观主义标语，想象着他们的快乐，劳动者的快乐，精神都会得到一次洗礼；

每一次，站在三号矿坑的矿坡上，都会为那些寂寂无名的建设者所感动，为这座伟大的矿坑蕴含的精神所震撼。那座记载着民汉凄美爱情的阿依果孜矿洞，是建设者们以自己的健康和生命为代价爆破出来的，他们很多人肺里吸入了太多的粉尘，得了矽肺病，他们很多人在震耳欲聋的环境中工作，丧失了基本的听力。写这篇文章的时候，手机里播放着甘萍唱的《马兰谣》，是歌颂南疆大漠核试验基地先烈们的一首歌，"一代代的追寻者，青丝化作西行雪，一辈辈的科技人，深情铸成边关恋，丹心照大漠，血汗写艰难……"。听到此处，泪眼朦胧，可可托海，更为悲壮。

进出可可托海镇，今有两条道。新修的路更宽更平整，新路要经过一处陵园，这里既安葬当地的牧民，也安葬着在可可托海建设过程中的牺牲者。同行有人提议，离开时祭奠这些无名的建设者。清酒一杯，长歌当哭，他们已化作夜空的星辰。

秋色万里向阳红

在山中行走，已是秋叶飞红的季节了。

满山乍一望去还是绿地世界，不过，在岩石的一角，在绿色的边缘，红色已经是非常耀眼的色彩了。正如春天的时候，驱车在这盘山道路上，一野的荒芜和枯槁，可是，烂漫的花儿白色粉色就那么几树几株，仿佛是一夜寒彻之后春风送来的，却已足以让你清爽、让你迷恋、让你赞叹。在这荒野，这绽放的花儿并不突兀，她离得你很远，却又似乎就是你心中想要的结果，她告诉你春天的信息，在凛冽的寒风中告诉你春天的步伐已经坚定地向着你走来了。途经山间小溪，流水如同冷风中小孩子的脸庞，凉凉的，却又充满了绿地生机和悠悠情趣，你的目光，在这凉意彻骨的溪水中分明已经变得清澈，变得如同蔚蓝的天空那样纯粹。

秋天的红色，一如春天半山腰的花儿。生命从来都是平静地面对季节与时令的变化，面对阴阳和乾坤的交融与和谐，用最美丽最含蓄最自然的色彩去迎接一切变化。在山中，你短暂停留的时候，会看到高空盘旋飞翔的鸟儿，你可能分明已经看到了一只雄鹰的羽翼，看到了她高傲而安详的眼神和仪态，有那么一瞬间，你似乎觉得她是一动不动的、静止的，在那瞬间，你感受到了那种静止的优雅、唯美与坚毅。那种瞬间的美，让你忘记了周围的一切，甚至忘记了蔚蓝的天空。你只知道，那份孤傲中没有任何炫耀的意思，她是与天地合一的。

世间最美的感受，都是瞬间和孤独的。那几树花儿，那几叶飞红，那天空之翼，如此沉默，如此典雅，如此灿烂，如此孤傲，却从不在意凡夫俗子的眼神，却从不在意云遮雾笼，却从不在意阴雨阳光，那份美丽，只生活在天地赋予的自我中，生活在无尘无俗中。

秋天，穿行在山中。成熟的季节让人无法忘怀。一切变得安静而雍容。然而，我们依然向往着冬天的来临，就算是朔风呼啸的时候，我们依然会在山的庇荫处看到流动的溪水，看到油绿的青苔，那种肃杀中的顽强并不张扬，反而越发显得自如与从容，那种美，一样无以言表。这可以计数的红叶，让你更加强烈地感受到秋韵；这可以计数的红叶，让你在心中深深地留下秋的痕迹；当雪花飞舞的时候，你依然回味着秋的意蕴，不经意间，迎来春意盎然。

我想，漫山枫叶，不足奇，看到枫叶红遍的时候，树木已经枯了。那时节，我更喜欢雪野，更喜欢山涧中寒风无法让她屈服的溪水和青苔，甚至还有几处绿色。

这时节，我喜欢秋色万里，点点向阳红。

成熟的季节，一切变得安静而雍容。作者 摄

最美丽的冬天在新疆

很多人冬天不知道去什么地方度过漫长的时光，那我告诉你，最美丽的冬天在新疆，最好的行程规划是新疆。

冬天去南方干什么？季节的风云来到了她该来到的季节，温暖的时候温暖，寒冷的时候应该寒冷，此时的北方正是冰天雪地，鹅毛般大雪飞扬的时候，在这样的季节，你不去新疆感受季节的激情与壮丽，却要像逃兵一样跑到南方，我觉得很是不智。更何况，此时的南方，一年的绿色已经呈现出疲态，如果你看得足够仔细的话，会发现如同熬夜的美女一样，南方的树木已经有些皱纹，有些倦意，需要好好地休息一下，而不希望你去打搅。

冬天有的人喜欢去哈尔滨，说那是冰城，可以去滑雪。哈尔滨很好，我无意去贬低，因为那里有我的很多朋友，在冰雪的季节我曾经住在马迭尔宾馆感受哈尔滨的气息，可是，漫漫的雪野，一望无际的平展，没有变化，没有起伏，马迭尔宾馆的外面只有一个可怜的肉串摊子，你不知道吃还是不吃。当然，人工的痕迹过于浓厚，也是我不选择哈尔滨的原因。

冬天的新疆，是这个星球上最美丽的地方。乌鲁木齐虽然有"陪都"的称号，可是那么多美食等着你去品尝，那么多好客的朋友最喜欢在乌鲁木齐的冬天接待你。夏天太过热闹，接待不过来，冬天有足够的夜色去消磨。一群人，男男女女，围坐下来，或者去巴格万，或者去巴楚县人开的那个烤串馆子，当然和田和莎车人开的也不错，哈萨克的那个大馆子去年没有暖气，今年吸取了教训，吃上了上好的马肠子和奶酪，那是别的地方没有的珍馐。有一个秘密本来是不能讲的，现在也忍不住要说出来，你在这季节的南方能看到那么多穿着靴子和修长的鲜艳的衣服或者皮衣的曼妙丽人吗？那么好看的靴子，那么婀娜的姿态，就算你是个冷血青蛙也能感受到在其他任何地方感受不到的美丽，唉，去南方的人可真是傻子啊。

冬天的新疆，到了乌鲁木齐，必要去南山滑雪。我喜欢漫天飞雪，如同喜欢天山的巍峨。在这里，你能看到自然的雪场，远山的白云，云杉，

路边是马儿，不是吆喝你骑马的那种，是随意在走的马儿。作者 摄

巍峨的天山雪峰，一道道白色的雪道，鲜艳而娇媚的飒爽英姿。去雪场的路上，看到整只宰杀的牛在卖，走在长长的路上，踩着脚底下的靴子，路边是马儿，不是吆喝你骑马的那种，是随意在走的马儿，还有你前面人的身影，围巾，靴子，吱吱嘎嘎的脚步声，娃娃的调皮与雪球滚动。当然，上山的时候不要忘记了先把蒸羊肉订上，下山的时候，加上司机师傅，几个人总可以好好地温暖一下。这样的季节，雪山雪场雪野道路马儿和朋友们……，安静地讨论问题，哈着热气，可以看得见热气在自己的鼻子底下。没有风，只有湿润清冽的空气。我不知道还想去什么地方，在这样的冬天里。

当然，新疆是气候多样、气温多变的，在南疆一样可以有暖暖的太阳，然而早晚还是颇有冬意的。和田的早晨、喀什的客栈，还有莎车的广场，一样值得你去看看闲时节斗狗斗羊斗鸡的人们，还有驯鹰的人们，那样的风情，也会让你流连忘返。

我不能再写了，所有的国画都要留白，尤其是最美的国画，对于一个临摹新疆美丽冬景的人来说，百闻不如一见，你还是自己去看看吧。

初冬

季节已是初冬。

在南方，穿短裤 T 恤跟夹衣长袖的人一同行走在大街上，绿色的椰子树，榕树和略有些清瘦的阳光在连续的雨天后有一些湿意，但已经不是夏天黏黏的潮乎乎的感觉了。

在北方，已是一地黄叶的季节了。北方草原的风已经很不耐烦地派出了自己的斥候，掳掠者首先对树叶发起了攻击。大树叶子平铺在草场上，一片绿一片黄，草场有些像淘气的小猪在泥塘里滚过的样子，都是自然的造化。走在草场上，明晃晃的树叶反着光，让你无法识别想要识别的东西。风吹过来，已经有示威的寒意了。

在岭南的街道上走着的时候，我想念着朔风；在季节的风即将呼啸而来的时候，我仍然在眷顾岭南的山山水水。人总是这样的，总会像儿时一样，含在口中的糖还没有化掉，就已经想着新年的鞭炮了。

冬天，不是生长的季节，除了阳台上的五彩椒已经适应了季节的变化，成了长年生木本植物。冬天是孕育的季节，是休养生息的季节。暖洋洋的阳光隔着着玻璃轻柔地中和着风的肆虐，寒冬不远了。

冬天，是冰雪的世界。北疆已经暴雪封山了。我们也会很快迎来寒冷的天气和清冽的冰雪，没有冰雪的冬天是没有韵味的。正如只知道塔克拉玛干沙漠而不知道和田的玫瑰一样，世界上最好的玫瑰花出在沙漠，出在和田。玫瑰的香气，如同阿曼尼莎汗的十二木卡姆一样。

然而我终究是喜欢寒风的。只有寒风才能吹走污染的空气，只有寒风才让阳光更温暖，只有寒风才能够感受到偎依在暖气旁读书喝茶的旖旎。不过，对于那些"臭美帝"来说，最大的损失是只能穿靴子或棉鞋了。

五彩棉花。作者 摄

布尔津的记忆

布尔津现在是风景名胜，扼去喀纳斯要道。这是近些年的事情，早先不是这样。

五彩滩，过去是小学生们一放假就去玩耍的地方，并不觉得多么出奇。小学的老师年轻，好玩，没有现在学校的顾忌，把一群野孩子放在自认为最安全的地方去撒野。顽劣小童在水里捉虾戏水，既有男孩子把小女孩扬一身水，也有男孩子把小伙伴摁在水里灌肚皮，恼无可恼，乐无限童趣。老师并不急于回去见女朋友，小童并不急于回家吃爹娘的巴掌，所谓两得益彰。最重要的，并没有人觉得这样的风景有啥出奇的地方，一切都是那么自然，没有今日"驴友""马友"过往人等的夸张与做作。

当然，有意思的事情不只这些。冬天只要不是大雪封路，照例也是要去五彩滩的，也是要进山的。老师要求每个男孩子带上各家的斧头，进山砍柴去，那时木柴是主要的取暖燃料。回想起来，我也就是小学生九岁十岁的样子，拿着斧头有模有样地把枝枝杈杈砍下来，堆成一堆，捆起来，在夕阳的晚霞中高高兴兴地回家去。这样的锻炼，很有效果。

布尔津的汉族人过去吃鱼很多，不过吃的多是鲤鱼，少数民族不吃鱼。山溪河水清澈见底，鲤鱼是上好的鱼种。现在的乔尔泰，那时候根本就不是入流的鱼种，很少有人吃，现在居然登大雅之堂；那时候去哈萨克族的帐篷做客，一定能吃到整只羊；那时候人少，百里月余不见人是经常的事情。现在来客再宰羊就要破产了。此一时彼一时。

朋友的父亲当年是当地卫生系统的领导，要下乡去哈萨克族聚居区建卫生站，只有一辆"212"，朋友去待了两天，第一天当地哈萨克族的乡长带着进山打猎，第二天一个人无趣枯坐，第三天一定要回布尔津，无车，只好搭运羊的车回去，路途崎岖，不似今日坦途，在羊车里跟一堆羊挤在一起，晃晃荡荡走了三天，回到家里，老妈捏着鼻子："你这个混小子赶紧去给我洗澡！"这件事，发生在 20 世纪 80 年代末。物之常见，虽风景绮丽，不以为珍。

新疆人看待新疆，平常的，稀松的。这是一种见多不以为奇的心境，也是新疆人为人处世的方法。

五彩滩。佚名 摄

新疆需要建高铁

　　曾经有一个形象的比喻：新疆是一本书，书轴是天山，左卷南疆，右卷北疆。看来这是一本线装书。山北准噶尔盆地，多雨多绿色；山南雨少，多戈壁沙漠少绿洲。沿着天山之南西行，并无奇峻地势，一望无际是戈壁和沙漠，间有珍珠般的绿洲。大地在此际是舒展的。如同一个平展的画布，等待巨匠的神来之笔，等待你四仰八叉地躺在这块土地上，体验一种你从未经历过的感觉。

　　连接乌鲁木齐和喀什以及和田的，是慢腾腾的火车。过去从乌鲁木齐坐车去喀什需要三天，即使现在走高速路也要整整两天车程。去南疆的火车虽一再提速也需要 20 多个小时。买买提是喀什人，混沌沌要坐 20 多个小时的长途客车或者火车，每年暑期回家都要视为畏途，老爹老妈还要热衷于给他介绍女朋友，说邻居家小二哥的孩子都可以打酱油了。买买提一脸苦相地跟我在乌鲁木齐说这件事情的时候，我的大笑引起了他的恼怒，为此，答应请我吃饭居然作废了。饭前不宜开玩笑，这是一个教训。

天山之南，是神秘的土地。这儿的历史古迹、独特的人文环境、奇丽的风景不可胜数，玛纳斯的说唱者估计也要连续不断地说个十天半月。人们如果走马观花至少也要半个月，就算是半个月，说起来连皮毛都不能及，对于那些小脑不平衡的人来说，更是只能神及而不能履及。

天山之南，物华天宝。这儿的物产是上苍给予人类的财富，库尔勒的梨，阿拉尔的雪蟹，英吉沙的小刀、沙枣，举凡你没有见过的、吃过的，在南疆都可以发现它们的踪影。石油和天然气、神秘的昆仑石就更不用多说了。

天山之南，是天然的医疗师。现代人生活在地产飞涨、物价飞涨、人情冷漠的都市，生活在乌烟瘴气的文化生态中，每一天，满脑子的跟自己过不去，一副吃饱了撑得不行的德性，需要有一个广袤的大地去脱胎换骨。主宰自然的神，已经为人类预留了这样的地方，这就是天山之南。

然而，区内行走，已经说过了，很不方便，最好的办法就是修高铁。

新疆修高铁，土地成本近乎零。戈壁滩没有钉子户，此项成本可忽略不计。大地平展，技术上很好解决。至于上座率更不必多虑，丝绸之路自古就是商贾之道，人马络绎不绝。如果修成了高铁，买买提每周回去相亲一次，也不是不可以。

当然，凡事都需要以经济学家、法学家和逻辑学家的严谨来审慎地评估。我等无知百姓，说说而已。

本书出版的时候，无知百姓的胡言乱语已经成为现实，高铁进新疆。彭小满 摄

离开你的时候你已在我心中

从没有一个地方让我如此用心、用身体的每一个细胞去感受，从没有一个地方让我用自己的沉默与肃然去追寻，追寻山影和雪的洁净，追寻戈壁和那倔强坚韧的骆驼刺，追寻绿洲的新疆杨和红柳、胡杨树……

归来的时候，已经虚脱了，已经把自己所有的气力放在了沿着天山西行的粗犷与孤独中，仿佛是戈壁难得的雨后的几滴水，一半渗透到砂石中，成为庞大的骆驼刺根系的一部分，一半已经被明晃晃的阳光蒸发走了。

归来时，内心世界已经是充盈了。当我们把自己的善良与友谊留在那片土地的时候，我们带走了更多的善念；当我们把勇气和坚毅留在寂寥旷野的时候，我们怀着更大的勇气前行了；当我们用心去拥抱这片土地的时候，我知道她已经接纳了我们的灵魂。这片奇伟壮丽的土地，这土地上每一个善良而美丽的心灵，让我们深深感动，感动到无法用语言去表达感受。他们用大爱来接纳我们，却唯恐没有满足你的每一个愿望，他们甚至认为自己付出得还不够多，为此竟然心怀歉意。

有一亩葡萄园是我的了，我们已经跑马圈地，自己"承包了"一片戈壁，自封为戈壁的领主。为着那一亩葡萄园，我的心中一直充盈着甜蜜的幸福，那种收获着信任与善良的心境，如同农人沉浸在丰收的田野中。我沉浸在每一个善良与可爱的心灵中，仿若在和煦的春风中躺在原野，草帽遮着阳光，任别人看不出是睡还是醒着，只听到田野中蜂儿和布谷鸟的叫声。

　　躯体回到了都市，灵魂仍然在遥远的西陲。

　　离开你的时候，你已在我心中，无边的天山。

康家石门子岩画。作者 摄

鸟市的春天

　　乌鲁木齐又被年轻人称为"鸟市"，世界已经是年轻人的，年轻就是王道。年轻人说鸟市，若不从众，恐怕就显得老旧过时了。不过，一座城市如果是鸟的天堂，那么，这座城市就是快乐的、有情调的、可爱的。

　　鸟市的春天是从哪里开始的呢？有人说是从石人子沟的蝴蝶谷，蝴蝶谷的春天确实来得比较早，在崎岖蜿蜒的山谷里，冬雪尚未化尽，春草已绿意盎然，小小的花儿也已绽放。在这人迹罕至的地方，自由自在飞翔的蝴蝶是这里的主人，还有远处山坡上的马群，牛群，羊群，在羊妈妈的肚子下淘气的小羊羔，郁闷的驮着四桶水的小毛驴……

　　然而，我觉得鸟市的春天不是从蝴蝶谷开始的。蝴蝶谷太小资，太旖旎，适合那些喜欢写圆圆日记的人们来欣赏咀嚼。她不适合代表这样一座边地大气阔然的城市。鸟市的春天大约似乎是从南湖开始的。飞来飞去的喜鹊和湖里的鸭子最早宣示着春天的消息。一座没有鸭子的城市怎么能称之为城市呢？一池没有鸭子的湖水怎么能称之为湖水呢？我们能够容得下驴子的嘶鸣以及公鸭子的叫声，为什么不能好好欣赏这游来游去的池塘里的自然的鸭子们呢？

南湖里还有芦苇，一只小乌篷船，以及烂漫的花儿，一树树怒放，张扬着边地强大的生命力。一座城市切不可种了樱花什么的，颇不吉祥，还要麻烦雷公、火神。还是要学习鸟市，有桃花杏花苹果花，这样就很春天。

当然，我还是觉得不要轻易砍掉榆树，还要多种沙枣树。因为，这里是鸟市，鸟喜欢的城市。

"鸟市"石人子沟。作者 摄

喀纳斯湖。沙达提·乌拉孜别克 摄

边疆诗话

遥远的喀纳斯

喀纳斯是人间的净土。

我向往着喀纳斯。

在大西北的大西北有着这样的一个湖，

有着无数的丛山峻岭在自然的造化下环绕着喀纳斯，

有着一望无际的草原迎接着你穿越的旅程，

有着青青的草，五彩缤纷而又如此自然朴实的花朵，

沉浸着你迷蒙失途的心灵和眼睛，

让你回归到自然的本能与神的召唤中。

有着高山、云杉和雪豹，

有我最喜欢的山和树，

我最喜欢的动物的精灵……

喀纳斯，我已经如梦了……

喀纳斯如仙女，在夏日的晨雾中。

拜年

我知道你欠我的，一壶酒，三盏茶。

我知道我欠你的，千宠爱，万明眸。

我知道寒冷的时候心灵中有你的拥抱。

我知道炎热的夏天有天山脚下的树荫。

你会来的，我知道你需要教化这繁华中的愚钝与麻木。

你会来的，我知道风雪自西北席卷八千里长路与明月。

长揖，为你的风范。

长揖，为你的傲骨。

长揖，风雪中的松柏。

长揖，戈壁上的花儿。

长揖，骆驼刺。

长揖，胡杨的秋日。

这年来的时节，长揖，西域的朋友们，为你们祝福。

新一年来，出玉门，立马望云，等你。

我不相信

我不相信茶。

边疆并没有好茶。

除非你把树叶都将就为茶。

我知道你勉强地握着一枚树叶。

让树叶发出风铃的声音以为如驼铃。

可是驼铃在沙漠中是不知疲倦而持续的。

你是停顿的，我知道，你间歇的，望着云儿无语。

独立天地间，我不孤独你寂寞。作者　摄

与天地有约

与天地有约，守护内心的宁静与淡泊。

与天地有约，守护宁静的坚韧与快乐。

与天地有约，守护天际的晨曦与霞光。

与天地有约，守护晨曦的树林与鸟儿。

与天地有约，守护沉默的孤独与自由。

与天地有约，守护孤独的大漠与草原。

与天地有约，安静如熟睡的婴儿。

与天地有约，没有嫉妒、欲念与波澜。

与天地有约，在意与随意，皆归于天地一念间。

与天地有约，简朴，忘却了浮华与粉饰。

与天地有约，在无言中内视，灵动如草原的溪流与野花。

我与天地有约，忘记，身在何处，只有，安宁的守护。

思想者

远看云霞的时候，思想就在云霞之中。

俯身溪流，水流清澈远行，

而驻足沉静在冷风中的时候，思想就在溪流中。

望着高飞的鸟儿，享受意念瞬间击中的抛物线，思想就在飞翔中。

一切皆逝，唯有思想的存在。

风吹柳絮飘向未知的远方。

翻一卷书，如饮经年的茅台，没有石油的气味，

沉浸在大家的思维深处，思想在思想中涵润。

数个十年，最光彩照人的，是独立的思想。

世事代谢，最熠熠生辉而磨琢锃亮的，是独立的思想。

佛说，印心，证印，一切皆自在。

当我弹起心灵的琴弦

当我弹起心灵的琴弦，

我的心底就是无际的乐园，

那迷人的歌像百灵飞窜在麦西来甫乐曲中间。

十二木卡姆套曲像是十二个月亮照亮每个人的心田，

不是你，也不是我，

而是万众欢乐的源泉。

葛家沟的羊。作者 摄

春天的心事

阿娜尔古丽坐在窗前
弯弯的眉毛凝眸的眼

窗前的柳树不再冬眠
古丽的论文还没写完

柳树上的鸟鸣声委婉
心爱的人儿还在打转

亲爱的亲爱的你的肩
是不是是不是我的山

帅帅的帅帅的你的脸
该不该该不该凑上前

师傅啊师傅啊在督战
论文啊论文啊把账算

阿娜尔古丽我的春天
阿娜尔古丽我的思念

我亲爱的情郎如磨盘
又像叶儿在水涡中旋

我可怕的导师把我撵
如同狼追着羊心胆颤

春天啊春天春意缠绵
我抛却这论文去会面

我再不把导师当神仙
我就要像牛儿去吃盐

谁说边塞苦寒地，有歌有舞有徒步。作者摄于鲤鱼山公园

乌鲁木齐

乌鲁木齐

常常自言自语

我不是边塞的大市集

我是冬窝子

我是冬窝子

我是你大舅

不是你小姨

乌鲁木齐

常常自言自语

我有一座山披松衣

我有一条河水没了涟漪

山是乾隆他爷爷用来祭天地

河修成了路特别堵特别没脾气

乌鲁木齐

乌鲁木齐

人们不太好评判你

姑娘们冬天露肚脐

冰淇淋雪天里打牙祭

啤酒阴险地要弄死你

乌鲁木齐

乌鲁木齐

你好像有点神秘

私家车有点太多

羊肉卖给外地人太便宜

烤串儿最好减量四分之一

乌鲁木齐

乌鲁木齐

好年成我们过得起

每周末我们都去南山宰只羊

阔气得羊杂羊皮不在意

坏年成我们抗得起

每天我们都要打馕整点凉皮

一个馕

一个馕
在馕坑的火焰中涅槃

道路说车辆是逃兵
人们说静止才是最好的运动

狗仔遥望窗外
似乎是杜牧鹤立滕王阁

猫儿跳起来够门把手
新的铁门必将会诞生

我们扫荡垃圾食品

我们为夏天写好墓志铭

秋思已经化作烤全羊

火锅欢快的旋律在味蕾中跳跃

那么，孤独是寂寞的同党

还是寂寞是孤独的恋人

啊，批判鲁米吗

嘘，你曾经让我心动的阿基米德杠杆

我希望我是错的

我也不想你是坏人

子产办了一所学校

然而迟迟拿不到入学通知书

要思考一个馕的问题

要读欧阳修或者诗三百

赌局

历史的光影
慢两个小时的节拍
照耀在天山南北
自东向西
消失在葱岭
迷醉的人忘记历史
每十年丧失一次记忆

杏子熟了
少了一头毛驴
毛驴进入轮回的时空
时空湮没了从喀什噶尔
到迪化的隧道

涂脂抹粉的马克南

摇身一变

成了现代版的约翰·包令

忘记是一味良药

晚上忘记昨夜的牙疼

忘记是成佛的过程

宽恕是最美好的品德

东郭先生

捧着杂阿含经

屠刀在他的脑后

幻化成美丽的妖精

赌注

众人围坐在桌前

准备开一桌赌局

用未来做赌注

听不见筹码流转的声音

没有二球子和丛货

智叟们贯注全神

侍应生正在接收

基督徒和犹太人的佣金

忘记了是不是用的微信

新疆人

我轻轻地拥抱　天山上空的白云

雄伟的雪峰　期待　我飞翔的双翼

我骑马奔驰在辽阔的　草原

望见你　美丽的笑脸

在斑斓的花丛中间

我听见　悠扬的旋律

仿佛升腾在　大湖的中央

新疆人，新疆人

无论我走在哪里

总会听到　血液中流淌的声音

我静静地躺在　塔克拉玛干的怀抱

绚丽的胡杨　染红了我的行囊

我深藏着你的爱　行走在无垠的大漠

看见夜的星辰　变成你脉脉的眼神

清澈如湖影

我听见　美丽的歌声

仿佛在巴音郭楞草原上

新疆人，新疆人

无论你走在哪里

无法改变　血液中流淌的声音

新疆人，新疆人

你的灵魂是雄伟的群山

新疆人，新疆人

你的妩媚是婀娜的草原

新疆人，新疆人

你的身影是挺拔的云杉

新疆人，新疆人

你的风姿是冰莹的雪莲

新疆人，新疆人

让我们血液中流淌的声音

引领着我们　走向远山的白云

第二辑　**思想原野**

那拉提雪山脚下盛开的野百合。

沙达提·乌拉孜别克　摄

湖湘子弟满天山

有清一代，我个人认为最值得今人纪念和崇拜的人应该是左宗棠。

左宗棠之所以值得今人尊崇，第一个原因就是他的经世致用之入世理念。左宗棠没上过什么正经学校，用今天的学术标准来衡量是典型的自学成才，他自己一身行囊，酷似今天的"驴友"，走遍祖国的山川，标记山河，为即来的风雨满楼做准备。

左宗棠之所以值得今人尊崇，第二个原因就是他于国弱军敝之际，抬棺西行收复西域之壮举。左公生于乱世，名显于乱世。那首描述他从乱贼、侵略者手中收复新疆，令人慷慨击节的诗词"大将筹边未肯还，湖湘子弟满天山。新栽杨柳三千里，引得春风度玉关"（有人说大将应为"上相"），至今让人神往不已。正所谓一个没有英雄的民族是悲哀的，一个没有大智大勇英雄的民族是可怜的。中华民族之所以生生不息，就是因为有左宗棠这样的旷世奇才，才总能够于危局中重生。

左宗棠之所以值得今人尊崇，第三个原因就是他真正实践了士人如

何才能救国。他出身布衣，贫贱不移，威武不屈，富贵不淫，自幼年即以家国天下为己任，一路披荆斩棘，终成栋梁之材。他个性突出，不像数千年来积习成弊的腐儒，刚正不阿，宠辱不惊，不畏权贵，不屈于时代，不负于天下苍生黎民。他投笔从戎，文人入相，审时度势，运筹于帷幄，决胜于千里之外，行军足迹近于遍布大半个中国，征伐平叛，收复国土又兼顾建设复兴。每到一处都匡扶百年基业，却毫无一己之私。

　　建在乌鲁木齐水磨沟风景区的"一炮成功"炮台，记载了左宗棠率领下的一场"全民卫国战争"。公元 1865 年，中亚浩罕国的高级将领阿古柏在以俄国、英国、土耳其等帝国主义国家的支持下，在新疆建立了血

腥政权，统治长达 12 年之久。1876 年左宗棠历经运筹，任命刘锦棠为
前敌总指挥，组成了以新、湘、豫、蜀兵员为主力的大军，总兵力近 6 万人，
开始了收复西域疆土的反侵略战争。1876 年 8 月，清军打到了米泉古牧
地，12 日至 17 日清军在此与匪军激烈交战，经过 6 天的战斗，共歼灭
匪军 6000 余人，并将匪军追逼至迪化（今乌鲁木齐）城内。18 日，清
军在迪化六道湾山梁上架起了大炮，向迪化城开了一炮，击中了城门，轰
塌了一处城墙，吓得匪军心惊肉跳、魂飞魄散、溃不成兵。随后将士迅速
登城，再歼 5000 余匪军，胜利收复了迪化。阿古柏率残兵仓皇出逃大阪
城。再败再逃，一蹶不振，直至灭亡。

　　为纪念这场战役的胜利，当地人民在其架炮的地方建起了炮台，命

"一炮成功"炮台，距遗址东移了三公里。作者　摄

名为"一炮成功"。山坡上有一种野菜叫"老洼蒜"（野沙葱），老百姓逢清明节会去采来包饺子，纪念收复新疆，再给儿孙讲"一炮成功"的故事。这已渐成迪化民俗。

中华民族有《尚书·周书》，有《道德经》，有《诗经》，有《论语》；中华民族有每于危局救民于水火、挽狂澜于即倒的民族英雄，他们灿若星辰，庇佑着辽阔的华夏土地。

所以，一直以来，我觉得近代中国最值得尊敬的人是左宗棠。在清代这么一个前一百年风云涤荡、雄霸世界，后两百年渐而积弱的朝代，能够产生左文襄公这么一个民族英雄，实在是匪夷所思。

杨增新植树

20 世纪之初前一二十年间的新疆，是很有意思的。

当时新疆在民国第一任督军杨增新治下，闭塞、落后，但又是近代史上新疆最安定、凝聚了最多生机的地方。那时新疆是乱世之桃花源。

杨增新是一个很有意思的人物。他是旧派的官僚，又坚定支持鼎革之后的民国政府。南疆的老人到现在还尊称他为"杨将军"。杨增新观念保守，但坚持中华民族的一统，"认庙不认神"，却是"保守"得可青史留名。其实，保守并不一定意味着落后与反

乱局中保新疆安定的云南人杨增新
（资料图）

动，激进并不意味着进步与建设。

那时，列强已是沸沸工业文明，中华大地风云变幻，灾难深重，杨老先生却坚定不移地坚持以自己的黄老之术治理新疆。他削减军队，认为以新疆之大、财政之疲敝，用多少军队都扛不住英俄以及外蒙的咄咄逼人。就是杨老爷子领导的几条破枪，在列强环伺的情况下，居然一手解除了入境的白俄军队武装，一手抵住了外蒙肢解北疆的企图。

历史总是丰富的，是任何教条者及其教条主义的单一论所不能解读的。杨增新，是继左宗棠之后稳定新疆、维护国家统一的中流砥柱，从维护新疆的统一与安宁来看，不失为一世雄杰。

四月八日晴，礼拜

住迪化。杨督军种树于水磨沟，邀同行。上午八时，策马出新东门，过营垒三四。五里，官厅。又五里，水磨沟。山下出泉，积流成沟，水大流急，寒冬不冰。下流三十里，至古牧地，入于沙。杂树夹岸，水磨七八盘，错处其间，若一村落。坡上建龙王庙，有二三道士供香火。庙前亭榭数处，皆新抚潘效苏及清室载澜公爵（时流戍新疆）所建，以供钓游之娱，景致极佳，为迪化近郊胜地。联额多带"疆臣颂圣，流人思君"意味，无甚足观。庙左数百武，山峡深入，有巨泉涌出，泡高数寸，若济南之趵突泉然。对面新建一亭，可以坐玩。流声潺潺，更觉幽绝。拂衣上山，绕至龙王庙后空地种树。余亦手植一木，于潘鹿碛厅长所植之右，志以炼砖一端。植树毕，午膳于机器局，规模宏敞。

这是 1917 年 4 月 8 日谢彬与杨增新植树的日记，未录全。

那一年开车过乌鲁木齐河，正是雨季，河水咆哮远去，可惜，夹岸的开阔地或者空隙地一棵树也没有，而土壤并不贫瘠，完全适合种树。

清末民初，仍然是官僚权限极大的时候，都说那时的官僚作威作福，衣来伸手，饭来张口。可是从谢彬的日记来推断，杨老爷子应是与谢彬骑马去的水磨沟，没有让人抬轿子去；应当是自己挖的坑、栽的树。谢彬说了：余亦手植一木。"亦"字之前，当是杨老先生等督军厅长们手植若干木。

斯人已去，青山不远，当铭记他们的功德。

冬日山林。沙达提·乌拉孜别克　摄

再忆杨增新

朋友秋日来京，秋色萧索，晚秋怡人，正是居室神侃举杯的好日子。

然而，喝酒变成了不太重要的事情。席间，谈的最多的还是杨增新。

新疆近代以来，英雄人物迭出，出感天动地的大英雄，也出侠义英雄儿女。其实，整个中华民族历史上，鹰扬武威大智大勇的英雄很多都与新疆有关。远的不说，有唐代的李靖、李勣（应该就是《说唐》里的徐茂功，赐姓李），清代的左宗棠、刘锦棠，都是不世一出的大英雄。现在一大堆乱七八糟的古装片，宫廷剧、美人心计，这些让人神往的剑胆琴心的英雄人物却无人记怀，真是国人的悲哀。

杨增新，是这些璀璨群星中的一个。新疆的历史，非常有意思，常见孤胆英雄，常见败中取胜。比如贰师将军，为了给大汉皇帝夺取汗血宝马，率军西出玉门，可惜，流年不利，打了一个大败仗，血本无归。沾了皇帝小舅子的光，无杀无刖，领兵再战，不胜不许进玉门关。小舅子最后大胜而还，赶着一群飒爽英姿的骏马回到了中原。西方为了美女而战，咱老祖宗为了骏马而战，高雅多了，浪漫多了。左宗棠也是一个经典的范例和传奇，国家已经疲弱得病入膏肓，满朝文武海防塞防争执不休，一堆无聊文人清流误国，独有左宗棠一人抬棺西行，挽救了160余万平方公里的国土，还把富饶美丽的伊犁河谷从沙俄的熊爪子下夺了回来。熊口夺食，我不知道中华民族的后世子孙，用什么可以歌颂这位民族英雄，用什么可以慰藉这位极富个性的先人。用现在时髦的话论起来，左文襄公也是一个时代愤青，没有正规文凭，不像现在博士高官一大堆，却经世致用游历了大半个中国；非豪门出身，却颇受林则徐的青睐。风云际会，那个时代真是有意思。杨老爷子，跻身众贤，毫不逊色。

新疆之固，在左宗棠，在刘锦棠，在杨增新。

杨增新之世，国家乱象丛生，民不能自保，无以为寄；国已四分五裂，军阀横行；边疆如手足，堪堪已不能存续。列强环伺，连那个黑喇嘛也来捣乱、破坏，参与分裂阿勒泰和科布多。杨增新统一新疆，驱逐黑喇嘛保住阿勒泰，阿勒泰的金矿据说可以还掉清政府一年的外债。我们无法想象，在那个有家无国、无国无家的年代，黎民苍生，朝不保夕，生灵涂炭，独此憔悴，杨增新，何来如此伟大的经天纬地的智慧，维系和延续了新疆的版图，维系了中华民族从蒙昧的初元就歌之颂之的这片人类的花园。

秋日，是缅怀英雄的季节，立马望云秋塞静，射雕临水晚天晴。

我们的先人，大气磅礴，无愧于边疆160余万平方公里的土地，他们的智慧和意志足以匹配博格达峰，他们的美德懿行足以辉映日月星辰，光耀大漠南北。

一行五人，驱车奔南沙河北岸寻访这位大贤最后的栖息地。秋日阴霾，肃穆而庄重。绕道而行，终于在一个清真寺后面找到了先生的归安之所。前临河流，河的中央有一个景色怡人的小岛，风水颇佳。这已经足够了。

八达岭高速路辅路东侧，南沙河北岸桥东，立着一座石碑。这是一块墓前的"神道碑"，墓主人杨增新，是民国初年的第一任新疆省政府主席。清史馆编纂、国史馆总纂王树楠撰写的碑文，记述了杨增新一生的功绩。

　　杨增新是清朝封建社会中成长起来的读书人，通常贬低他的人讽喻他为典型的旧文人，殊不知他的智慧就来自于一个"旧"字，来自于中国传统哲学的丰富营养和伟大积淀中。王树楠撰写的碑文中说，杨增新字鼎臣，云南蒙自人，"少英伟，有大志"，己丑年（光绪十五年）进士，任甘肃渭源知县、河州知州，"所至有青天之目"。在河州，他用和平手段平息了叛乱，减免赋税，发展经济，"招流亡，垦荒田，裁丁粮"，"民皆称便"。同时，他拿出自己的俸禄，办起了两个书院，毕业生中九人乡试中举。他还在衙署里开办"孝廉堂"，招收当地子弟入堂读书，他亲自授课。河州一时文化大兴，人才蔚起，为一省之冠。他本人也由于政绩优秀被保举为知府，升为道员。朝廷推行新政，杨增新按照光绪皇帝的旨意，办起了陆军、师范、巡警、工业等新式学校，并"以一身总九局事业，而核案无缩留，新政灿然大备"。

　　新疆建省，人才缺少。由布政使王树楠举荐，杨增新调进新疆，先后任阿克苏、乌鲁木齐、巴里坤等地道台。由于工作出色，他受到了朝廷召见。

　　武昌革命爆发，影响波及新疆。革命党人在伊犁起事，杀死伊犁将军志锐，成立了军政府；同时，南疆哈密地区发生铁木耳领导的农民起义。境外的战火也燃进了新疆，外蒙军队攻进科布多和阿勒泰，俄国增兵喀什。新疆外危内乱。巡抚袁大化在逃离新疆前，推荐杨增新为都督兼布政使。

　　受命于危难之际的杨增新，认为解决新疆危机的关键在于伊犁，于是召开塔城会议，通过谈判与伊犁军政府达成统一，继而收编了铁木耳的武装，平定了南疆。然后，他派军队增援科布多，并与俄领事谈判，实现了疆、蒙停战。

包尔汉早年写的回忆录《杨增新统治时期的新疆》中说，农民起义的首领铁木耳先是被收编，而后被杀害了。

阿勒泰在清末为特别区域，直属北京，朝廷派设办事大臣。王树楠在碑文中说：杨增新认为，阿勒泰是新疆的北部屏障，如果失守，将成为新疆的"肘腋之患"。于是他派兵援守阿勒泰，设立阿山道，派任道尹，将阿勒泰地区置于新疆的管辖范围内。保住阿勒泰地区，使之没有从中国的版图中割裂出去，是杨增新的一大功绩。

新疆土地广漠，旧的道、府、厅、州、县行政区划不利于掌控，而且都督权力有限，"南不过吐鲁番，西不过精河"。自从杨增新分设阿勒泰和喀什两道，"增设焉耆、和田两道尹，复创设墨玉、且末等十一县、柯坪七角井等七县佐"，各级政权如"棋布星罗，声势相联络，有身使臂指之效焉"。——杨增新控制了整个新疆。

新疆政局稳定之后，杨增新见"库储如洗"，军饷久绝，决定发行纸币，改革赋税，并清理财政，惩治贪官，下令开渠垦荒。几年后，"天山南北辟地至百数十万亩，增税十数万石。军粮民食，赖以不匮"。他还"分遣学生游历中外，学织毛、织布、制革、制煤油、造糖、酿葡萄酒之法"，引进甜菜种子和优良粮种发展农业，购置机器，发展工业。考虑到财政的最大负担是军队，于是"不动声色，裁新军近百营"，但却没有引起哗变。

俄国十月革命爆发，难民涌入新疆境内"近五六十万人"；沙俄旧部军队"窜入我境者，恃强要挟，多不法"。杨增新"命卸武装、缴军械"，将他们安置在奇台，给予衣食，并调后警戒防其生变。杨增新软硬兼施，使这些俄国人就范。1920年夏，沙俄残部阿年阔夫和巴奇赤"拥众万余"，窜入阿勒泰地区作乱，道尹无力制止愤而自杀。杨增新调集部队四路围击，"巴军溃败，阿山平"。

苏联新政权建立之后，主动派人来洽谈恢复通商事宜。杨增新提出：通商可以，但要废除早年的不平等条约，苏联商人必须照章纳税。苏联方面同意了。1920年7月，新疆方面设立伊犁税关，向苏联商人征收进出口税。不久，塔山也设立了税关。此后，新疆又通过谈判和苏联建立了相互平等的领事关系。新疆是全国第一个没有外国领事裁判特权的省份。

杨增新在统治新疆时杀过不少人。对此，王树楠在碑文中没有完全隐讳："李辅黄、冯特民不守约章，潜图不轨"，"磔于市"——这两个人其实是革命党。碑文中还提到一个叫马福兴的军官，是杨增新的云南老乡，因为有功被委任喀什提督，但是这个马福兴"荒骄贪暴"，残害无辜，并且密谋叛乱，杨增新逮捕了马福兴父子，"戮于市"，"人心快之"。

北塔山镇，当年杨增新保全的国土。彭小满 摄

据包尔汉回忆，杨增新清除异己心狠手辣。在袁世凯称帝的时候，一些云南籍军政要人暗中活动，企图让新疆宣布独立公开反袁。杨增新则反复表示：不要把新疆卷入内地的"政争"，中央首脑是谁，国体是什么形式，都同玉门关外没有关系；新疆的首要任务是保持省内的稳定。于是这些人私下议论说，不推翻杨增新，反袁便没有可能。这些议论被杨增新的密探听到了，报告给了杨增新。杨增新便分别处死了这些人。其中有两个是在酒席宴上，当着客人面突然命马弁用刀砍死的。客人吓得钻到了桌子底下。

1928 年 7 月 7 日，杨增新据说被他的下属樊耀南所杀。新疆从此陷入战乱之中。

杨增新统治新疆 17 年，事必躬亲，与各厅长属吏"谊若师弟，故人皆爱之"。他曾向政府提出退休请求，"官民上下闻之，如失慈母"——这些可能是"谀墓"之词，不能全信。不过有材料说，他的灵柩离开乌鲁木齐时，"五万余市民夹道挥泪静送"。

杨增新的灵柩取道苏联西伯利亚经满洲里运抵北京，安葬在京郊南沙河畔。他的坟墓前临南沙河，面朝大西北，向着遥远的新疆。

三忆杨增新

——生平十不

杨增新平生奉行十不：不求温饱、不修边幅、不喜阿谀、不爱游艺、不信谗言、不蓄姬妾、不受行贿、不积珍宝、用人不分地域、为学不耻下问。

清史馆编纂、国史馆总纂王树楠是杨增新的知遇之人，是为伯乐。杨归安北京，王树楠记述了杨增新治疆的功绩。他的功绩和为人，读来令人唏嘘不已。清末民初，那样一个昏暗蒙昧的时代，尘封了无数贤人的令德懿行，所谓时势造英雄，时势也足以湮没铜锈历史与人物的本来面目。

民国以来，云南和广东地处中国的最南端，一深处大陆腹地，一沿海舟楫往来，但是都与世界关联密切，近西洋殖民者，开风气之先，对中国历史有着不可逆转的作用力。有两个非常有意思的政治人物跟云南联结起来，一位是蔡锷（湖南邵阳人），一位就是杨增新。蔡锷的故事，家喻户晓，一曲愿做长风绕战旗，千肠百转，成为侠与情的典范。殊不知，蔡锷与杨增新都是那个时代中国传统文化和儒学深蕴的忠实传承者，不能理解那个时代中国文化前积濒死而后重新发萌的特殊所在，就不能理解那个时代以及那个时代人物的风范。

1911 年，蔡锷在云南发动革命，事机不密，有人密告当时的云南总督府李经羲和统制钟麟。史载："李、钟会商后拟下令解散新军以杜绝乱源。蔡等知道事机迫切，千钧一发，遂约同李根源率讲武堂学生自西北攻城，蔡自己率卅七协一部分攻东南门。蔡是个有中国传统道德的军人，他深感李经羲对他恩深义厚，不忍迫以炮火，所以在发动攻势的同时，即函请熊范舆火速请李经羲迁赴法国领馆避难。第二天革命军攻占了昆明全城，军政学商各界集会公推蔡为'大汉军政府云南都督'，设都督府于昆明城内的五华山。"新政初立，典章立制，创立革命新政的蔡锷非常自律，"云南本赖中央协饷，云南独立，协饷来源断绝，所以革命政府成立后，第一要务是财政上的节约，蔡自定都督月律 60 元。都督府全体官兵月饷 3300 余元，并设立富滇银行以维持金融。十六日蔡特派雷飚和彭新民礼送李经羲出滇"。

情与义，大节与私情，皆在这个风云涤荡的时代有机地融合在一起。这就是蔡锷最后能够把孙中山未竟的事业完成的原因吧。这样一个有血有肉的风云儿女，怎么可能没有风儿绕战旗呢。史所记载，蔡锷与小凤仙的故事并非杜撰，而是确有其事。风绕战旗，灵已经在那个时代纯粹而高尚了。

回过头来再说杨增新。杨起家河州，从办基础教育开始。清末办学，很多人从办大学开始，以博名显，而踏实办基础教育的人不多，实业家里张謇是从小学办起的（张謇也是一个很有意思的人，以后再说），做官的，杨增新算一个，他拿出自己的俸禄，办起了两个书院，还在衙署里开办"孝廉堂"，招收当地子弟入堂读书，他亲自授课。河州一时文化大兴，人才蔚起，为一省之冠。后来他又按照光绪皇帝的旨意，办起了陆军、师范、巡警、工业等新式学校，并"以一身总九局事业，而核案无缩留，新政灿然大备"。

　　杨增新最大的特点，就是他有深厚的国学功底，这个功底，立身以儒，治乱世以老庄兼阴阳纵横，用兵自鬼谷子。所谓神来之笔，四两拨千斤，就是从中国深厚的传统文化里来的。比较左宗棠、杨增新与李鸿章等人的高下，就知道其中的原委。李鸿章并不是中国士人传统的真正继承者，李鸿章是猾吏，有私利，重权谋，敢卖国。左宗棠和杨增新不是这样的人物，他们奉行天行健，他们的内心深处是中国士人千百年来蓄养的浩然正气，是士不可以不弘毅的大气概。这两类人之外，还有腐儒，臭不可闻，不作论述。

　　今天我们来看杨增新的十不，仍然具有深刻的时代意义。

斯人已去，山河犹在。沈桥摄于夏塔古道

四忆杨增新

——公正

历史不总是公正的，历史对杨增新的评价就不够公正。

关于历史的说法，有很多经典的概括，不是我这里的主题，我不讨论。我说的就是历史从来都不总是公正的。

金庸的小说，我以为写得最好的是《越女剑》。这篇小说篇幅不长，简约，有些地方达到了凝练的程度。值得称道的是，文章自始至终没有描述越女来自何处，去向何方，长得如何，就算着墨较多的武功，也没有交代清楚她的师承，大约是猿师傅教的。这种亦侠亦神的描述，充满了神秘色彩和想象空间，富有朦胧美。越女之风采仪态，如今人之长发飘洒、高跟鞋乎？不知道如何描述为好，只好作罢。我们要评论的是，我相信越国复兴，一定有很多像越女这样为家国赤胆忠心而又声名淹没的拳拳赤子。历史是无情而又不公正的，因为传之后世的，我们听说的主要是西施的功绩。西施如有其人，功绩之于越国当然无量。不过我仍然认为西施逊于这位未名的侠女，神往之。

同样的历史，在汉朝出现过。汉武帝之雄韬伟略，汉族人里，后世几无人可与之匹敌。然而，武帝也有很多瑕疵，我们不能一一述及。这里说的是飞将军李广，"但使龙城飞将在，不教胡马度阴山"，传述的是千古流芳的李广。李广英名，匈奴闻风丧胆，不过咱这位飞将军运气不好，大军出征因向导误差不及军期，遭受了极为严厉的处罚。汉代尊道、法、儒及诸子百家治国，法家还是延续了秦风，仍居于制度的核心，董仲舒还没成气候。大汉法律极为严明，虽功臣将相无一例外，李广因误军机受罚，致这么功勋卓著的将军居然未能封侯。法虽然是严厉的，不过，有名而有运气的，除了裙带关系卫青、霍去病，还有皇帝的小舅子李广利，等等。卫霍功勋卓著，固然有个人的出类拔萃之处，然而有尚方宝剑不能不说是一个关键因素。至于贰师将军初征大宛，几于全军覆灭，汉武帝大为震怒，增兵之后大发雷霆说：小舅子，你小子如果不能大胜就不要进玉门关了。当然，太史公也说了，李广也有问题，比如对霸陵尉就有点过了。太史公如此说，难道皇帝的大舅子小舅子就是完人？

　　言归正传，历史对杨增新是不公正的。《新疆历史人物》一著，由著名学者谷苞组织主编，此书出版于 2006 年，这一年谷老自述已是九十岁的耄耋老人了。谷老为此书作前序后记，后记里说："出书难，这是当前存在的一个带有普遍性的问题。由于新疆人民出版社的大力支持和各民族读者的热情鼓励，《新疆历史人物》才能够与读者见面。对此，本书的作者们深表谢意。"这本书 380 页，写的是新疆历史上有代表性的人物，迄于西王母与周穆王，止于清末倡议修建新疆铁路的人们，也就是杨增新前后的数年。其中，同期的人物，写了伊犁起义的冯特民、李辅黄、杨瓒绪，还有倒霉但是气节不输的最后一任伊犁将军志锐。可惜的是，美玉微瑕，书中没有写杨增新。我以为自己一贯粗疏，可能没有看清楚，所以一个一个人名对下来，确乎没有。同样的，《人物中的新疆》是一套介绍新疆的简明读本中的一本，我仔细查了一下，也没有杨增新，细琢磨，也是脱胎于《新疆历史人物》，也就难怪了。

对杨增新的忽略是不应该的。如果从保疆、固疆的角度讲，驱逐白俄与维系阿塔地区，打掉了当时的蒙古分裂分子图谋夺取我北疆领土的狼子野心，杨增新厥功甚伟，甚至超出其中的大部分新疆历史人物。如果这两本书能够迄于西王母、周穆王而止于崇尚老庄的杨增新，那就臻于完美了。

当然，写书志人，必有取舍，也可以说杨增新是民初的人物，另一本书再写。不过，我又查阅了《新疆简史》（新疆社会科学院民族研究所编著），这本书是 20 世纪 80 年代的产物，对杨增新可就是以大张挞伐为主了，甚至对他保住北疆的功绩也只字不提，殊失公允。新疆的学术界、文化界立论取舍，井底井外，一言不能蔽之。正史之中，对待杨增新的不公，就是一个很经典的例子。

公正地评价杨增新，是研究者责无旁贷的事情，是中国人不可回避的历史责任。

向阳的山坡花儿艳，
天山深处有牧场。
彭小满　摄

五忆杨增新

——刺杨

杨增新，一代治疆贤人，终因时代的局限性被刺身亡，之后归安京师。刺杨一案引为历史迷案。

中国并不是一个热衷于刺杀和血仇血还的国度。有文字记载的历史上，感觉春秋战国时代多出刺客，公子们的门下客一不如意便兵刃相加，主人若有所需，衔命而去，刀光剑影，必舔血而归，所以才有《史记》的《刺客列传》。言谈之际，皮囊掷于地下，那种快意恩仇，后来的历史只见于民国初年。杨增新幸而不幸遇到了这样一个时代。辛亥百年，开启一个时代的同时伴随着血雨腥风，这是颠覆旧的历史和因循观念与行为的方式，所有循规蹈矩因循守旧的东西都需要用强烈极端的手法翻天覆地，所以也就有了汪精卫驱除鞑虏当刺客、俯首倭寇当汉奸，有了刺宋复辟，有了这样那样的暗杀。

然而，杨增新因何被刺、何人所为到今天仍有不同的说法。大致说来，有三个版本。

　　1928 年 7 月 7 日，迪化俄文法政专门学校第一届毕业生庆贺的大宴上，枪声四起，惊心动魄，杨增新倒在了血泊中，这位深谙统治权术的政治家，结束了他在新疆 17 年的统治。杨死在谁的枪口之下？凶手是谁？据作者所知，这件尘封了近 80 年的谋杀案有三种说法。

　　第一种说法：史料来之官方，故称之为"正史"。情况大致是这样的，颇有新思想的军务厅厅长樊耀南（字甲襄，湖北公安人）对杨的愚民统治恨之入骨，虽得到杨的重用，但是不领情，总想挣脱杨增新的羁绊，干一番大事业。1928 年，国民政府的第二次北伐战争宣告结束，国民党在中国已是一统天下，南京政府把北京的"京"字削去改为北平，宣告了北洋军阀的覆灭。远在西域的杨增新被国民政府任命为新疆的省主席。时任军务厅长、外交署长官重任的樊耀南无意中知悉了以杨为首的还没有宣布的一份组阁名单中没有自己，明白自己已身处危境，决定铤而走险，组织"倒杨"。以樊为首的"倒杨"集团，在 1928 年 7 月 7 日俄文法政专门学校的毕业生庆贺宴上，乱枪击毙了杨增新，夺得主席印信的樊耀南，在省府书写通知召集紧急会议，宣布政变成功。然而躲在幕后、洞察一切的金树仁立即集结部队，闪电出击，剪除了樊，取而代之。以这种说法，樊耀南是枪杀杨增新的凶手。

　　第二种说法：史料来自民间，被称为"野史"。大概是这样说的：杨增新死后，金树仁上台，新疆朝野舆论大哗，锋芒所指金树仁，说杨之死和他有脱不开的关系。金提前退出宴会的举动是和樊耀南预先谋划好的。他俩的计划是，樊负责在宴会上行刺，金集结部队在外面等候。万一樊行刺不成，金则拦路将杨乱枪打死。阴险的金树仁深知自己名望不及樊耀南，名声不好，劣迹斑斑，又抽大烟，人称"金枪"，和德高望重的樊耀南相比，他是望尘莫及，政变一旦成功，上台的将是樊，而不是自己。"螳螂捕蝉，黄雀在后"。这句古人的经验之谈，在这里又一次得到了验证。宴会上樊行刺成功，当返回省府拿印信时，金带兵包围省府，生擒樊后为灭口，将其残忍杀害。1933年4月22日，距"4·12"政变、金树仁下台才10天，新疆民众代表方本仁、尧乐博斯就联名致电国民党中央党部称："金树仁曾勾结党羽，刺杀杨督，以迅雷不及掩耳之法，即将同谋之樊耀南先行割舌，致樊某手指上苍而无能表白。当时株连挟嫌而遭明杀暗戕者更不胜计，遂以一手掩盖天下之耳目。"按照推理，一般当权者，无论暴死、凶毙，不明不白地死去，往往他的接班人有重大嫌疑。以史为鉴，这种抢班夺权的宫廷政变，在中国泱泱几千年的历史上屡见不鲜。以这种说法，杨增新是金树仁和樊耀南两人所杀。

第三种说法：史料来之樊耀南后人，称之为"家史"。樊的长孙樊明莘2001年在台湾出版《新疆三七血案真相》一书（三七即民国17年7月7日），替祖父樊耀南鸣冤叫屈。书中指出杨增新之死，跟其祖父没有任何关系。矛头直指冯玉祥，说冯玉祥是杀害杨的主谋，民政厅长金树仁和军务科长张培元及冯早先派进新疆任俄文法政专门学校教务主任的张纯熙三人参与，具体组织实施了谋杀计划。早在1923年，任西北边防督办的冯玉祥，为摆脱吴佩孚的羁绊，接受曹锟的旨意，试图进军新疆。翌年，直奉第二次开战，冯玉祥倒戈，发动了震惊中外的"北京政变"，自任国民革命军总司令。政治风云突变，冯已无暇顾及西北，问鼎新疆的计划也随之夭折。南京政府成立后，冯任国民党第二集团军总司令，与他的换帖拜把子兄弟蒋介石矛盾日深，冯部的几十万部队受蒋介石的挤兑和限制，不供给养，克扣粮饷，处境十分不妙。冯玉祥万般无奈又萌发了第二次入疆的念头。杨增新坚决抵制冯军进疆，电呈南京政府，以"饥军就全于新疆，民则必乱，到时边民外逃，土地沦陷异邦，概不负责"为理由相要挟，拒不接受冯军进疆，并鼓动士绅联名写函向南京政府请愿，以示抗议。冯派去亲信赵淼明、秘书徐之瓒前往迪化与杨交涉，杨不肯妥协，并把两位代表抓了起来，押在督署后院，封锁消息，隔绝他们和外界的一切联系。杨增新哪里知道，冯玉祥早就留有后手，俄文法政专门学校的教务主任张纯熙，就是冯早已安插在新疆迪化杨身边的坐探，是一颗定时炸弹。此时翘首盼望两位使者能带来好消息的冯玉祥，接到派去的人被杨所扣的情报后，勃然大怒，为扫清进疆的这个顽固障碍，他指示张纯熙联络张培元和金树仁谋杀杨增新。金树仁过去就一直嫉恨樊，和樊素有芥蒂。他知道刺杀杨后，政界威望颇高的樊将是他上台的致命障碍。所以他早有预谋，在杀杨后连樊一齐捎带上，把"谋逆"的屎盆子顺手扣在樊的头上，既转移了大家的视线，又除掉了日后顺利上台的这个障碍。这个障眼法可谓是天衣无缝。以这种说法，杨增新之死，凶手是冯玉祥、金树仁、张培元、张纯熙四人所为。

关于正史，大约在包尔汉的著述中有所佐证，但是据说包尔汉本人曾经说过"只能这么写"，个中委婉，说明还有其他的曲直。包尔汉已是仙鹤远去，此不得为凭。

正野两史其实趋同，都与樊耀南不脱干系。真正的历史迷案，在于樊耀南是不是跟刺杨有关。据说，杨增新死后，杨的后人与樊的后人一直交谊深厚，往来不绝。按照血仇血还的宗族法则，樊刺杨，杨的后人不食樊的后人已属宽容，更不用说上门往来。樊的后人在台著述，家史看来更似近于历史的真相。

喀什噶尔的历史地位

南疆对于大多数人来说是一个谜，至少是一个神秘而说不清楚的地方，人种、语言、地理位置、宗教、自然风貌，等等。当然，我们不可能如此清晰地来描述这个地区，因为历史在这里故意设置了许多迷宫。我们只需要关注城市在历史上的地位，大约就不至于云里雾里了。不过，最终，可能还与慕士塔格峰一样，神秘是永远的。

新疆历史上的宗教与地区从属关系、人种、语言是复杂的，耿世民的观点是，目前的考古只及于新石器时代，至于旧石器时代则是一片空白，事实上，依据推测，新疆尤其是南疆旧石器时代一定有人类的活动了，刘学堂的书还没来得及看，是不是已经及于旧石器时代，尚不能断言。但是，伊斯兰教盛行之前，最粗略的线条是佛教的盛行，在南疆和田与楼兰、库车，佛教文化是非常盛行的。龟兹古国（今库车）至今都遗留着大量的佛教文化遗址，遗留了丰富的犍陀罗（今白沙瓦地区）艺术的精华。而今天喀什之名，则与公元 10 世纪到 13 世纪建立的喀喇汗王朝有密切的关系。

喀喇汗王朝活跃于今中亚和新疆南部（以喀什为中心），如同高昌回鹘王国一样，喀喇汗王朝在维吾尔族历史上具有重要地位，它对南疆地区的突厥化，特别是伊斯兰化曾起过巨大作用。建立喀喇汗王朝的民族，推测为突厥的一支葛逻禄人。他们曾占有阿尔泰山脉西南、东部天山山脉的西北，即从准噶尔盆地到巴尔喀什湖东南、伊犁河东部。后受到回鹘的压力，该部逐渐向西移动，据有七河流域与南疆，即今中亚大部（除哈萨克斯坦）、阿富汗、巴基斯坦及克什米尔等地一部。

喀喇汗王朝 11 世纪中叶以帕米尔为界分裂为东西两部。东部王朝领域包括七河流域、喀什、和田以及费尔干的大部，其东北边界达到库车以南，东部大可汗的首府仍为巴拉沙衮，其副可汗驻地为喀什。喀什在整个黑喀喇汗王朝存在时期都是王朝的宗教和文化中心。在这个时期，突厥语文化的两部伟大著作都与喀什有关，一部是巴拉沙衮人尤素福在喀什写成的《福乐智慧》，一部是喀什人马赫穆德·喀什噶里于 1074 年在巴格达用阿拉伯语解释突厥语的字典。这两部著作都是恢弘巨著，凝结了这个时期重要的文化遗产。《突厥语大词典》可不是一部干巴巴的词典，而是一部集辞书与文学的宝库，词典中还收录了大量的诗歌，比如其中的一首诗歌写道："冰雪融化，山水奔流，青云升起，像一叶扁舟游动。"

一叶扁舟，游船啊。喀什，是承载如此历史的一叶扁舟。所以，她遗留下了数个世纪之前忧郁的目光。

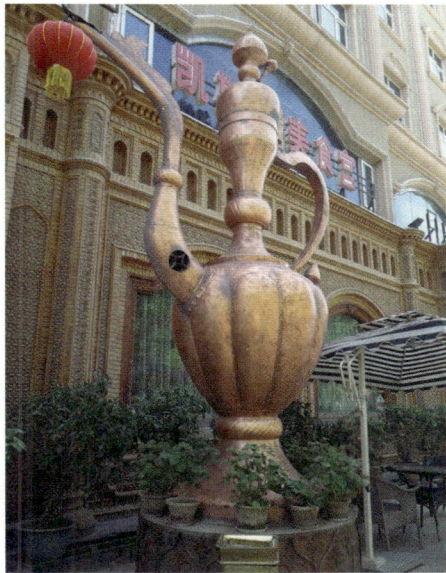

壶中乾坤大。作者摄于喀什

新疆萨满舞。作者 摄

新疆是文学的圣地

去朋友的学校找他，等他的时候闲着没事在校园里溜达，看到学校的公告栏里张贴着各种内容的广告。内容庞杂的广告里比较有意思的是中文系研究生答辩的论文题目，有的是研究沈从文的，有的是研究张爱玲的，唯独没有单独研究新疆各个时期文学作品的题目。以我之孤陋寡闻，可能有些学生或者研究者已经研究过了，或者没有人去留意关注。若是疏漏，则是一件非常令人遗憾的事情。其实，新疆是中国文学的圣地，其文学的繁盛，为文学提供的背景与历史底蕴、无限的想象与思维空间，都是不少地域文学所无法望其项背的。

远的不说，自清代以来，有林则徐虎门销烟后流配伊犁以及在南疆修水渠时写的日记，纪晓岚的《阅微草堂笔记》，谢彬的《新疆游记》。茅盾的新疆纪行为他的文学创作提供了灵感与创作力，新疆建设兵团与天地日月同辉的建设事迹，以及反映他们峥嵘岁月的报告文学《天山之子》与《绿洲之恋》，以及其他形式的文学作品，虽然没有很多鸳鸯蝴蝶派的细腻与柔肠千转，却也没有无病呻吟之空洞与苍白，至今读来，都是那么富有感染力，让人不禁掩卷沉思，眼睛湿润。那些英雄主义和革命浪漫主义的故事情节和形象也成为我们乐观向上的营养和不竭力量的源泉，那些风趣幽默的细节，也让人忍俊不禁，读后不免笑出声来。试择其一二，以飨读者。

1953 年，二十团农场在河东种棉花，河西的毛丹互助组却认为河西不能种棉花。农场的同志就帮他们选了一亩半地，播下棉花，并且教给他们一整套管理技术，在棉花生长期间，又进行具体帮助。结果，棉花丰收了，每亩收了 375 斤，从此，河西也就年年种棉花。1954 年，毛丹互助组种了一块苞谷地，苗很齐，只是草太多，庄稼闷得长不高。问他们为什么不拔草？老农哈白布回答说："草和苗的感情，就像妈妈和娃娃一样，娃娃跟妈妈长大，苗跟草长大，要是把草拔掉，没有东西给苗遮太阳，苗儿就会晒死。草还能给苗撑腰，拔了草，苗就会倒。我们这里种地不拔草是老规矩了。"读到这里已经让人忍不住喷饭了。

这个故事是真实的记录，写的是伊犁自治州东风人民公社的事情，是大诗人郭小川去新疆采风时记录下来的，结果怎么样，我就不在这里写了。今天的人们，很难理解我们一直到 20 世纪 50 年代是多么落后，迷信和愚昧数千年来实际上是中国文化不可或缺的一部分。即如内地，20世纪 50 年代在北方用胶皮钢辐轮替代木轴木圈独轮时，据说也是费了很长时间的周折和劝说游说工作。只有理解这些文化深处的东西，才能够体味到新中国成立以来无数兵团人和无数老新疆人风餐露宿、战天斗地，与民族民众建立的深厚感情；也才能理解民汉之间曾经有着多么美好淳朴的感情。此行新疆，与那么多民族朋友相聚，仍然能感受到内心深处的相互接纳与友爱，他们有着一颗金子般的心，让人温暖而自如。而唯有怀着大爱的心，用善和美去感受彼此的善和美，才会修复和涵养彼此之间的关系。

　　吴连增先生在他《甜甜的土地》一文中写道："怎么不是神圣的呢？新疆这块甜甜的土地渗透着一代人的心血，也凝聚着一代人的理想和追求。而在这甜蜜神圣的事业中，同样也浸进了自己的心血，浸进了自己的理想和追求。当意识到这一切的时候，意识到自己就是新疆大地上的一撮土、一滴水、一棵草的时候，心里怎能不是甜蜜、不是神圣的呢？"这段话，也许正是许许多多把自己的青春年华，把自己的一生都奉献在新疆山山水水、一草一木上的所有老新疆人的心境，是他们高贵灵魂的朴素写照。也许，只有在这片土地上，还在延续着高贵与自由的创造力，延续着文学的唯美与想象力，以及其中最美的人的情感。

　　读一读 20 世纪 50 年代以来新疆的文学作品，会让我们在隽永的故事中净化心灵。感念那个时代，感念那些勇敢智慧善良而彼此友爱的心灵，感念那个时代的作品为我们留下如此美好的剪影。读这些作品，我觉得比研究张爱玲有意思多了。

　　我不喜欢张爱玲和她的作品，也不喜欢周作人和他的作品。

兵团人与各民族民众
一起战天斗地的岁月。
陈平提供

乌苏柳花

　　湘人谢彬，一介书生，于 20 世纪初年以财政部巡察员的身份游历新疆，写下了一部流芳后世的《新疆游记》。孙中山先生为此书作序，称谢彬"有志之士，当立心做大事，不可立心做大官"，"夫自民国创建以来，少年锐进之士，多汲汲于做大官，鲜留心于做大事者。乃谢君不过财部一特派员，正俗语所谓芝麻绿豆官耳。然于奉公万里，风尘仆仆之中，犹能从事于著述，成一数十万言之书，以引导国民远大之志，是亦一大事业也。如谢君者，诚古人所谓大丈夫哉！"

　　谢彬的书，文辞简约，饶有情趣。

　　四月七日（1917 年 4 月 7 日　晴）

　　住迪化（今乌鲁木齐）。上午，陶明樾来，以乌苏柳花相赠。花尖瓣重叠，与叶同色，以之代茶，胜于龙井，色绿香清；而性最凉，能涤腹垢，消三焦邪火。清乾隆（1736—1795）时及光绪二十八年（1902年），曾以之入贡。乌苏县所属东至乌兰乌苏，二百余里，皆产之，然每处不过数丛。以花最小者为珍品，尤以奎屯河所产为最佳。下午，赴易式皆、张子俊、张宾于、张述侯四君公宴，食冰鱼。其鱼盛产于额尔齐斯、开都二河，额尔齐斯河所产白鱼，其味尤美。开都河鱼，有重二三十斤者，即《山海经》（所载之）鲑鱼。其味腥，鱼子食之，令人腹泻。取鱼之法，凿冰为孔，至夜燃火其旁，鱼见火光，皆跃而出。一夜有获数千斤者，是即贾子耀蝉之术。

文中所提到的燃火取鱼，估计今天在新疆个别地方还能够做到，不过千斤之多能不能收获到？

至于乌苏柳花，今天是否还可代茶？（2017 年，我在新疆终于找到了乌苏柳花茶。）

柳花茶。佚名　摄

东风人民公社

东风人民公社是西行天山南麓的插曲。如同一场音乐会突然蹦出几个小号欢快的音符一样，我们在漫长的车程中需要一些花絮。

这儿的东风人民公社，与贡纳尔·雅林有关系。乌鲁木齐的东风人民公社地处博格达峰的深处，与前面郭小川采风的伊犁州东风人民公社一北一南，看来不是一回事，也许正如托克逊一样，那个时候全疆叫东风人民公社的应该不少。

雅林是一个很有意思的人。新疆考古历史以及民族社会学家，尤其是那些大腕们喜欢把雅林称为真正的东方学家，人们的心态都是一样的，有这么一个东方学的"富亲戚"可是一件很光彩的事情。雅林可堪这个称号。不过，雅林的真正"官方"身份，是一个职业外交官。这些都没什么，最为经典的是雅林20世纪初（1929—1930）来到中国的西域重镇喀什——正如那个时代从地理大发现之后全球的旅游热进一步精细到中国西域热，又进一步精细到喀什与南疆热中的许多东方学家一样，雅林因为一种神秘的召唤，随着瑞典传教士团来到喀什，那时，他是瑞典隆德大学的一名在读硕士研究生，兼职图书馆助理馆员。时光荏苒，20世纪后半叶，1978年，中国刚刚走上改革开放道路，雅林又一次受邀来到中国。他的愿望就是把六月来华改到九月，去一趟喀什。六月改为九月，老先生说是因为六月日程档期已满，难道不是因为六月寒意犹在而九月瓜果遍野吗？想起一些喜欢委婉而不愿意有话直说的人，雅林可堪乡党。不管怎么说，跨了半个世纪重续与喀什噶尔的梦中情缘，这是东方学上的奇迹和特例。由此，诞生了《重返喀什噶尔》这本书。

雅林20世纪初在喀什的故事，我们以后再说。这儿要说的是1978年雅林到访乌鲁木齐后，他以一个西方的东方学家的视角，看到的是那时新疆百废初兴的少数民族地区的真实状况。旅游只看景色，正如法学家只看到程序法而不顾及实体法一样，所以我们要渲染一点人文的色彩。

雅林到访的生产队属于乌鲁木齐东风人民公社。这个公社有7个民族：哈萨克族、汉族、回族、维吾尔族、乌孜别克族、塔塔尔族、柯尔克孜族。哈萨克族占多数，约占人口的70%，放牧是他们的主要职业，但是也搞一些农业。东风公社有4个生产大队，这些大队又分为20个"生产小队"。主人对雅林说："新中国成立前，我们给巴依干活，但现在走上了合作化道路。新中国成立前，我们靠吃大麦生活，缺衣少食，只能披山羊皮挡寒取暖。现在我们的生活水平提高了，吃上了白面。我们自己制作黄油和奶酪，冬天我们肉吃得更多，而夏天，我们吃得很清淡；新中国成立前我们一无所有，而现在我们甚至有了缝纫机（很显然，缝纫机是社会地位的象征。——雅林）。新中国成立前，这里没有一所学校，只有有钱的巴依们的孩子能到乌鲁木齐的学校里上学，现在每个生产队都有一所小学，每个生产大队有一所初中，公社里有一所高中。我们的孩子也能上大学，比如到北京上大学……我们的人民公社拥有7辆卡车，15台拖拉机。每一家有一匹自己的马，3至5头牛，7至10只羊。"这是一段不完全的摘录，我们可以体味刚刚改革开放时牧区人民的生活。这些，来自雅林的记录。

雅林还写道："我们在一个毡房前停了下来，毡房在哈萨克语中叫'肯格兹依'，意为'白房子'。一位面容和气开朗的哈萨克青年欢迎了我们。毡房门口横卧着一条中亚草原上常见的牧羊犬，个头很大，带着一副生气而疑惑的目光看着我们。牧羊犬旁边躺着一只瘦小的猫，这是我见到的第一只与游牧民生活在一起的猫。在这里一切得到了解释：我们以前看到的没有住人的低矮土房是这些牧民冬季使用的永久性住房，这只猫原先住在那里，但它随着主人一起来到了山中的夏牧场。这些哈萨克人是半游牧半定居的牧民，一年中有近半年住在真正的房子里，由于这个原因，这只猫，加上那条狗，也过着半游牧的生活。每年6月到9月，这里的哈萨克人在山上生活，过的是一种真正的游牧日子。"

一条生气而疑惑的狗，一只猫，毡房子，真正游牧的生活，令人神往。

夏牧。作者 摄

用过胶卷的空盒子

通常我读完一本书，为了说明自己读过、读完了，会在扉页写上一段话，就如同学英语的人背词典背过了就撕掉这一页，考律师的人读完这段法条就要把这页书扯下来一样，此为书癖，跟洁癖是相反的。

2011年8月19日读完了贡纳尔·雅林的《重返喀什噶尔》，在扉页上我写到："今年的夏天是一个美好的季节。回新疆开车去喀什噶尔，结识了一批新朋友。圆了自己去喀什的梦，尽管只是走马观山、浮光掠影，记忆仍然是弥足珍贵而丰厚的。返回不久，即收到王老师寄来的这套书，无疑在这个多雨的季节送来了远方的友谊。天地万物，莫过于那时那地那人的深深眷恋。贡纳尔·雅林的书写得很客观。最难得的是时隔半个世纪由一个人同时写一个地方的变迁，至今我还没有读过第二本。瑞典与喀什噶尔的关系确是耐人寻味，从此著中可以找到一些端倪。"

众所周知，瑞典今天与新疆与喀什的关系已经变味了，如同煮熟后馊了的玉米棒子。这不是我在这儿要讨论的主题。我要描述的是，为什么瑞典在历史上尤其是近代史上对喀什噶尔有这么大的兴趣，以及 20 世纪 80 年代雅林是多么冷静与理性客观。

从 17 世纪末，瑞典开始流行一种观点，就是今天的瑞典人是从新疆来的，或者，更确切地说是从喀什噶尔来的。

最早提出这个观点的是瑞典著名学者约纳·卡布里埃尔·斯帕尔温菲尔德。当然，这些论断后来被证明是无稽之谈。

尽管如此，瑞典在近代史上与喀什噶尔建立了非常密切的关系。这个关系是从 1709 年的俄瑞大战开始的，一批瑞典人成了俄国人的俘虏，加加林总督从这些瑞典俘虏中选了一些人与俄国军官组成了中亚探险队，有些人最后出于种种原因来到了喀什噶尔。这是一个很长的故事，不能在这里讲下去了。后来，在 19 世纪末 20 世纪初，瑞典的传教士团在喀什噶尔极为活跃，又构成了一个瑞典与喀什的链接。这个链接，被 20 世纪 30 年代中期南疆的伊斯兰叛乱粗暴地打断了。

雅林的书，真实而幽默。他以白描的手法，记录了喀什 1929—1930 年的历史场景，包括维吾尔族民众逛汉族的庙会，在汉族的春节看戏剧，跟汉族人一起在庙会赌博，以及也要喝一点酒。历史和民众的生活永远是那么真实。至于 50 年后雅林再访新疆和喀什，在霍加墓，他的深刻感受就是在 30 年代它是破败的，但是 50 年后，政府拨款整修，恢复了它的庄严；在 50 年前，街巷子里满是乞丐，一个据称是霍加直系后裔的人，向他讨要了用过胶卷的空盒，以为很有价值，后来发现并非如此，又讨要了几个天罡（钱），当他 50 年后再来的时候，只发现一个僻巷子里的一个很安静整洁的乞丐。这一段，记录在这本书的 148 页，非常耐人寻味。1978 年，雅林在他的书中不止一次地提到那时的人们把历史的责任都推到"四人帮"头上，认为"文革"造成的一切问题都要归罪于四个人，每到一处的开场白都是声讨四个人，有个地方老师让孩子们唱歌，喜欢维吾尔族文化的雅林本来期望能听到正宗原汁原味的当地文化节目，可是老师们"显然热衷于让孩子们唱控诉'四人帮'的歌曲"。

历史的灾难，当然不是某几个人的责任。

客观与理性，之于一个国家一个民族一个人，都是非常必要的。

喀什徕宁城遗址。作者 摄

纪念雅林，他是一个智者。他在书的结尾处写道："在西边的极远处，我可以看到一些白雪覆盖的山巅，我猜想是南加帕尔巴特山，每个登山者梦想征服的地方。航班没给我们提供任何情况，在飞机飞越这个难以想象的俊美大地时，我得靠猜想和我记住的地图相对照。我回首看一眼同机的乘客，因为我想看看他们的反应，却发现他们都睡着了——对我们脚下的一切奇迹都不感兴趣。"

但愿，我们今天马蜂般飞往喀什的汉族人，不要只想着金钱和胶卷的空盒子，在飞机上睡着了。

现代化的必要代价？

　　最近重读《喀什噶尔》（沈苇著）。这是"边缘中国"丛书中的一本，我没有买全套，这一本写得好，自己感兴趣，所以就单买了一本。书且不讨论，黄发有先生为此书写的序我觉得颇有水平，值得深思。

　　"让人纳闷的是，一个多世纪以来的中国人为什么总是理所当然地把传统文化和西方文化当成水火不容的东西，甚至心安理得地认为割裂传统是'现代化'的必要代价？就像各地热火朝天的城市建设，总是追求焕然一新，似乎非要把所有旧时代的印迹连根拔除不可。中国人谈论各地的城市，最不屑一顾的评价莫过于'太土了'或者'整个一个大农村'，'土'和'农村'就意味着糟糕。在各个城市，'乡巴佬'也还是对人最蔑视的称呼，吐出这样的字眼的人，口气中总是充满了一种高高在上的优越感和恶毒的快意。任何一个在厚实的乡村传统中建立起来的中国城市，大概都难以摆脱这种过渡性的'郊区化'特征。乡村记忆一如孙猴子的尾巴，他就是会七十二变，也顶多只能将尾巴变成旗杆。甚至可以这么说，中国的传统文化和民间文化无不打上了农耕为本的家族文化的烙印。事实上，中国如果能够有一座城市将现代文明的好处与田园风光的美妙有机地结合起来，这才是真正完美的、人性化的城市典范，也是对世界文明的莫大贡献。"

"那些民间的、边缘的文化本来就是一种隐性的、被压抑的、被隐蔽的文化，难道彻底湮灭是它们难以摆脱的宿命？事实上，这些脆弱的、原生态的文化就像深藏的地下水一样，滋养着一方土地上的一方人群，这种集体无意识的潜移默化犹如遗传基因一样，塑造了濡染其中的民众的独特气质。

"我们经历了四十年的现代化进程，经历了百年的近代化历程，无疑，这个现代化与粗暴和非理性有不可分割的关联。我们一定要把那些有独特气质的文化湮灭掉吗？"

沈苇的《喀什噶尔》是一本很好的书，读了很多遍，这一次，不知道是第几遍了。

有人喜欢读时下无聊的官场小说，秘书省长夫人官场日记，俗世已累，再读这样的书恐怕更累，这种书估计比汽车尾气更不堪入闻。

沈苇的书不是这一类。初次接触作家的名字，以为是个美丽温婉的女士，一个偶然的机会，乌市的朋友告诉我沈苇是个男人，自己不免哑然。沈苇当然是个男人，南人而北，既有南人的温文尔雅，又在边疆的风沙中塑造了自己的粗犷与豪放。沈苇的诗歌与文章极为谐和地把南人北心融合在一个雄性的躯体中。

《喀什噶尔》自序中说，喀什噶尔是西域的天方夜谭。其实，边疆是哈萨克人的马鞭子，是柯尔克孜人的玛纳斯，是锡伯族的白头峰，是新疆各民族的十二木卡姆，是一切浪漫与唯美的滋生地，是草原沙漠、冰川雪峰、雅丹地貌、雪豹雄鹰的混合地，所有无穷极的想象，在这里都可以找到他的母体，正如哈利·波特一定要诞生在英国，因为欧洲才是城堡的怀抱，所有有关城堡的想象与文学描述，都离不开这里到处弥漫的、浓郁的城堡传说与历史传承。沈苇说，人们往往只看到这个地区表面上的荒凉，却看不到它"骨子里的灿烂，看不到它的丰盛和多元，更看不到它消失的部分（斯坦因所说的'沙埋文明'）能够如此炽热地点燃我们的探究之心和历史想象"。

沈苇说，我生活在乌鲁木齐，喀什噶尔却是我每年必去的地方，有时一年要去好几趟。它像旷日持久的恋爱，已是一个难舍的宿命般的情结，仿佛在那里，在沙漠与高原间的喀什噶尔绿洲，我能建立起一种新的亲缘关系——或许可以一厢情愿地称之为"异乡的故乡"吧。

沈苇说，一个苏格兰长老说东方就是一种气味，喀什噶尔也是一种

馕坑。作者 摄

喀什老城角落。作者 摄

气味。其实，喀什噶尔更是一种目光。喀什噶尔的长者和儿童，男人和女人的目光中有一种特殊的忧郁，你不知道那种忧郁是从什么时间开始又是什么原因造成的。那种让你难忘的忧郁，凝结在长者的眼神和面容上，凝结在艾提尕尔清真寺飞翔的鸽子上，凝结在老城那位美丽的在商场上班的姑娘的笑容里。说起古城的未来，她美丽的面容有一丝忧伤，淡淡的，却穿越了几千年，让你的心痛无限地向着地心坠下去……

喀什其实不是孤立的，不是这一座城。喀什周围的莎车、阿图什，绿洲中的城市都是绿洲文化的一部分，是她们滋育着喀什噶尔悠久的历史，是她们滋养着这座城市的气味与忧郁。沈苇引用了麦希胡里的诗歌：

> 莎车啊，你是园中之园，
>
> 自古以来你是绿洲，春光灿烂。
>
> 我满怀敬意来到你的身边，
>
> 莎车，你使我得到安慰不再孤单。

叶尔羌汗国的都城在今莎车，是伊斯兰在新疆继南疆局部立足之后延伸巩固的地区政治中心，喀什在喀喇汗王朝时是副可汗的驻地，是喀喇汗王朝的宗教与文化中心。但是，纵观南疆数千年的文明史，从丝绸之路到今天，喀什在南疆相当于今天的上海，是一个大商埠，是一个面向西方文明的总接口，本质上。所以，如果说起来，喀什噶尔，并不是这一座城市的代名词，她是整个地域文化的一个符号。人们偏重简洁的时候也可能会导致遗忘和省略。所以，喀什噶尔的气味，不是她自己的气味，是这座城市周围绿洲文明的气味。

沈苇写了喀什噶尔的果实，写得最好的是近邻阿图什（历史上阿图什是喀什噶尔的一部分）的果实无花果。无花果是波斯品种，但我自己更愿意固执地认为她是古巴比伦的品种，这样似乎在意念上才会与喀什噶尔的历史相匹配。这篇文章写得韵味无限，可见沈苇对无花果是情有独钟的，因为在这本书里他专为无花果写了一篇，对于绿洲其他的植物就放在了《绿洲植物志》一文中。尽管，我对绿洲的每一种果实都喜爱得不得了。顺便说一句，无花果在古波斯语中称为"阿驿"，这个翻译不好，我觉得应该翻成"阿怡"为好；在梵语中称为"优昙钵"；维吾尔文称为"安居尔"，是"安琪儿"的谐音。都应该是美少女的含义，很美。

去年冬天在巴格万喝茶的时候，与沈苇的好友同桌，隔着帘子，他指着一个向着邻座走去的中等个子男人说："沈苇，你想不想认识一下？"我看了一眼这个用自己的心写边疆的男人，笑着说："书我已经读过了，书是唯美的。"

读《围炉夜话》

最近有闲翻看晚清王永彬的《围炉夜话》和蔡志忠的漫画本《庄子说》，读后清新闲淡，觉得还是古人究天人之际，明达潇洒。

《围炉夜话》说，"观朱霞，悟其明丽；观白云，悟其卷舒；观山岳，悟其灵奇；观河海，悟其浩瀚，则俯仰间皆文章也。""对绿竹得其虚心，对黄花得起晚节，对松柏得其本性，对芝兰得其幽芳，则游览处皆师友也"。这段话的黄花估计指的是菊花，黄色的菊花想来在肃杀的冬天是最灿烂的。

蔡志忠白话版的《庄子说》更有意思，其中节录了许多庄子的故事和说法，道法无边，道法随行，说起来，春秋之际，中国文明的智慧已臻于极致。"至仁"一节说，踩了市人的脚就得赔罪说对不起；踩了哥哥的脚就要对他抚慰怜惜："老哥，把你的脚踩疼了吧？"踩了父母的脚就无须说对不起，"爱就是不必跟他说对不起"。所以庄子说，至礼没有人我之分，至义没有物我之分，至智不用谋略，至仁没有亲疏之别，至信不必以金玉为抵押品。

类似这样的故事很多。都说中国人没有宗教没有信仰，这真是胡说八道。宗教的真谛在于创世与道，在这个问题上，中国的老祖宗早就解决了。女娲、周文王、老子以降，道家思想作为华夏文明的精髓，在公元前的久远年代，绵延不绝，释道述本，解决的就是本原问题，解决的就是天地人的关系问题。庄子说，万物都是道的变化，无贵贱之分。道使物有盈虚、始终、聚散，而自己却没有盈虚、始终、聚散。《圣经》和《古兰经》以及佛教的精义对天地人的解读，其实也不过遵循这些法则而殊途同归罢了。

有时候，艺术也需要修饰一下。作者　摄

喀什噶尔的玫瑰花

南疆盛产玫瑰花，花朵大，朴素而又艳丽，那种自然奔放的色彩是独一无二的。

和田的玫瑰花据说是最好的，喀什噶尔的玫瑰花也被称为是卓异无类的。经我考究，一朵玫瑰花泡在杯子里，清雅醇正，散发着沙漠阳光和暖风的气息，都是一样的回味无穷，与龙井茶远地来充数不是一个概念。

这里说的喀什噶尔的玫瑰花不是芬芳的花朵，说的是维吾尔族历史上两位特别有名的诗人赫尔克提和翟梨里。

关乎旅行，有的人是购物狂，每到一地，首先进入脑海的是 VL 和 MIGA.OU，或者有的人注重的是旅店的住宿，一定要先介绍某地的车马店。我们以不入流俗为宗旨，至今，关于喀什我们还没有提到喀什的物产（除了无花果）和旅店，其实，喀什的旅店也是非常人文的，我们总有一天会浓墨厚彩地描述一番，因为，那是跟一位英国的奇女子连接在一起的，确切地说，不止一位。

999 朵玫瑰。和田农民采摘玫瑰花。穆合塔尔·尔根　摄

　　赫尔克提，是诗人穆罕默德·伊敏·卓木·库力·鄂里的笔名。

　　赫尔克提 1634 年出生于喀什的塔孜温区巴鄂奇村，曾在阿帕克和卓的宫廷里担任过园丁、司灯、厨师和其他一些职务；37 岁（1670 年）完成了著名的诗篇《爱苦相依》。

　　《爱苦相依》是维吾尔族文学史上一部非常经典的抒情叙事诗。全诗共 27 章，2070 余行。诗歌的故事情节非常简单，主要叙述的就是晨风如何为夜莺和玫瑰的爱情穿针引线，往来媒婆的经过。其中，诗歌的主体第 5 至 26 章，写得风趣优雅，我们节录一段来品味一番：

　　　　晨风：说说是哪一类的苦恼吧！

　　　　夜莺：问题就在于不能具体。

　　　　晨风：难道你要愁到地老天荒？

　　　　夜莺：这话讲得真够漂亮。

……

晨风：心情厌倦已有多少夜晚？

夜莺：苦恼，从不计较夜晚白天。

……

晨风：几声叹息，才能引燃熊熊烈火？

夜莺：爱情原自火生。

晨风：能不能讲讲爱的色彩？

夜莺：爱本无相，从何谈起？

晨风：什么点燃了你的生命之火？

夜莺：是万紫千红的玫瑰。

……

晨风：爱情之火是黄的还是深红？

夜莺：人们没有见过它的面孔，怎能说清？！

晨风：倘去烧它，能否点燃？

夜莺：嘴冒黑烟，两眼泪如涌泉。

晨风：有没有什么东西能把生命里的爱情之火浇淹？

夜莺：最好在你心底，亲身体验一番。

瞧这哥俩，说得多热闹，时下人说不出这么通俗易懂又煽情的话，即便说了，也显得假。赫尔克提还写到：

红红玫瑰，我情愿为你跑腿，

浪迹天涯，愿为你生活更美。

读了这一句，才知道"淘宝体"其实是从这两句话来的，"亲，俺可是傻傻地愿意为你跑腿，城东城西都无所谓；亲，就算是跑到天涯海角，也秉承为你生活更美的宗旨而不后悔"。为自己绝妙的翻译浮一大白。

翟梨里的诗歌，很多地方歌咏"鸭儿看"，以此推断，他的家乡应该是莎车。

他大约生于赫尔克提以晚，比较有名的诗歌是 1955 年在乌鲁木齐发现的两部作品《胜利篇》《漆尔坦传》，还有一部长篇叙事诗《穆罕默德圣行录》，计有 1540 行。翟梨里继承了历史上两部名著（《突厥语大辞典》和《福乐智慧》）的优良传统，凝练了不少警句，这些后来都成了维吾尔族的谚语，例如：

过路人捡珠宝，只有行家识得透。

种麦子的终将把麦子收。

出手大方的，总会富有。

巨流不弃涓滴，丰满岂怕再添。

读钱穆

钱穆其人，中国近现代国学与政治学大师，可惜，在改革开放前由于政治环境的原因未能得到足够的研究、尊重。江浙钱家，是吴越钱王的后裔，地灵人杰，人才辈出，领袖近现代中国科技与学术之顶峰，真可谓枝叶繁茂，蔚然大观。

有些读书人坏掉了怎么办？

钱穆先生写《中国历代政治得失》，时 1952 年至 1955 年，是一本演讲的稿子，因为有时间的限制，所以只评论了汉唐宋明清五代，算是中国历史上比较有代表性的几个朝代。

读了钱穆先生的书，知道中国历代政治在新中国建立之前基本上不是君主专制的社会，不是军政府，除了极个别的历史断代，其中的论断，书中自有原文，不作赘述，也不作是非评判；那么，中国的社会，实质上是一个读书人为中流砥柱的社会。因为君主并没有建立强有力的利益集团，也很少有军阀独裁专制几百年的事情。唐代后期的节度使专擅是一个特例。从汉代甚至更早的政治来看，统治集团很早就建立了以读书人为主体参政议政的格局，开放政治权力疏导读书人进入政体并成为社会的主导。他的书中详列了汉以来如何培养读书人入官的体例与制度，包括明以来定型的科举制度，以及流品的格局。

这本书的观点，清晰而透彻。

他的观点，在 20 世纪 50 年代的中国不太适合，显然那个时候还没有什么市场。那时候的中国，立国之初，政治清明，领导人年富力强而又亲民励政，人民喜气洋洋当家做主人，生产革命红红火火，一副繁荣向上之新社会景象。当下，引入市场经济以来，社会充满了活力，但物欲和价

思想者总是生活在孤独的世界中。作者摄于"鸟市"南湖

值观念的混乱开始滋生各种各样的问题。所以，现在来看钱穆先生的书，就有了现实意义。

各种各样的问题，细说起来，对照钱穆先生的著述，看来是读书人中的一些人出了问题。

中国是一个读书人治政的国家，特为做官（绝大多数是读书人、有知识的人）设计了轻松进入"官"系列的通途。可是，行行业业，从学校到医院，从小学到大学，从民间到官场，从专家到专家型官员，一些读书人的格调、品行、价值取向从立国之初的风清气正与追求高尚的精神世界，渐而变得低俗、世俗、庸俗，甚至卑劣。某文人发了一个段子，说经统计毕业生，某学校是犯罪率最高的学校，如果符合实际，多么可悲。

读书人出了问题，社会就出大问题。读书人没有同情心，没有责任感，没有正义感，那社会危害性就无法估量了。读书人剥削欺诈民众，明明房子已经贵得买不起，还说还不够贵啊。正如晋惠帝所言，"何不食肉糜？"

读书人要是坏掉的太多，国将不国。

为天下读书人推荐钱穆先生的书，向他鞠躬致礼。

说一套　做一套

钱穆先生说，中国的社会，是读书人做"权贵"（或者成为终极权贵阶层）的社会，这个说得对。读书人作为一个阶层，从小学即出现名校与"渣校"的差别，到大学开始分一二三等院校，进入社会各个领域后读书人开始校友朋党。这样一个读书人的社会如果腐败了，缺少了正义与公平，一个可资遵守的社会准则遭到践踏，那么，这个社会真的就很恐怖了。

有些读书人为什么会坏掉？再看钱穆先生的文章（讲的是他那个时

代之前，而不是指当今社会，要有所区分鉴别），说历史上中国是一个重制度而轻人事的社会，中国的制度是"法治"的，这个观点就不大对了，至少认识上就很偏颇了。在法治形态健全的社会，贪腐很少，人们人前一套，人后还是这一套，众人时是一套，自己时还是那一套。这些社会，才是真正意义上的法治社会。

所谓法治，并不止于法、法的治理，rule of law，并不止于制衡。究其根，实质是各个人所生活的领域都要有一套合理的规则，大家都要遵守这个规则，无论这个规则是习惯——五千年以前流传下来的，还是贤人约定，还是共同约定的，无论如何，规则起源于"善"，起源于对众人——尤其是弱势群体有利——而不仅仅是对霸道利益集团有利。这些规则，大约如恒河的沙一样多，每个人在生活中其实都会碰到，甚至每一分钟都会感受到。比如，大多数居民楼的一层墙壁上贴着"此处禁止停放自行车"，比如所有的公众场所都贴着"禁止吸烟"，比如任何一本官方或民间出版的官箴书籍上都会写上"官员是人民的公仆，要为人民服务"。这些，都是规则，约定俗成的规则，与法——我们或可称之为"显法"，构成社会的行为准则。

然而，有些中国人习惯于说一套，做一套。规则是规则，可以罔顾之，故有"潜规则"。在某些大众心态、官员心态中，皆有游戏规则以为乐的嬉皮士心理，也就是戏弄规则以取悦自己、从中窃喜的癖好。比如，饭店的柱子和墙壁上明明贴着"禁止吸烟"，还是会故意掏出烟卷，问服务员：可以抽烟吗？很虔诚、很绅士，仿佛你不让抽我就不抽了，其实，服务员的回答自然是无言微笑背后的无奈，烟民的心态自然是潜在的一句话：不让我抽我也抽，你能咋的！至于"此处禁止停放自行车"，那都是因为一堆自行车才让人看到那个怯怯的标语。所以，我们会看到昨日官员们在台上大讲廉政勤政，明日就因"钱多多"进了糖尿病康复训练营。

我们中国人，有些不太喜欢认真。好在我们历代不乏认真的老先生、认真的人。然而，他们通常都是不被流俗所认可的人，往往都是被大众讥笑的对象。一位可尊敬的老先生是五代史业余研究专家，整理了五代谱系，有人劝老先生出版了，老先生不好意思地说，我都是利用了别人的成果，没有我自己的东西，怎么好意思出版。多么可爱的老先生，据说某说客撇着嘴好几天都没有正过来。

所有中国人，什么时候能在规则面前毕恭毕敬？

所有中国人，什么时候说一套，做还是这一套，为千秋万代计。

关于制度（一）

重读钱穆先生的著述，深感其立论深邃，切合中国历史与政治实践，对中国当代政治历程与发展方向的警示作用，今之学人无法望其项背。

钱穆先生的著述颇丰，《中国历代政治得失》是珠玉中的钻石，很能反映他著述的立论基础与清醒而理性的思辨。

《中国历代政治得失》，顾名思义，是考察中国有制度与人事，有官职与管治以来的政治利弊。不过，一不能历朝历代穷尽罄竹，二不能人事而制度，制度而人事，浩繁琐碎。所以钱穆先生有所侧重，讲汉唐宋明清；五个朝代又侧重制度。

钱穆先生指出："本来政治应该分为两个方面来讲，一是人事，一是制度。人事比较变动，制度由人创立亦由人改订，亦属于人事而比较稳定，也可以规定人事，限制人事。"但是，讲制度离不开人事，"首先，要讲一代的制度，必先精熟一代的人事。若离开人事单来看制度，则制度

兵团纪念馆藏《王恩茂日记》、张仲瀚诗作。
作者摄于石河子市

只是一条条的条文，似乎干燥乏味，无可讲。而且亦是明日黄花，也不必讲。第二，任何一项制度，绝不是孤立存在的。各项制度间，必然是互相配合形成一整套。否则那些制度各各分裂，决不会存在，也不能推行。第三，制度虽然勒定成文，似乎刻石以纪，其实还是跟着人事随时变动。某一制度之创立，绝不是凭空忽然地创立，它必有渊源。早在此项制度创立之先，已有此项制度之前身，渐渐地在创立。某一制度之消失，也决不是无端忽然地消失了，它必有流变，早在此项制度消失之前，已有此项制度之后影，渐渐地在变质。"[1]

关乎制度，人们当下的比较，以中美制度比较为多。正如美国在一战之后，学习德国的制度、学德语是一门显学。当时在美国的政商学界名流为希特勒捧臭脚者大有人在。这正如现在全球都以学习研究美国所代表的制度为显学有异曲同工。其实，日本汉唐时期学中国，欧洲最初师法希

1　《中国历代政治得失》，生活、读书、新知三联书店，2018年10月北京第1版。

腊罗马，都是政治的示范效应。

不过，钱穆先生指出了制度依存的历史条件。比如美国现在枪支泛滥，恶性枪案时有发生，从丹佛枪击案到威斯康辛州枪杀扫射清真寺案、到密苏里州锡克教堂被烧毁枪击案，从白人到黑人，从白人种族主义者到穆斯林和锡克教徒，枪案已经到了触目惊心的地步。尽管如此，美国社会和政治领导人束手无策。

为什么束手无策？因为枪支禁不了。宪法规定公民有持枪权利，这如同天赋人权。其历史起源是殖民地时期的移民对抗暴力政府的权利和需要，从那个时代起，枪支就成了美国社会和人民生活不可或缺的一部分，

额尔齐斯河上游的苔藓。作者 摄

如同中国的饮酒文化一样，大家都知道其中的弊害，却无法抗拒巨大的历史文化旋涡。美国人天生可以持有枪支，前提是年龄符合法定的条件，以及没有犯罪前科等。在美国买枪不难，买子弹更不难，几美分就可以买到一颗子弹，丹佛枪击案的那个"小丑"据说就屯了 6000 发子弹。美国有些州对"开枪自卫"的规定也非常宽泛。不仅如此，由来长枪协会所代表的是一个强有力的庞大的利益集团，可以与犹太人的院外集团相比较，美国总统都不敢碰这个强大的利益集团。如果哪位老兄不够冷静，惹上这个马蜂窝，估计总统宝座就别惦记了。这就是一个让中国人不可思议的问题在美国政治现实中的症结。

所以，任何制度，有其产生的历史条件与人事制度需要，讨论制度的废止当须谨慎，讨论制度的演进当须认真考察世事变迁。以理论推导现实，或者以理论推导理论，如果理论不是来源于实践，如果理论没有实践的佐证，看似非常清楚，实则非常要不得。

关于制度（二）

生活在今天的人们，对于治理社会的每一项制度，只要与自己有关系的，都有深刻的感受。这是因为，制度如同影响人们的道路，坦途与崎岖，皆在自己的心路。

改革开放四十多年来，中国的若干社会管理制度废兴改订，是家常便饭。过去办事要盖很多公章，现在就不用了；过去实行暂住证制度，警察可以即时盘查任何一个"形迹可疑"的人，现在，暂住证制度发生了很大的变化，且收容遣送条例已被废除。这样的例子，可以清理出很长的一个清单。事实上，每一个当代中国人，无论老弱，无论童叟，无论智愚，都在自觉不自觉地与制度打交道，都在主动或被动地创制制度，受制度约束又影响制度。网络时代，一个小人物的命运，千里长堤的蚁穴，往往有可能影响到一项制度的演进。

尽管如此，我们对不远处、上溯几十年的制度是如何形成与制定的，就没有那么如数家珍了，就很可能仁者见仁、智者见智了，甚至极有可能出现张冠李戴、指鹿为马的情况。比如民族区域自治制度，有很长的历史传统，是中国历史特色与当时国内国际政治环境相结合的产物，并不完全是中华人民共和国成立以来的纯粹新生事物，民族间相互依存交错，形式上是制度，实际上是很多历史传统与习惯规范了彼此的关系，一些约定俗成的东西也就以制度的形式确定下来。今人以今天的感觉认识制度，自然就不清楚制度的历史背景与特点；今人不了解当时条件下的人和事，自然就不能站在客观的角度来理解一项制度建立时丰富的历史背景。如果不了解张治中治疆时期的尝试与探索，不了解伊犁、塔城、阿山三区革命的历史曲折变化及每个阶段的特点与真实情况，不了解陶峙岳与和平解放新疆

建设边疆，保卫边疆。
作者摄于石河子市

以及新疆建设兵团的来历，不了解乌斯曼与当时的牧区改革，我们就很难断言，这些评议治疆政策并为此提出"宏猷大略"的人，真的就那么宏猷大略。

当然，制度不是一成不变的，任何制度都在变化以适应新的人事，以及新形势的变化与发展。所以，钱穆先生在《中国历代政治得失》前言第四条中就曾非常精准地说过，"某一项制度之逐渐创始而臻于成熟，在当时必有种种人事需要，逐渐在酝酿，又必有种种用意，来创设此制度。这些，在当时也未必尽为人所知，一到后世，则更少人知道。但任何一制度之创立，必然有其外在的需要，必然有其内在的用意，则是断无可疑的。纵然事过境迁，后代人都不了解了，即其在当时，也不能尽人了解得，但到底这不是一秘密。在当时，乃至在不远的后代，仍然有人知道该项制度之外在需要与内在用意，有记载在历史上，这是我们讨论该项制度所必须注意的材料。否则时代已变，制度已不存在，单凭异代人主观的意见和悬空的推论，决不能恰切符合该项制度在当时实际的需要和真确的用意"。

关乎一地的制度，还是要多听一听该地各个时代人们的意见，他们的意见和见解我相信是恰切的。力戒华丽的悬空式的讨论影响或变成制度，或者对制度的修订因考虑不周累及生民，毕竟，一片土地的明天与这片土地上的每一个主人关系最大。作为一个浅薄的人，我不免有时候会发出一些杞人忧天的叹息。

关于制度（三）

一段时间以来琐事很多，有琐事就如同心里长草，很难静下心来写点东西，而唯美主义的习惯又不愿做无病呻吟之举，不免让自己的懒惰占了上风，正如同某些不抓老鼠只知道趴在桌子上睡觉的猫一样，懒惰变成了自己推脱的借口。所以，总是有意无意地看看身边勤奋的诸君，因着诸君的勤奋没有让自己颓废了。

最近一直在读《古西行记》，读林则徐的日记《林则徐在伊犁》，期间抄录了不少里面的精彩片段，比如《古西行记》一书中祁韵士的流放日记，比如林则徐西行伊犁的日记。林则徐于1842年七月初六启程去伊犁，这一天是公历的几月几号我没有细查，但是时令是在夏季，从西安出发，时值雨季，本拟这月的初一就离开西安，因为"自上月念六日以后，雨势连绵，咸阳河涨，据报停□，是以未得成行"。此处欠一字，推测应是"舟"字或"渡"字。林的日记除了有一个月估计是保存不善的原因缺失，一直写到1845年。日记每一天标注得清清楚楚，从容淡雅，比如写到某日时任伊犁将军布彦泰送来虎肉，说明当时新疆虎还是有的，这可爱的猛兽从新疆绝了种，让人唏嘘叹息。林则徐从西安出发，到伊犁是当年的十一月初九，用了近半年的时间。祁韵士先生可没有林则徐这么从容。祁韵士因为反腐败被流放，估计日子不好受，他早林则徐近四十年流放，日记是在随手想写就写，不想写就不写的情况下形成的。想写的时候，就写一片纸，扔在自己坐骑的背囊里，也没有标注日期，有些总而言之的意思。这说明祁先生，一代边疆史地研究的启蒙大师，在当时的心绪不怎么样。祁韵士先生从山西寿阳出发，沿着今天铁路沿线的大致方向西行，到伊犁用了六个月，也是半年左右的时间。

这里我不是在解读林祁的日记，一个想法，就是看看百年之前新疆或者称之为西域的真实情况。那时的新疆，伊犁是政治军事中心，流放人才蔚然大观，风流气象并不比中原差多少，甚至许多在官场上因为正直而不是溜须拍马才被流放到这里的大家，发蒙了文学与史地研究的新领域，诞生成就了非凡的作品和工程，成为新疆近代以来维系与中原密切关系的纽带，这也是百年屈辱中国史中，新疆最终没有被分裂出去的重要原因之一。

读林祁未加修饰与删减的日记，我们知道真实的历史有时候与正史是不同的，有些正史中没有记载，有些正史中用了曲笔。而今人往往会习惯于用正史为依据去评判是非和当日变化多端的情况。其实，每一个时代，每一个历史时期，每一项制度和人事，都有其特殊的历史背景和产生以及发挥作用的历史条件。钱穆先生说："但我们也不该单凭我们当前的时代意见来一笔抹杀历史，认为从有历史以来，便不该有一个皇帝，皇帝总是要不得，一切历史上的政治制度，只要有了一个皇帝，便是坏政治。这正如一个壮年人，不要睡摇篮，便认为睡摇篮是要不得的事。但在婴孩期，让他睡摇篮，未必要不得。"

大国的政治制度，都是因地制宜，因时制宜，因事制宜的。绝没有一个大国，所有的区域，所有的制度、人事与政策是不折不扣完全相同的。美国各个州的法律制度政策都各有差异，税率不说，即便是司法制度、官员的任用与聘任也各有不同，甚至西部有些州不收高速公路费，东部有些州则是要收的。去往华盛顿的高速公路在特殊的时间段快车道必须拼车满两人以上才能够驶入该道，否则必课以重罚。新疆在历史上就执行过非常不同的制度，各地的政策依

兵团是新疆稳定的压舱石。作者摄于石河子市

据地域民族都有很大的不同，军府制度、伯克制度等数种制度并存，历史上封建王朝皇帝的政治智慧其实高明得很，尤其清代的皇帝，笨蛋和莽夫还真不太多，这一点很不同于明代那些不争气的皇帝。所以，一项制度的形成，确需要尊重历史的特点和民族的习惯风俗，一项制度，之所以成为好制度，并且在实践中产生良好的社会效益，完全取决于它是否尊重了人们的切身需要。历史经验和教训说明，并不是后人就比前人英明睿智，唐之后五代、清之后民国，混蛋很多。后世的糊涂政策不见得就比历史上的好。林祁在疆，从日记中就可以看到，当时治疆的大臣们都非常注意因地制宜，并坚决主张维护中央政权的权威性，维护国家法律的尊严，戒尺明确而当宽处则宽，治疆理政甚得民心。

钱穆先生说："第五，任何一制度，决不会绝对有利而无弊，也不会绝对有弊而无利。"制度之立，有特定的原因，但不能出发于拍脑门子的长官意志，民族地区更是制度没有小事。制度之立，大的趋势变化了，自然要有所调整，但绝对不是刨根另植树，历史习惯与惯例仍是制度之立的重要依据。制度之立，在于宏观上的模糊与弹性比较大，微观上要具体而有可操作性。制度之立，当然最重要的是服从于当代人的切实需要与感受。一项制度之利多于弊，也许创制制度的时候就奠定了先天的基础；一项制度的弊大于利，也许创制制度的时候没有认真地去考察民情民意就已经决定了它的宿命。

林祁从西安、寿阳各用了半年多才走到伊犁，今天朋友从中原拐道来这里看我，朝发于乌市夕已至京师的酒桌旁。林祁半年之弊，在于旅途劳顿，苦风愁雨；而其利，则在于纵览西域山川，遍察万物人情、人民疾苦。所以，一成就了一代边疆研究大师与启蒙者，一为后世左宗棠收复新疆埋下了湘江的伏笔。利也，弊也，不能不令今人掩卷深思。

评《史记·大宛列传》

那时候，中国大地的版图内，天帝有诸子散居于野，各自统领部众若干，数个活跃于北方的草原，其中一以天帝之长子自居，一个活跃于中原大地，也自称为天帝之长子，以正统自居，还有散居大地东南与西南的诸子……天帝在草原的诸子崇图腾为狼，天帝在中原的儿子崇图腾为龙，喜欢给诸兄弟起各种外号，其一曰匈奴，其一曰乌孙，其一曰月氏，其一曰苗蛮，凡此种种，不能尽数。诸子互相攻伐，领地互有消长，持续两千余年。

——《史记·大宛列传》评述之序

匈奴，是我国北方古老的少数民族联合体，大约是一个主要的部落，又糅合其他北方民族构成了一个延续了数个世纪的古老民族。匈奴在我国古典文献中最早被称为"荤粥"，周朝被称为"猃狁"（汉正统史观贬低夷狄的充分体现），到了秦朝被称为匈奴。匈奴强盛于秦末汉初，在漠北建立王庭。

公元前 209 年，头曼单于的儿子冒顿杀其父而代，称天子（撑犁孤涂单于），建立了强大的奴隶制政权，地控东尽辽河，西逾葱岭，北抵贝加尔湖，南界长城。匈奴政权机构分三个部分：一是单于庭，直辖匈奴中部，其地南面对汉地代郡（今河北蔚县一带）、云中郡（今内蒙古托克托县）；二是左贤王，管辖东部，其地南向汉地的上谷郡（今河北怀来县），东面连接濊貊（今辽宁省东部）、朝鲜；三是右贤王，管辖西部，其地连接月氏和氏、羌。匈奴在西域及今甘肃、河北一带与汉争霸近 300 年。

月氏，我国先秦典籍中也写作"禺知""禺氏"。战国时期，月氏人控制着包括河西走廊在内的甘肃西部和新疆东部广大地区，秦汉之际最为强盛，故常轻视匈奴。冒顿为太子时即质为月氏。月氏还攻击近邻乌孙，杀其王难兜靡，占据祁连山北麓。公元 177 年前后，匈奴攻破月氏，迫其

瓦罕走廊，沟通东西方的大通道，曾经商旅驼队络绎不绝，如今人迹罕至。彭小满　摄

大部西迁至伊犁河、楚河流域，占据塞人的土地。至张骞西行，又被匈奴和乌孙联合打击，西徙至阿姆河流域上游，占据原阿姆河两岸的大夏国土地。

乌孙，最初活动于河西走廊，与月氏为邻。秦末汉初，乌孙受月氏人攻击，其王被杀，部众逃奔匈奴。公元前161年，猎骄靡在匈奴庇护下，率众西击月氏，以报杀父之仇，月氏被击溃，乌孙遂占领伊犁河流域及伊塞克湖周围地区。国力渐强，不再臣服匈奴。

西汉（公元前202年—公元9年），又称前汉，与东汉（后汉）合称汉朝。秦朝灭亡后，继之而起的是一个强大的王朝，这就是西汉王朝。西汉是继秦之后的强大的统一的封建王朝。西汉建立后，在诸多制度上承袭了秦制，又实行了轻徭薄赋的政策，使社会经济稳步发展，农业、手工业及商业领域均取得明显进步，史称"休养生息"，出现了"文景之治"的盛世景象。西汉中期，在"文景之治"的基础上，汉武帝又进一步采取措施加强中央集权，如实行"推恩令""中朝"制、盐铁官营及"罢黜百家，独尊儒术"等。在征讨匈奴的同时，西汉政府还派张骞出使西域，拓展了对外交往，丝绸之路随之产生。汉神宗孝昭皇帝刘弗陵在位时，多次战胜匈奴，平定了西南地区的武装叛乱，进一步加强了对西域的控制。汉中宗孝宣皇帝刘询（刘病已）在位时，大规模出击匈奴，大破之，导致匈奴衰弱，稽侯珊向汉称臣，并建立了西域都护府，西汉疆域北至西伯利亚，南至日南郡，西至帕米尔高原以西，东至日本海，成为当时世界第一强国，史称武昭宣盛世。公元前36年，陈汤斩杀呼屠吾斯，标志汉匈战争结束。刘奭将一位姓王的宫女赐给稽侯珊做阏氏，以"昭君出塞"为标志的赐婚，使汉中央与周边民族的关系继续得到发展。西汉后期社会矛盾不断激化，最终导致西汉灭亡。西汉时期在文学、史学、艺术和科学技术等领域的成就辉煌灿烂，影响深远。

第一幕　张骞凿空

西极天马歌

天马来兮从西极。

经万里兮归有德。

承灵威兮障外国。

涉流沙兮四夷服。

————刘彻

要了解较早时期新疆（西域）的历史，阅读《史记》是最好的方法，这是因为《史记》是比较早的、接近于较为全面的当代民族学意义上的西域史，有实地考察、有访谈，当然，也有传闻与附会，尽管如此，通过《史记》来看西域已是非常直观。

在此之前，汉族人到达西域最远的详细记录尚不是非常清楚。事实上，考古发现，早在先秦时期，东西方就存在着贸易交流。在德国南部斯图加特及前苏联的克里米亚半岛就曾发掘到我国春秋战国时期生产的丝绸。现在来推断，当时的中西商路可能经过北方草原地区，即从蒙古草原到西伯利亚草原，然后南去伊朗，西去南俄草原，或到达非洲，或到达希腊、罗马。然而，这仅仅是一种推测，是汉族人西去如此之远，还是通过北方的戎狄完成了这些贸易，我们今天都无从得知。正因为如此，《史记·大宛列传》的文字记事的价值就变得非常之大了。最为重要的是，太史公距张骞不远，几近记录自己的祖、父辈的事情，其真实性就如同他提供一个通道让我们穿越到当时的历史景象中。

《史记·大宛列传》记录了两个主要人物，一个是张骞，一个是李广利，

伊犁昭苏天马。作者 摄

他们是列传的主人公。在《史记》的体例中，这是一件非常有意思的事情，就是以地为题，以人物的活动为主线来记录这段历史。这说明，大宛与两个人物在司马迁的文字意象中具有十分接近的位置。

《史记·大宛列传》大体上有以下主题：地域与诸国，这是有文字以来最为清晰的关于当时西域历史地理的记载；人物，既有少数民族的人物也有张骞等人的肖像；风物志，记录了西域的物产以及汉与西域的商贸往来；地缘政治，张骞凿空西域的时代政治背景和民族关系，外交折冲与往来沟通；对汉出使西域及兵发大宛的历史评价，等等。令人深省的是，后人在评价历史的时候，过于专注自己的取舍，明目张胆地掩盖了这样一篇白纸黑字信史的全貌，不免让人觉得接近真实是多么困难。

所以，读完这段历史，我觉得有必要在原文的基础上作个解析。

大宛之迹，见自张骞。张骞，汉中人。建元中为郎。是时天子问匈奴降者，皆言匈奴破月氏王，以其头为饮器，月氏遁逃而常怨仇匈奴，无与共击之。汉方欲事灭胡，闻此言，因欲通使。道必更匈奴中，乃募能使者。骞以郎应募，使月氏，与堂邑氏胡奴甘父俱出陇西。经匈奴，匈奴得之，传诣单于。单于留之，曰："月氏在吾北，汉何以得往使？吾欲使越，汉肯听我乎？"留骞十余岁，与妻，有子，然骞持汉节不失。

这是《史记·大宛列传》的第一段。中华文明到汉代是一个顶峰，相应的，政治、军事、经济、文化与民族的品质也是臻于顶峰的时期。汉承秦志，向东南西北四个方向扩张，而所使用的政治外交谋略，则继承了春秋战国时期合纵连横、远交近攻等权谋之术，这些道与术的结合，在春秋战国时期已经被政治家、军事家和谋士策士们运用得炉火纯青了，用之四夷，不过是小试牛刀而已。所以，有汉一代，从汉高祖到"文景之治"一直被匈奴欺负，只好和亲以求平安，到了武帝时，这口气不能再忍下去了。兵强马壮之外，不能光靠蛮力，还要考虑拉几个帮手。武帝是一个大战略家。这是张骞西出阳关的主要原因。

与张骞一起出使联络大月氏的主要人物是甘父。甘父是堂邑县某人家的家奴，胡人，估计是在战争中被汉军俘虏发给某家做奴隶。第一段中讲的这件事说明了当时几个历史事实：第一，奴隶制在当时还有残余，事实上此后的很长历史时期都有奴隶制的残余，当然，这个时期的家奴与过去予杀予夺的奴隶制已经有很大的区别，有了一定的地位和自由度，不用像过去那样锁上铁链子。

第二，当时胡汉之间的交流已经非常深刻。经历了秦汉这么长的历史时期，到汉武帝时胡汉之间已有了较多了解，当时汉人的视角，至少是统治阶层已经远达现在的漠北草原平行以西。这是因为，匈奴的地界，这个时期已居甘肃更远，汉族统治者初步判断西邻匈奴的大月氏作为匈奴的仇敌，其势力可以借用，但是，尚不清楚大月氏彼时已经到达伊犁河楚河流域以远。

第三，少数民族也不是蛮荒之人，其政治军事文明已经达到一定高度，不是后人所诋毁的"茹毛饮血"的野蛮人。匈奴的首领就说了一句非常有水平的话，张骞，你要借道去出使月氏，他们在我的西北，你为啥出使他们；我要出使越地，汉朝能够同意吗！这话并不是骂人的糙话，还很高明。

第四，当时的匈奴首领是开放而宽容的。另一个侧面也说明匈奴的力量在这个时期非常强大。之所以这么说，是因为匈奴给张骞娶了胡女为妻，还生了孩子，并没有在识破张骞以及武帝的"险恶"用心后就一刀把张骞"咔嚓"了。唯强者宽容淡定。

第五，张骞持汉节十年不失。后人对苏武牧羊持节不失给了高度的民族英雄意义上的肯定，张骞基本上也是这种类型，不过受到的历史尊崇则不及苏武，这说明宋之后的腐儒政治头脑一般。当然，所谓持节不失，从匈汉的交往史来看，其实不必这么上纲上线，"节"在今天的意义就是你的"护照"，我既然没有把你"驱逐出境"，给你老婆，让你生孩子，那你就留着你的"护照"吧。当然，司马公颇有些黑色幽默的意味，所谓春秋微言大义，这句话说得平平淡淡，意思想表达的就是在这里生活了十多年也没有被归化，不像现在一些国人去美国觉得不拿个绿卡那可怎么行。就这个意思。太史公两千年前就预测提示了。

> 居匈奴中，益宽，骞因与其属亡乡月氏，西走数十日至大宛。
> 大宛闻汉之饶财，欲通不得，见骞，喜，问曰："若欲何之？"骞曰：
> "为汉使月氏，而为匈奴所闭道。今亡，唯王使人导送我。诚得至，

反汉，汉之赂遗王财物不可胜言。"大宛以为然，遣骞，为发导绎，抵康居，康居传致大月氏。大月氏王已为胡所杀，立其太子为王。既臣大夏而居，地肥饶，少寇，志安乐，又自以远汉，殊无报胡之心。骞从月氏至大夏，竟不能得月氏要领。

张骞西出，既有蹉跎岁月，也有喜剧色彩。

我们前文说过，当时匈奴的大单于是非常有战略眼光的，首先，他并没有把张骞一行人给剁了，不仅如此，还给他们当媒婆介绍了对象，胡天朔方，草原女儿，马上风姿，也不是江南和长安随便一个地方就能看到的；其次，对他们的软禁不久以后就变得比较宽松，成了人家女婿，人家还是拿他们当女婿看待的。就这么着，张骞居然就逃脱了匈奴的羁縻，经历了数十天的路程，西行到了大宛。这数十天的路程，张骞此时已经整整

安集海大峡谷。作者 摄

走了若干年，多少风餐露宿，多少披星戴月，多少生死关头，西望长安，惟大英雄才能够真本色。

不过，我们并不因此为英雄讳莫如深，从汉代时就可以看出行贿是使节经常使用的手段。以后的文章我们还会提到，这里已有端倪。张骞赖以说动大宛国君对他热情招待并开路条让他及从人西行的，就是许诺汉天子能够多多地馈赠财物。大宛国君信以为真，提供向导，让张骞更西以远，到了康居国、大月氏和大夏。西望关山，看看今天的地图，在飞机上多少次看到机翼下的绵绵群山，我们不得不由衷地对张骞的勇气智慧和坚韧表示敬意。我们不能不说张骞是"凿空"西域的第一人，名副其实。

张骞西出，最根本的政治军事目的是战略上达成与匈奴宿敌大月氏的两翼夹击，这是一个非常宏伟的战略意图，如同"二战"期间盟军和苏军对德国的合围一样。奈何，天不遂人愿，大月氏因为臣服了大夏，占领了富饶美丽的中央亚细亚的草原地带，没有什么值得自己担忧的敌寇，早已经忘记了匈奴杀其首领以为酒器的奇耻大辱，变得"殊无报胡之心"。到此时，看来一幕剧本，暂时要以悲壮的终止符作一个停顿，张骞"竟不能得月氏要领"，就是不能够达到战略结盟的目的，只好久经磨难，兴冲冲而来，悻悻然东返了。

　　留岁余，还，并南山，欲从羌中归，复为匈奴所得。留岁余，单于死，左谷蠡王攻其太子自立，国内乱，骞与胡妻及堂邑父俱亡归汉。汉拜骞为太中大夫，堂邑父为奉使君。

孟子在张骞之前不远的年代就说过，"天将降大任于斯人也，必先苦其心志，劳其筋骨"，这番话，用在张骞和他的从人身上，那是再贴切不过了。张骞一生英雄伟业，传奇至今，也是数次大起大落。先是以郎中身份应命西出，级别已然不低，如果慢慢悠悠地在宫廷和皇帝身边晃悠，做个太平官也未尝不可，可是此公就是选择了去风餐露宿，以身家性命搏功名。这跟现在的"驴友"可谓有天壤之别，现在的"驴友"，如果不是自己的鲁莽基本很少有生命危险。张骞的时代则完全不同，小命就系于玉皇大帝的垂青。

第一次起伏，当然就是被匈奴抓了又逃跑了。还有就是西行大宛，以一张空头支票赚了大宛国君的导游路条和资助，这拉赞助的本事，可比今人高明多了。第二次，就是从今新疆南道返回中原，很不幸，本意是要绕开今青海北接西域的羌人，那时候羌人有点像索马里海盗，不太讲游戏规则，估计见人就抢，见人就杀，不问青红皂白，很不及匈奴的单于幽默而又大度。结果，张骞这一绕不要紧，又回到了匈奴张好的兽夹子和鸟笼子里。

历史是非常神秘的。所有的考古历史民族学家们没有一个人敢讨论为啥匈奴这一次没有把张骞给宰了，这真是一件让人匪夷所思的事情。无论是几千年前还是今天，正常的逻辑是，我放过你一次就不可能放过你第二次，因为这第二次里面已经增加了你轻慢和羞辱我的意味。在那个茹毛饮血，杀一个人如同碾死一只草原上的蝗虫的年代，一个匈奴的下级军官以及到权力顶层的单于居然又把张骞放过了。原因是什么，我们不得而知。但是，有两点是可以推论的，那就是，第一，说明那时的匈奴已经非常集权，政令军令畅通，可以做到外交无小事，这些关乎全局利益的"小事情"很快就可以由末梢而中枢；第二，张骞一定有过人的地方，有语言不能表达的人格魅力；第三，如果有第三的话，那就是上苍保佑了。或者，用庸俗的时下文化来推断，他的妻子，可能是单于的妹妹，表妹，或者什么至亲而不能杀其夫婿。

这一次被抓，算是张骞一生的二次磨难。上苍保佑，他又有幸逃脱了。最富有传奇色彩的是，这一次估计还是把他押到以前生活的地方，所以才能见到他亲爱的爱人，那位不知名的胡妻。天不负有情人，历时 13 年（汉武帝建元二年即公元前 139 年至元朔三年即公元前 126 年），带着老婆孩子一起回到长安，皇帝拜他为太中大夫，进入中枢部门，估计掌管外交与夷务。跟他九死一生的甘父先生，家奴是不能做了，封为奉使君。

> 骞为人强力，宽大信人，蛮夷爱之。堂邑父故胡人，善射，穷急射禽兽给食。初，骞行时百余人，去十三岁，唯二人得还。

《史记·大宛列传》中最富人类学、民族社会学价值的，我认为就是这短短的一句话。44 个字。

就是这短短的 44 个字解读了张骞凿空西域之成功的关键，也为后世的民族政策肇始了道义与人品的精髓与源流。

骞为人强力。所谓强力，首先是身体好。没有强健的体魄，行走万里征程，从出发时的百十个人，到最后只剩几个人，经历那么多艰难险阻，那是不可能的。所以，万里长征，始作俑者是张骞和甘父。其次就是强大的内心力量。这种力量，来自于汉文化经世致用的精髓，来自于汉文化中天人合一的这种特有的天命感。我们今天仍然能感受到张骞内心强大的信念，一种百折不挠、勇往直前，同时又充满智慧和达观的精神力量，能够感受到一种今之所谓革命乐观主义的情怀。没有这些，单是一个孤独寂寞，不用扯物质的匮乏与窘迫，就可以让他郁郁丧志。然而，张骞就是张骞，他不是小男人，他是伟丈夫。

宽大信人。宽大信人而人信之。《史记》说张骞宽大信人，短短四个字，体现了中国史学中微言大义的写史作风。宽，是指张骞待人以宽，有博大的胸怀，宽容包容，容忍别人的过错与缺点，面对行程的困难不会斤斤计较为之却步。大，是指张骞大气，有远志，漫长的征程没有远大与坚定的志向，是无法团结和凝聚身边人的力量的，也不可能赢得甘父的尊重服从乃至于崇拜，追随君侯到天涯；大，还有大义的意思，除了人格魅力，还有就是纵横万里以实现战略包围匈奴的大战略这个根本目的。信，一指信用，说明张骞是一个言出必行的君子；二指的是他充分相信他的从属，充分相信他们发挥自己的能力；同时也说明张骞具有超乎常人的能力，能够与少数民族沟通并取得他们的信任和理解。所以，从某种意义上而言，宽大信人，是张骞凿空西域的必要条件。

蛮夷爱之。张骞有为人强力、宽大信人的人格魅力，所以蛮夷爱之。这说明了跟少数民族朋友打交道的基本原则。少数民族的朋友都有英雄情结，喜欢跟大丈夫打交道，不喜欢跟小男人、猥猥琐琐的人打交道；喜欢跟宽容大气讲信用的人打交道，不喜欢反复小人、心胸狭隘的人。没有人格的基础，就别在民族地区混。

在所有精神与人品的因素之外，物质是不可或缺的东西。吹牛皮一千万，顶不得饭吃。张骞西行还有一个重要的物质保障，就是"堂邑父故胡人，善射，穷急射禽兽给食"。甘父胡人，马上民族，射猎为生。张骞与甘父到了西域，我估计已经不是从属的关系了，大约是兄弟加朋友。两个人饱一顿饿一顿，但是并没有山穷水尽，靠的就是甘父的善射，还靠的是那时候生态环境好，到处都是飞禽走兽。人与天时完美地结合在一起，天下，那就任我行了。

就这样，张骞与甘父为核心的团队，历经13年，从人上百，最后两位老兄毫发无损、添丁纳口地回到了长安。更为有幸的是，汉武帝是个长命的皇帝，回来后他还在位，君臣相见，不免唏嘘，摆酒庆功。先从张骞的美女夫人说起，很快就说到了西域的物产，等说到大宛的西极天马的时候，汉武帝就坐不住了，举觯一饮而尽，激动地从座位上站起来，你见到那宝马的神姿了吗？你策马驱驰过吗？你为啥不给我骑一匹马回来？

顺便说一句，宽大信人，这个"大"字，也有酒量大的含义。这不是妄测，少数民族地区去个秀才，沟通不了。

还有，"骞为人强力"此段44个字，是天下"驴友"最早的活动指南，领队之必读法则。中国"驴友"，当尊张骞为祖师，副祖师甘父，是"驴友"团管生活的必效模范。惜乎，太史公记史忽略了张骞西行的具体日子，否则，"驴友节"也就定了。不过，通常"父母在，不远游，游必有方"，我估计冬天出发的可能性不大，以季节论当在春萌时节，更具体一点，可能是清明节祭拜过先祖于当日出发，清明节我看定为"驴友节"比较合适。

> 骞身所至者大宛、大月氏、大夏、康居，而传闻其旁大国五六，具为天子言之。曰：

> 大宛在匈奴西南，在汉正西，去汉可万里。其俗土著，耕田，田稻麦。有蒲陶酒。多善马，马汗血，其先天马子也。有城郭屋室。其属邑大小七十余城，众可数十万。其兵弓矛骑射。其北则康居，西则大月氏，西南则大夏，东北则乌孙，东则扞冞、于寘。于寘之西，则水皆西流，注西海；其东水东流，注盐泽。盐泽潜行地下，其南则河源出焉。多玉石，河注中国。而楼兰、姑师邑有城郭，临盐泽。盐泽去长安可五千里。匈奴右方居盐泽以东，至陇西长城，南接羌，鬲汉道焉。

> 康居在大宛西北可二千里，行国，与月氏大同俗。控弦者八九万人。与大宛邻国。国小，南羁事月氏，东羁事匈奴。

> 奄蔡在康居西北可二千里，行国，与康居大同俗。控弦者十余万。临大泽，无崖，盖乃北海云。

> 大月氏在大宛西可二三千里，居妫水北。其南则大夏，西则安息，北则康居。行国也，随畜移徙，与匈奴同俗。控弦者可一二十万。

故时强，轻匈奴，及冒顿立，攻破月氏，至匈奴老上单于，杀月氏王，以其头为饮器。始月氏居敦煌、祁连闲，及为匈奴所败，乃远去，过宛，西击大夏而臣之，遂都妫水北，为王庭。其余小觿不能去者，保南山羌，号小月氏。

安息在大月氏西可数千里。其俗土著，耕田，田稻麦，蒲陶酒。城邑如大宛。其属小大数百城，地方数千里，最为大国。临妫水，有市，民商贾用车及船，行旁国或数千里。以银为钱，钱如其王面，王死辄更钱，效王面焉。画革旁行以为书记。其西则条枝，北有奄蔡、黎轩。

条枝在安息西数千里，临西海。暑湿。耕田，田稻。有大鸟，卵如瓮。人觿甚多，往往有小君长，而安息役属之，以为外国。国善眩。安息长老传闻条枝有弱水、西王母，而未尝见。

大夏在大宛西南二千余里妫水南。其俗土著，有城屋，与大宛同俗。无大（王）君长，往往城邑置小长。其兵弱，畏战。善贾市。及大月氏西徙，攻败之，皆臣畜大夏。大夏民多，可百余万。其都曰蓝市城，有市贩贾诸物。其东南有身毒国。

张骞回到中原，第一件事就是向汉武帝报告路途见闻。这也是他西出阳关的重要目的。在一个没有电话电报和网络的时代，人的意志役使的一双脚丫子和目光所及，构成了地理发现的基本要素。张骞的足迹和目光以及所到之处听到的传闻，使早在公元前的年代，汉族人对世界的认识就到达了今古叙利亚地区（条枝），甚至古托勒密埃及王国（黎轩），我们暂且不论在张骞的认知里是如何理解这两个国家的。这是一个伟大的成就。

张骞向武帝的报告，大体上分为三个部分，一是见闻，一是传闻，一是评估。见闻的部分是他和甘父到达的地方，即大宛，大月氏，大夏，康居，其中还包括他所经行的今南疆绿洲小国。传闻的部分，大国五六，如奄蔡（古代阿兰人建立的国家，大体位置在今天俄罗斯的顿河流域），安息（帕提亚波斯王朝），条枝，乌孙（今巴尔喀什湖东南、伊犁河流域），黎轩和身毒（今印度河流域）等。其中还包括今印度河流域而下的中国境内西南夷各部。

关于这些国家的人种谱系、地域变迁是一个非常复杂的概念，即便是考古非常发达的今天，很多关于这些民族和国家的要素也都是靠推断来记入文字的。要了解这些国家，需要手头拿上一本世界地图，翻到今天的中亚五国、阿富汗、巴基斯坦、克什米尔、古印度、伊朗、西亚等国家和地区，以伊犁河、楚河为第一个坐标，以锡尔河、阿姆河以及咸海、里海为第二个坐标，以费尔干纳盆地（今乌兹别克斯坦、吉尔吉斯斯坦等国交界处）、瓦罕走廊（大部在阿富汗境内）以及葱岭（今帕米尔地区）为参照点，如此，才能够大致确定上述国家某一个时期的相对位置。

例如，从民族和人种上来讲，一般认为大宛、大月氏、大夏、康居、乌孙以及奄蔡可能均和阿卡美尼朝波斯（今伊朗更广的区域）大流士贝希斯登铭文所见的萨迦人（或称为塞人）有关。上述地域是波斯的四个部落或部族。7 世纪这些部落出现在今伊犁河、楚河流域，6 世纪向西扩张到锡尔河流域，公元前 177 年前后，大月氏西迁，逐走萨迦人，他们一部分南下，散居今帕米尔各地，后向东进入塔里木盆地诸绿洲，今天考古发现南疆许多区域塞人种即为此论断的有力佐证；大部分塞人渡锡尔河南下，一支进入费尔干纳盆地（今乌兹别克斯坦境），一支进入巴克特里亚，后者灭亡了希腊巴克特里亚王朝。他们各自建立的政权，张骞分别称之为大宛和大夏。另一支萨迦人则顺锡尔河而下，迁往今咸海和里海沿岸，张骞称之为奄蔡，而将留在锡尔河北岸的萨迦人称为康居。公元前 130 年，

瓦罕走廊的汉唐古戍堡，盛世雄风，旌旗猎猎。彭小满　摄

　　乌孙人在匈奴的支援下，远征大月氏，夺取了伊犁河与楚河流域，大月氏人再次西迁，到达阿姆河流域，击败大夏，占领大夏的地域。

　　张骞西出，向武帝报告的国家主要在葱岭即今帕米尔高原以西，这是由他出使的战略目的决定的。他把当时葱岭以西的国家分为两类：一类行国，即游牧民族，兵强；一类土著，定居耕田，有城郭居室。例如，康居、大月氏、乌孙和奄蔡，是典型的行国，骑马游牧国家；其余六国——大宛、大夏、安息、条枝、黎轩和身毒则是典型的土著农耕国家。其中，关于大宛国的记录最为详细。

　　张骞出使西域，本意是冲着大月氏去的，阴错阳差，了解比较详细的却成了大宛。大宛一国，与汉遥隔万里，如参商不可同辉，可惜，福兮天马，祸兮天马。大宛君万万没有想到的是，东土来的张骞，即将给自己带来汉大皇帝的兵戈。兵戈所指，汗血宝马。历史就是历史，不以今人的好恶曲直为转移。

张骞记录大宛颇为详细。大宛在匈奴西南，说明匈奴当时广居漠北草原，弓弦控内外蒙古以及今哈萨克领域，否则，就没有西南之说。在汉正西。土著，以农业为主的国家。耕田，种水稻、麦子。有葡萄酒。酒瓶看来是陶器做的。多善马，好马很多，汗血，祖先是天马之子，有点神话色彩，估计就是野马的一种。有城市房屋，这是农业国的标志之一。大小城市70多个，人数多的数十万居民。军队弓矛骑射。北方是康居，西方大月氏，西南大夏，东北乌孙。东方则是今南疆绿洲城市。以今喀什和田地区为界，西流的水大约指阿姆河与锡尔河，流向西海（里海），东流大河塔里木河，应比今天的水量大。水注入盐泽，应是罗布泊，水潜入地下，成为黄河之源。这是一种关于黄河的很早的说法。这里，也提到了和田昆仑玉石，以及楼兰国与姑师，罗布泊东北方接匈奴，南越昆仑则是羌人的聚居地。

西域地志，在这个时候已经非常完整和清晰了。这是西域进入内地的肇始，也是中华多民族在历史的空间内与西域大规模碰撞的肇始，由此可见，千百年来中华版图上西域与沿河流域的根基是如此强烈和深厚，如此不可撼动。你徜徉在这一历史的溯源与时光倒流中，就会感受到这股强大的力量。正如同一股强力的磁场，在以后的年代里尽管经历了无数的干扰和屏蔽，却最终要把这片美丽的土地强烈地融合在一统版图之中。

骞曰："臣在大夏时，见邛竹杖、蜀布。问曰：'安得此？'大夏国人曰：'吾贾人往市之身毒。身毒在大夏东南可数千里。其俗土著，大与大夏同，而卑湿暑热云。其人民乘象以战。其国临大水焉。'以骞度之，大夏去汉万二千里，居汉西南。今身毒国又居大夏东南数千里，有蜀物，此其去蜀不远矣。今使大夏，从羌中，险，羌人恶之；少北，则为匈奴所得；从蜀宜径，又无寇。"天子既闻大宛及大夏、安息之属皆大国，多奇物，土著，颇与中国同业，而兵弱，贵汉财物；其北有大月氏、康居之属，兵强，可以赂遗设利朝也。且诚得而以义属之，则广地万里，重九译，致殊俗，威德篇于四海。天子欣然，以骞言为然，乃令骞因蜀犍为发闲使，四道并出：出駹，出焆，出徙，出邛、僰，皆各行一二千里。其北方闭氏、筰，南方闭嶲、昆明。昆明之属无君长，善寇盗，辄杀略汉使，终莫得通。然闻其西可千余里有乘象国，名曰滇越，而蜀贾奸出物者或至焉，于是汉以求大夏道始通滇国。初，汉欲通西南夷，费多，道不通，罢之。及张骞言可以通大夏，乃复事西南夷。

前文多次提到，张骞西出的主要战略目标是与匈奴的死敌大月氏结盟，形成钳形攻势以对付匈奴。每一个战略的制定，都有假想的成分。既然有假想的成分，就会有调整的必要，尤其是在情况不明的情势下作出的假想和猜度。正如张骞出使西域充满了未知一样，此行最终的结果也充满了意外。

除了对西域广袤的民族与国家关系有了非常翔实的了解和把握以外，张骞的另一个意外收获就是对汉的"西南夷"有了重新认识和战略定位。张骞在大夏国的时候，见到了邛竹杖、蜀布，这是今巴蜀一地的物产，问大夏国人怎么得到这些货物的，大夏人称是本国的商人从身毒（古印度地区）得到的，当日判读大夏距身毒可数千里，也就是几百公里，现在看来并不太远。因此，经过推论，张骞认为如果从蜀道去大夏并不是很远，也就是相对来说是一条捷径。武帝很是同意张骞的观点，为此让张骞主持，从今四川重庆等地四道并出，广发使节，企图从西南方向打通去身毒乃至大夏、大宛的道路。可惜，阻于滇越，不能通行。尽管如此，从张骞开始，又重新激发了汉朝对西南夷的重视，这也是非常重要的贡献。而且，让我们耐心地继续读《史记·大宛列传》，很快就会看到张骞对西南夷的此番议论所产生的意想不到的结果。

从历史的角度来看，以关中和中原为主体的汉民族，在向四个方向的扩张中，虽然西南方向的战争最不突出，却是最历经周折，等到清末民初的改土归流才真正有所改观。即便如此，到蒋介石的时候，也没有把诸少数民族真正融合到政治之中。这不能不说是一个有意思的民族现象。如果哪位真正的学人能够把汉代西南夷的情况和清末民初作个比较，也一定是有意思的文字。

> 骞以校尉从大将军击匈奴，知水草处，军得以不乏，乃封骞为博望侯。是岁元朔六年也。其明年，骞为卫尉，与李将军俱出右北平击匈奴。匈奴围李将军，军失亡多；而骞后期当斩，赎为庶人。是岁汉遣骠骑破匈奴西域数万人，至祁连山。其明年，浑邪王率其民降汉，而金城、河西西并南山至盐泽空无匈奴。匈奴时有候者到，而希矣。其后二年，汉击走单于于幕北。

太史公行文，从来不拖泥带水，44 个字可以说明民族政策的精髓，可以讲清楚"驴友"必备。这一段，一样写得凝练跌宕起伏。

张骞两难两脱，第三次事业的辉煌与倒霉接踵而至。以校尉从卫青大将军出击匈奴，一个懂军事，一个通地理风物，两人相得益彰，没说战事有多么顺利，但是大军凯旋，张骞被武帝封为博望侯。只这封侯一词，就展示得形神兼备。博望博望，一看到这个词就让人忍不住脑海里一下子蹦出一个手打凉棚云端远眺的孙悟空的形象。

很不幸，张骞的侯座还没坐热乎，第二年就被封为卫尉，这是个正儿八经的武职，要领兵出征的。随同飞将军李广出征右北平——今天的天津蓟县。顺便插一句，从太史公的行文我们就可以看出他对李广的偏爱，汉代无数李姓将军，只有李广姓李名谁不提，让你一看就知道写的是飞将军李广。这份尊荣，青史不泯啊。匈奴把李广围了，因为李将军向导不行，所以军士伤亡很多。而与李将军互为羽翼的张骞则因为延误未能与李将军会合，失期当斩，当然，武帝舍不得杀这么一个活地图，拿钱赎命，废为庶人。

从这件事我们看得很清楚，第一，张骞不适合当将军，他是西域通，但不是右北平通，出兵缓进，未能合击，兵家大忌，非常雷同于张灵甫被围孟良崮而国军其他部队左顾右盼，几公里之近而不能挽兄弟部队以危难，致全部美械装备的 74 师将亡军失，这个过错确实犯得不小。不仅如此，也就是因为这一场战役，飞将军李广终其一生也没有封侯，空遗余恨传千古。第二，汉到武帝时虽然罢黜百家独尊儒术，从这个时期的法律之严来

古丝路重镇楼兰遗址，曾经的繁华胜地。彭小满 摄

看，法家的影响并没有被儒家消灭掉，武帝仍然执行了非常严苛的法律。所以说，纵观汉文明数千年来的历史，并不是不重法，法律代代都有，关键在于每个时期的执行与监督。

这是张骞的第三次起伏。所谓衔命出使，持节不失，辑要西域，卫尉出征，不称其职，失期误军，废为庶人，算是张骞一生中的阶段性总结吧。这一年是元狩元年（公元前 122 年），自建元二年（公元前 139 年），17 年过去了。

第二年，骠骑将军霍去病大军出征，一扫匈奴王庭，勒石纪功。自金城（今甘肃兰州西北）、河西以西以及南山（此处南山指祁连山，不是昆仑山），一直到盐泽（罗布泊），空无匈奴。大股势力的匈奴兵马是看不见了，汉武帝长长地出了一口气，这口气，从他祖爷爷刘邦的时候就一直压在汉帝国的胸腔里了，今日才得以如漫卷狂风般吐了出去。

不过，有关张骞的剧本，故事情节还没有结束。

第二幕　乌孙公主

乌孙公主

吾家嫁我兮天一方，

远托异国兮乌孙王。

穹庐为室兮毡为墙，

以肉为食兮酪为浆。

居常土思兮心内伤，

愿为黄鹄兮归故乡。

　　是后天子数问骞大夏之属。骞既失侯，因言曰："臣居匈奴中，闻乌孙王号昆莫，昆莫之父，匈奴西边小国也。匈奴攻杀其父，而昆莫生□于野。乌嗛肉蜚其上，狼往乳之。单于怪以为神，而收长之。及壮，使将兵，数有功，单于复以其父之民予昆莫，令长守于西域。昆莫收养其民，攻旁小邑，控弦数万，习攻战。单于死，昆莫乃率其觽远徙，中立，不肯朝会匈奴。匈奴遣奇兵击，不胜，以为神而远之，因羁属之，不大攻。今单于新困于汉，而故浑邪地空无人。蛮夷俗贪汉财物，今诚以此时而厚币赂乌孙，招以益东，居故浑邪之地，与汉结昆弟，其势宜听，听则是断匈奴右臂也。既连乌孙，自其西大夏之属皆可招来而为外臣。"天子以为然，拜骞为中郎将，将三百人，马各二匹，牛羊以万数，赍金币帛直数千巨万，多持节副使，道可使，使遗之他旁国。

张骞出使西域并不只是一次。我们接下来要介绍的是他的二次"长征"，这有点像红四方面军三过草地。

在《史记·大宛列传》中，主角的地域和民族是汉、匈奴、大月氏、大宛，还有就是乌孙了。在人物方面，除了张骞、李广利之外，需要书写一笔的就是乌孙公主了。有英雄怎么能没有巾帼，有大丈夫，怎么能没有红颜。不过，汉诗歌咏的这位乌孙公主应当称之为汉公主。

张骞失侯，也可能郁郁不乐，也可能无所谓。但是，武帝并没有因为张骞失期当斩就把他给忘记了，而是数次问起大夏等国的情况。老张还是很狡猾的，太史公就很诙谐地把老张的狡猾描绘得惟妙惟肖，"骞既失侯，因言曰：……"一个"因"字，万般风情皆在其中了，因为侯爵丢了，所以才这么说，说什么呢，说的是皇帝你原先不是指望跟大月氏联合远交近攻吗，现在呢，我再给你出个主意，西边还有一个乌孙国，国王王号叫昆莫，现在的昆莫父王在位的时候，乌孙是匈奴以西的小国家，不幸的是匈奴杀了他爹，这小子在野地里长大，乌鸦衔肉喂他，母狼以乳乳之，单于认为这个小子是神，至少有神的庇佑，所以就收留了他，不仅如此，还让他领兵作战，昆莫（以《汉书》《张骞李广利传》考之应为猎骄靡）作战有功，单于把他父亲原有的土地还给了他。后来，这位仁兄羽翼丰满后就六亲不认了，不再朝拜单于，单于派兵也打不过他，以为他是神，就不大攻击他了。张骞进而给武帝献策说，现在呢，咱们刚大败过单于，"而故浑邪地空无人。蛮夷俗贪汉财物，今诚以此时而厚币赂乌孙，招以益东，居故浑邪之地，与汉结昆弟，其势宜听，听则是断匈奴右臂也"。意思就是单于空出来的地方咱诱使乌孙来占上，咱再给他一房媳妇，昆弟，姻亲的关系，不就干掉了匈奴的左膀右臂！这么做，连大夏都可以拉过来做您的外臣。

张骞就这个事看来谋划了有一阵子了，非常容易就把武帝说动了。这个方法，鬼谷子里专门有一章论述（见《鬼谷子》第三篇"内揵"），汉距春秋战国不远，阴阳纵横流俗正深。武帝没有打磕巴，给了张骞一个官，300 人，600 匹马，牛羊万计，很多钱，副使节一堆，凡是可以去的地方把人撒出去，这一回动静就大了。

在这里，有几个问题我们得交代清楚。

第一，《汉书》《张骞李广利传》讲的是大月氏把猎骄靡的爹给杀了，匈奴收养了他。太史公讲的是匈奴把他爹给杀了。两者有出入。余太山先生认为可能是乌孙夹在匈奴和大月氏之间，原为大月氏的附庸，后来匈奴西击大月氏，大月氏在混乱西行中把难兜靡给杀了。余老先生有和事佬的意思，这样也比较能自圆其说，姑且从之。

第二，乌孙故地，在今哈密一带。

第三，大月氏原在祁连敦煌一带。

第四，大月氏西击塞王，占领今伊犁河、楚河流域。

第五，猎骄靡西击大月氏占伊犁河楚河流域，约在大宛东北；大月氏西行击大夏，据其地。

第六，浑邪地，今河西走廊以西，浑邪王此时已降汉内徙，所以这里才说其地已空。

> 骞既至乌孙，乌孙王昆莫见汉使如单于礼，骞大惭，知蛮夷贪，乃曰："天子致赐，王不拜则还赐。"昆莫起拜赐，其它如故。骞谕使指曰："乌孙能东居浑邪地，则汉遣翁主为昆莫夫人。"乌孙国分，王老，而远汉，未知其大小，素服属匈奴日久矣，且又近之，其大臣皆畏胡，不欲移徙，王不能专制。骞不得其要领。昆莫有十余子，其中子曰大禄，强，善将众，将众别居万余骑。大禄兄为太子，太子有子曰岑娶，而太子蚤死。临死谓其父昆莫曰："必以岑娶为太子，无令他人代之。"昆莫哀而许之，卒以岑娶为太子。大禄怒其不得代太子也，乃收其诸昆弟，将其众畔，谋攻岑娶及昆莫。昆莫老，常恐

大禄杀岑娶，予岑娶万余骑别居，而昆莫有万余骑自备，国龉分为三，而其大总取羁属昆莫，昆莫亦以此不敢专约于骞。

骞因分遣副使使大宛、康居、大月氏、大夏、安息、身毒、于窴、扞罙及诸旁国。乌孙发导译送骞还，骞与乌孙遣使数十人，马数十匹报谢，因令窥汉，知其广大。

张骞二出西域，尽管已经没有了匈奴的阻拦，没有了直接的生命危险，但是，在那个车马为主要交通工具的年代，一路艰险，未知的困难与生死考验仍然数不胜数，所以，堪称壮举。张骞之所以如此痴迷西行而不惧艰辛，只能从两个方面来理解，一是生逢盛世，为了帝国广德扬威；一是对旅行的酷爱，这正是我们把张骞奉为"驴友"鼻祖的主要原因所在。

这一次，他旅行的重点不是大宛，正如他给武帝进言中所提到的一样，该乌孙国登上中西文化交汇的历史舞台了。据史家推断，张骞这一次出行

张骞到达乌孙以后，漠野草原戈壁大山大川，虎狼豹鹰，故地重游，定是别有一番滋味上心头。作者摄于乌尔禾魔鬼城

的路线大致应是：沿阿尔金山北麓西进抵达罗布泊（盐泽）西南的楼兰，自楼兰北上到达盐泽西北的姑师（今楼兰遗址一带），沿孔雀河西进取西域北道经龟兹（今库车）到达乌孙。当然，这只是一种推测。

张骞到达乌孙以后，漠野草原戈壁大山大川，虎狼豹鹰，故地重游，定是别有一番滋味上心头。想当年，少年壮游，慷慨持节，及至被匈奴捕获，忍气吞声，托身大草原中，到后来仓皇西逃，连自己心爱的胡妻都撇下顾不得了。这一次，封侯被废，依然壮心不已，只不过比上一次从容多了。所谓国强人民腰杆子硬，说的就是张骞此时的心境。

乌孙王昆莫对张骞客客气气，如单于礼。西域诸国，向来视匈奴为虎狼，连匈奴在这些地方设的监理者都称为僮仆都尉，就没把这些国家和他们的人民当人看。张骞一看自己受到这样的"礼遇"，心里就有些发毛。我可是来广我大汉皇帝乐仁好施的懿德懿行来的，这昆莫老先生跟我客客气气的说明没把我当好人啊。这可不行。张骞眉头一皱计上心来，就对乌孙王说，我皇武帝给您赏赐了很多礼物，您要是不拜谢我就拿回去了。昆莫赶紧起来拜谢汉武帝的礼物。张骞就宣读皇帝的谕旨，说您如果东迁回到您过去的地方，也就是浑邪地，我们就遣皇室宗女来给您做夫人。但是，这个时候的乌孙王年老了，没有了年轻时候如神般的锐气壮志，不仅如此，由于受匈奴的欺压已久，怕匈奴怕得不行。另外，我们站在昆莫的角度来看，乌孙在地缘上离匈奴也太近，不老实的话，人家的铁骑一阵风就能卷过来。所以，惧于匈奴的强势和威慑，正如现在的弱小国家在美国面前一样，乌孙的大臣们都惧怕匈奴，整个利益集团都不可能执行东迁的计划，梁园虽好，已非故国，昆莫王也不能独断专行。张骞这一次又如同当年劝大月氏一样，不得要领。

除了这个原因，统治集团中最核心的部分王族也出了问题。乌孙王老，长子为太子，太子早死，死时哀求其父传位给自己的儿子岑娶。太子有个弟弟像李世民一样，名为大禄，此仁兄孔武有力，善于统兵御众，老爹不让他当太子，却立自己的侄子岑娶为太子，这就让他很不爽利，自己领着部属和一部分兄弟叛离昆莫，这还不算，整天还嚷嚷着要把昆莫和那个不怎么儿子娃娃的小子岑娶给拾掇了。昆莫老猫被犬欺，只好给了岑娶一部分兵马，让他自立门户。国家就这样一分为三。这也使得乌孙政出多门，不能给张骞一个统一而明确的答复。这就是太史公说的"国觿分为三，而其大总取羁属昆莫，昆莫亦以此不敢专约于骞"。

对于乌孙国内的这种局面，张骞也无可奈何，只能因势利导，另辟蹊径。张骞分遣副使到大宛、康居、大月氏、大夏、安息、身毒、于阗、扜矿及诸旁国，然后与乌孙国的数十名使节一起归还中原。张骞这么做有一个非常重要的原因，就是让这些使节亲临其境，亲身感受大汉帝国的繁荣与强盛，亲身感受中原的富饶与博大，亲身感受汉文明的深厚与包容。这是一个非常深远的战略考虑。

> 骞还到，拜为大行，列于九卿。岁余，卒。

张骞出使乌孙回来后，即被拜为大行，位列于九卿，属于国务委员的行列。大行，这个职位，基本上是从张骞开始设立的，后世也似乎很少看到这样的职位设置。一年以后，张骞去世了。一代伟丈夫，生逢其时，壮怀凌云。

西域的上空，升起了一颗耀眼的星辰，在黑暗的夜里，护佑我边疆的各族儿女。

我们，敬仰张骞。

> 乌孙使既见汉人觿富厚，归报其国，其国乃益重汉。其后岁余，骞所遣使通大夏之属者皆颇与其人俱来，于是西北国始通于汉矣。

然张骞凿空，其后使往者皆称博望侯，以为质于外国，外国由此信之。

张骞出使西域的丰功伟绩，今天看来，无论如何评价也是不过分的。在此之前，西域是一个地缘政治意义上的交汇地域。从考古发现可以看到，张骞此前的西域，从人种意义上越往西越偏重于欧洲人种，例如，闻名于世的罗布淖尔荒原，距今 4000 年前的居民人种特点就是典型的欧洲人种特点，而到距今 2300 年，也就是张骞那个时代的百年以前，欧洲人种与蒙古人种混居的特点变得明显起来，即使是欧洲人种，也变成了地中海东支（也称印度—阿富汗类型），形态特征与帕米尔南部古代塞人相近。张骞西出，"秦人"，也就是代秦的汉人开始大规模地进入这个地区。

而古西域地区，在张骞这个时代，对于汉帝国来说，大体上开始形成初步的概念，狭义上，是指玉门关、阳关以西，天山以南，昆仑山以北，葱岭（全部意义上的帕米尔高原）以东的地方，以及乌孙人的游牧地，随着汉朝对这个区域的有效管辖，最初狭义上的西域概念最终形成并确立下来。广义上，汉朝把这个区域以远的地方，及于中亚西亚的一部分，以及东欧和北非的个别地方称之为西方。我们可以看到，在张骞到来之前，这个地区的宗长是大中国版图内的匈奴，而张骞的到来，开始遂行武帝"断匈奴右臂"的战略，这是一个伟大皇帝在地缘政治意义上的伟大战略。正是这个战略，在西域，今以南疆为主体的广域内，汉文明深深地植根并成长起来。如果这是一株株骆驼刺的话，她不断地植根萌生，不断地向着大地的深处扎下去，并不断地向着北方和西方扩展，为唐帝国的西域四州以及播越明清奠基了坚实的根系。

张骞第二次西行，已经年龄不小。这个智慧的长者，这位汉文明的深谋远虑的伟丈夫，为他的后世谋划了一个精彩的篇章。通过让乌孙"数十骑"报谢，让他们亲眼目睹了强盛广大的汉帝国，一个如日中天的帝国。

这些使节绘声绘色地向乌孙昆莫报告了自己的所见所闻，乌孙开始更加尊重汉帝国。帝国的威望，依靠着一个使节和他的副使，以及他邀请来的观摩团，而不是千军万马的屠杀土著民族，不是依靠航空母舰和导弹炸死无数的平民百姓，就不动声色地建立起来了。不仅如此，除了乌孙的使节外，张骞还让出使大夏等国的汉使节同那些国家的使节一路迤逦东来，于是，西北各国开始正式与汉交通。所谓向化，向化，我们从这里如同回到汉文明的初元，感受到了她的博大与绵绵不绝的力量。

太史公说，由于是张骞凿空，（顺便要说一句的是，在繁体字里"鑿"字是拿着铁钳子在岩石上一个火星子一个火星子运动的形象，比今天的"凿"字更有力量和坚韧感，这是闲言）。后来的使者颇有些"山寨"的意味，都要拉张骞做大旗，称自己是博望侯（估计对熟人就说是张骞的代表，类似于办事处的味道），以这个作为信用抵押经行的国家，这些西域的国家没有人质疑这些办事处的代表们。所谓"死孔明吓退活司马懿"，我看那是传闻和小说，基本上属无稽之谈的系列，而张骞身后贯通并和谐西域，这可是太史公的信史所记载的。

到这里，《史记·大宛列传》的第一主角张骞的故事就告一段落了。

下一节，第二主角李广利还不能上场，我们说过，有英雄没有美女怎么成，这不符合文学作品的经典范例，太史公也是一位喜欢冷笑话和诙谐幽默的大智者，他在大漠云烟中，要给我们隆重推出一抹绚丽的云霞，在博斯腾湖畔，要给我们展示天女洗浴的景象，不过，非礼勿视，大家可要自重啊。

　　自博望侯骞死后，匈奴闻汉通乌孙，怒，欲击之。及汉使乌孙，若出其南，抵大宛、大月氏相属，乌孙乃恐，使使献马，愿得尚汉女翁主为昆弟。天子问羣臣议计，皆曰"必先纳聘，然后乃遣女"。

初，天子发书易，云"神马当从西北来"。得乌孙马好，名曰"天马"。及得大宛汗血马，益壮，更名乌孙马曰"西极"，名大宛马曰"天马"云。而汉始筑令居以西，初置酒泉郡以通西北国。因益发使抵安息、奄蔡、黎轩、条枝、身毒国。而天子好宛马，使者相望于道。诸使外国一辈大者数百，少者百余人，人所赍操大放博望侯时。其后益习而衰少焉。汉率一岁中使多者十余，少者五六辈，远者八九岁，近者数岁而反。

在世界权力的天平上，如果说匈奴和中原王朝汉各为天平一侧的话，这个天平过去是向匈奴倾斜的，汉处于翘着向上的姿态。现在，我们可以察觉到，天平开始向汉这一侧增重并倾斜。这是因为，原先武帝假想的"断匈奴右臂"的战略，在大月氏没有实现，在乌孙国要实现了。而匈奴的态度已经不再那么从容淡定，通常而言，衡量一个强权是不是强盛，就是要看她是不是内圣而外王，现在看来，匈奴已经向着衰落移动了，虽然在当时并不那么明显。

张骞去世，匈奴听说乌孙与汉建立往来关系，非常愤怒，决定攻击乌孙。而乌孙也因为看到了大汉的强大，同时又看到汉使节从他的南部出现，侧翼与大宛、大月氏建立了密切的往来关系，乌孙国也非常震恐，向汉朝派出使节并贡献良马，同时提出愿意奉汉公主为妻以结姻亲。

汉文化是一个很讲究礼仪的文化，儒家开始逐步占统治地位不是没有道理的。乌孙提出结姻亲的要求，武帝问计大臣，估计是几个穷酸文绉绉的儒生，这几个家伙说，那哪能轻易答应啊，先给咱送聘礼来，您才能答应啊。这已是与高祖刘邦白登山被围，几十年来被迫送美女给匈奴截然不同的性质了，皇帝大舅哥老丈人的劲头是得要拿足了。

给皇帝的聘礼要给啥呢？良马是主要的礼物。这是因为，从史书上不难看出，为了对付北方的心头大患，武帝对良马已经到了痴迷的地步。

在冷兵器时代，良马就是航空母舰。武帝先是拿周易算了一卦，卦象说了，神马得从西北来，西北有浮云，所以良骏才能乘云驾雾而来。现在的网弟网妹整了个"神马都是浮云"，以为自己很 High，其实汉武帝早就从周易里算出来了。武帝以嫁公主为名，先讹了乌孙昆莫一批好马，这件事，太史公简单地做了记载，但是后人就把这件事说得有鼻子有眼的，说乌孙王送了数千匹马作为聘礼。不过，我认为也是演义版。不管怎么说，那时候武帝还没有看到天外之天，所以把乌孙马名为"天马"。等到得到了大宛的汗血马，咱这武帝喜新厌旧——大皇帝都有这毛病，汗血马更为雄姿，就更乌孙马名为"西极马"，称大宛马为"天马"。武帝为了这些马，开始经营今甘肃永登以西（令居以西），设酒泉郡专门经营对西域的策略。同时，更多地派出使节到安息（今伊朗）、奄蔡、黎轩（也即大秦，古罗马帝国，后面还提到魔术传入中国）、条枝、身毒（今印度）等国。天子喜欢大宛马，为了这个目的出使的人相望于道。谁的马屁不拍，武帝这个马屁是要拍的。更何况，这些马是经营西域的主要利器啊！

这个时期，汉出使西域的使节多的时候一年有十余批，一批有数百人；少的时候有五六批，一批百余人。远的八九年才能回到中土，近的也要几年才能回来。使节持的货币礼物也远远超过张骞西出的时候。后来，使节因为对西域的情况越来越熟悉，人数批次才慢慢地有所减少。

是时汉既灭越，而蜀、西南夷皆震，请吏入朝。于是置益州、越嶲、牂柯、沉黎、汶山郡，欲地接以前通大夏。乃遣使柏始昌、吕越人等岁十余辈，出此初郡抵大夏，皆复闭昆明，为所杀，夺币财，终莫能通至大夏焉。于是汉发三辅罪人，因巴蜀士数万人，遣两将军郭昌、卫广等往击昆明之遮汉使者，斩首虏数万人而去。其后遣使，昆明复为寇，竟莫能得通。而北道酒泉抵大夏，使者既多，而外国益厌汉币，不贵其物。

我们此前说过汉武帝是一个伟大的政治家，云从龙，风从虎，没有武帝这样雄才伟略的皇帝，也就出不了灿若星辰的文臣武将，也就出不了张骞这样伟大的凿空西域的先行者。伟大的战略家长于布局，伟大的战略家长于实践与行动，伟大的战略家是战略与战术的完美结合体，伟大的战略家之伟大还在于他能够在积极的实践与尝试后一旦发现某一条路走不通，会及时调整自己的策略。当然，与常人不同的是，在此之前，他会穷尽他的智慧、思维及能力极限去尝试，而不是浅尝辄止。

武帝在征募人员出使西域的同时，几乎也确定了通过西南夷打通大夏之路的策略，这个策略一以贯之实施了数十年。在张骞凿空西域，建立了稳定的天山以南的去乌孙、大夏等国的南北两道后，汉也实现了灭越的军事目的，灭越之后，蜀地与诸西南夷都非常震恐，请吏入朝，也就是我

恐龙化石谷，万里西域多寂寥，准噶尔盆地。作者 摄

是你的版图的一部分了。汉于是在这些地方置郡县，建立稳固的统治，一口气设了五个郡，地域分别是今云南晋宁东，四川西昌东南，贵州黄平、贵定间，四川汉源东北，四川茂县北。设置这些郡的首要目的，就是希望借此打通去大夏的道路。于是武帝派出柏始昌和吕越人等为使节，一年有十余批次，通过这些新设的郡意图到大夏，但是都止步于今天的昆明周围，被这些地方的土著杀掉了，财物也被夺走，最终也没有实现从西南夷到大夏的战略。武帝很生气，就把三辅（指京城附近地区）的犯人集中起来，加上巴蜀两地的士兵数万人，在将军郭昌和卫广的率领下去打击昆明遮杀汉使的家伙，天子一怒，流血千里，斩首俘虏数万人才怏怏不乐地回到长安。尽管如此，昆明南蛮那也不是好惹的（要不然也就没有孔明的七擒七纵孟获了），人你杀了，再来使节还是把你干掉，最后也还是到不了大夏。

西南夷不能通，就只能走北线了。经酒泉郡到大夏，使节都集中到这条路上，物以多为不贵，那些外佬开始厌倦汉币，太多了；汉地来的物产也不再稀缺而贵了。这件事说明了两个道理，一个是丝绸之路建立并繁华起来，商使络绎不绝，联袂成云，挥汗为雨，东西物流已经很畅通了；另一个我们下一节马上就要看到了。

> 自博望侯开外国道以尊贵，其后从吏卒皆争上书言外国奇怪利害，求使。天子为其绝远，非人所乐往，听其言，予节，募吏民毋问所从来，为具备人众遣之，以广其道。来还不能毋侵盗币物，及使失指，天子为其习之，辄覆案致重罪，以激怒令赎，复求使。使端无穷，而轻犯法。其吏卒亦辄复盛推外国所有，言大者予节，言小者为副，故妄言无行之徒皆争效之。其使皆贫人子，私县官赍物，欲贱市以私其利外国。外国亦厌汉使人人有言轻重，度汉兵远不能至，而禁其食物以苦汉使。汉使乏绝积怨，至相攻击。而楼兰、姑师小国耳，

当空道，攻劫汉使王恢等尤甚。而匈奴奇兵时时遮击使西国者。使者争遍言外国灾害，皆有城邑，兵弱易击。于是天子以故遣从骠侯破奴将属国骑及郡兵数万，至匈河水，欲以击胡，胡皆去。其明年，击姑师，破奴与轻骑七百余先至，虏楼兰王，遂破姑师。因举兵威以困乌孙、大宛之属。还，封破奴为浞野侯。王恢数使，为楼兰所苦，言天子，天子发兵令恢佐破奴击破之，封恢为浩侯。于是酒泉列亭鄣至玉门矣。

我们现在来说第二个道理。通常一种文明都会有其很大的鄙陋，所以才有柏杨的《丑陋的中国人》，也有国外的《丑陋的日本人》，也有亨廷顿的《我是谁》。这些著作，不见得就客观，可能有些评价是偏激的，但是，总括起来一定有其合理的成分。我们在这里重点是说汉文化早年就养成的坏毛病。第一个坏毛病就是虚荣。张骞西出，因博望而封侯，很多人就很眼馋，武帝好大喜功的特点这个时候也就显露出来，只要是那些大言不惭说外国稀奇古怪利害东西的人，都可以去当使节。武帝的考虑无非就是西方天远地遥，一般人都不愿意去，有人提出要去西方已经不错了。于是，就大批地分发物资给这些"大忽悠"，结果这些家伙把皇帝赐给外国的物品减价出售，互相之间还大打出手。张骞的宽大信人，到这个时候就被这帮乌合之众给彻底破坏了。第二个坏毛病就是办事多依靠个别领导的主观意志。我们前面说过武帝是一个伟大的政治家，所以，在决策的时候总体上是趋利避害，能够把自己的决策建立在利益最大化和弊害最小化的基础上，他也很清楚多使四出，轻言无重的弊害，但是，在那个年代，毕竟还有利于宣扬大汉的国威，算是利大于弊，再说如果不给予鼓励，条件苛刻的话，就没几个人去冒险犯难西出阳关了。个中曲直，武帝之精明，那是清楚的。但是，这么一件重大的事情，没有严密而周全的制度，后世换上笨蛋皇帝，那就不是这么回事了。因人设事，这是我们这个民族另一大弱点。当然，还可归纳更多，就不啰嗦了。

如此看来，一个民族的幼年，就如同小孩子，一旦从小养成了坏毛病，以后想改掉就不那么容易了。

出使西域的使者多了，相互之间胡作非为，就不断受丝绸之路当道国家的拦阻与为难，同时，匈奴也时不时地抽冷子给一下，汉朝的使者很快就受不了了。其中，有人就对武帝说，这些绿洲小邦国大都国小兵弱，一击必溃。大汉帝国，人至青壮，满身的腱子肉没处使，正好拿这些地方消遣一下，征发曾随霍去病出兵匈奴、北击祁连山的赵破奴领着自己属国的兵马出兵击胡，一把干到今蒙古国的拜达里格河，胡人躲得远远的。第二年，击姑师，掳楼兰王。王恢老兄因为老被楼兰折腾，向天子告状，武帝让他跟在赵破奴屁股后头狐假虎威地去楼兰。回来后，哥俩好，一个封浞野侯，一个封浩侯。大汉的驿亭兵站，自酒泉到玉门。

所以，丝绸之路，并不都是光辉，也有日辉中的阴影，后人要客观。

> 乌孙以千匹马聘汉女，汉遣宗室女江都翁主往妻乌孙，乌孙王昆莫以为右夫人。匈奴亦遣女妻昆莫，昆莫以为左夫人。昆莫曰"我老"，乃令其孙岑娶妻翁主。乌孙多马，其富人至有四五千匹马。

天下最无趣的婚姻就是政治上的联姻，因此而幸福的有没有，我们不太清楚。这位千呼万唤始出来的细君公主无论当时她在西域的生活如何，是幸福，还是如有人附会的那首乌孙公主的诗歌写得那样不幸福，我们今天都无从考证，只能从民族交流的角度加以评说。

乌孙于公元前 105 年派遣使臣到汉朝，希望"尚汉公主，为昆弟"，并以千匹良马为聘礼，汉武帝答应了乌孙王的要求，将江南王刘建的女儿细君作为公主，嫁给乌孙昆莫猎骄靡为右夫人，匈奴也遣女而嫁，为左夫人。时左为上，说明匈奴在当时对乌孙的影响力要大于汉朝。乌孙昆莫是一位非常明达的草原民族领袖，这种忘年之婚，老先生认为有些问题，主动提出来说，我老了，你还是嫁给我的孙子岑娶吧。英雄美女，也算一段佳话。不仅如此，这种可以持久的关系能够维系较长时间的与汉朝的政治同盟。所以，猎骄靡是一位非常有远见的政治家。

但是，我们确实非常体谅细君公主。汉文化的核心，到这个时候儒家文化已经开始有很强的主导地位。儒家文化核心的纲常伦理更是成为约束人们思想和道德的戒律。婚丧嫁娶都有其非常严格的规范和风俗礼仪，而当时的草原民族恰恰与中原内地大相径庭。父死子妻后母（非生母），兄死弟妻嫂，从草原民族来看，恩格斯的《家庭、私有制与国家的起源》有精当的论述，当时的社会发展阶段，以及严酷的生存环境和低成活率，确实需要各种手段增加人口出生率和成活率；但是，从汉人儒教渐已登堂入室的角度来看，这与禽兽有什么区别？！

我们无法穿越，也无法穿凿附会当时的人如何看待这种现象。但是，细君公主在乌孙确实生活了不长时间，不知道是生活习惯不适应还是民族风俗让她无法接受，还是二者兼有，她仅仅在乌孙生活了四五年之后就在异域他乡去世了。尽管如此，她仍然是一位伟大的女性，是一位奇女子。作为一个柔弱的女人，离开自己熟悉的家乡、生活环境，爱自己的父母和兄弟姊妹，远赴一个完全陌生的环境，同习俗迥异的民族生活在一起，这也需要博大的胸怀和超出常人的勇气与毅力。两千年后，我们仍然以崇高的敬意赞美她。她的美，绚丽了草原的山川与一草一木。

正是由于她的付出，我们在民族交往的历史上看到了另外两个奇女子，即解忧公主和冯夫人（冯嫽），这是后话，不是这里讨论的重点。

初，汉使至安息，安息王令将二万骑迎于东界。东界去王都数千里。行比至，过数十城，人民相属甚多。汉使还，而后发使随汉使来观汉广大，以大鸟卵及黎轩善眩人献于汉。及宛西小国驩潜、大益，宛东姑师，扞罙、苏薤之属，皆随汉使献见天子。天子大悦。

张骞第一次出使西域的时候，副使西行到了安息。安息帕提亚朝波斯王米斯瑞德忒斯二世正征讨附近的塞人，大军云集该国的东界，两万骑迎接汉使。耀武以迎远客，自古如此。正如美国的防长客来，我们的歼-20要上天是一个道理，你对我客气我就对你客气，你老在南海瞎折腾，揍不了你你那些狗崽子早晚有一天也要挨揍。这个道理古人比我们直白得多。

安息是个大国，汉对安息很尊重，安息对汉也很尊重。伊朗和中国之间，历史友好源远流长，山川隔不断。汉使节转了十多个城市，建立了两国的邦交关系。后来，波斯王派遣使节来汉，也看到了汉朝的广大与强盛，心中窃喜，幸亏我当年陈兵两万在帝国的东界，否则汉朝人还不小瞧我。现在看来，汉天子和汉人都不错，可以当哥们儿对待，于是，研究了一把武帝的嗜好，武帝这个人，大政治家，大军事家，还是一个大收藏家、大玩家，爱江山不荒淫，喜欢收藏个石头啊奇珍异宝啥的，咱这个波斯王老兄那可是某省人的远房舅子哥，脑子聪明得不行，对使节说，这还不好说，去，给我弄几十个鸵鸟蛋，再把欧洲传来的魔术给我向汉大皇帝呈去。魔术，又称眩术，所谓吞刀喷火，等等，都是经这位波斯王传到中国的。你看看人家老兄送礼，统共花了七十多块钱，也就是美国副大统领吃一顿炒肝的钱。

宛西和宛东的诸小国正发愁怎么向汉武帝进贡呢，一听波斯王的高招，个个学来，送的都是不值钱的好玩的东西。武帝大悦，高兴得不行，虚荣心得到了极大的满足，一天估计封了好几个侯。这么说起来，天下喜欢收藏辑古的人，玩物丧志的人，该尊的祖师爷就是汉武帝刘彻。武帝后来整蛊，也是跟自己的玩物痴迷有关，所谓收藏是件好事情，过了就是玩物丧志，物之初，正反两面如同钱币一样，道理早都已经清楚不过了。

> 而汉使穷河源，河源出于寘，其山多玉石，采来，天子案古图书，名河所出山曰昆仑云。

武帝好马，好奇物。出使的使节们个个争先恐后地到西域去淘宝，一旦有所发现，争相传驿，以博武帝青睐。有个使节挽起裤腿蹶着屁股顺着塔里木河上溯和田河，不知道在哪条支流发现了玉石，这老兄一屁股蹲在地上，擦了把额头的汗，这回可要捞个侯爷干干了，弄了几块羊脂玉回来。武帝一看使节找到的玉石，乐得不行，也自己蹶着屁股到御书馆窝了半天，翻箱倒柜找出来《山海经》等古书，对大臣们大声说，这条产玉的名河河源就是昆仑山。

昆仑山，河之玉，汗血马，西极马（新疆普氏马的老祖宗）诸般事物的命名权为大汉武帝刘彻。知识产权所属，后人及诸外国不得侵犯。

> 是时上方数巡狩海上，乃悉从外国客，大都多人则过之，散财帛以赏赐，厚具以饶给之，以览示汉富厚焉。于是大觳抵，出奇戏诸怪物，多聚观者，行赏赐，酒池肉林，令外国客遍观各仓库府藏之积，见汉之广大，倾骇之。及加其眩者之工，而觳抵奇戏岁增变，甚盛益兴，自此始。

今人看待历史，需以客观的视角，又需以批判借鉴的观点。但是，这绝不是以古讽今，也不是厚古薄今，而只是要说明我们的先人，在某个时期，他们的文明与智慧已经达到了什么样的程度，他们在那样的历史时期犯过什么样的错误，为什么会犯这样的错误。我们今天是不是还在重蹈覆辙，我们今天有没有可能规避这样的错误。这才是从历史的视角看待今天的出发点。

汉武帝时期汉文明的强盛是无可厚非的。但是，一切以人治而不是法治为归依的制度，都会有些问题需要令今人警惕，以武帝之伟大英明睿智，也不免陷入这样的政治陷阱和人性的弱点中。帝国强盛，帝国的元首就不可能是窝囊废，就不可能蜗居在皇宫中天天玩什么宫心计。伟大的帝王无一例外都是最亲近自然的。周文周武，汉武帝，隋帝，唐太宗，元成吉思汗、忽必烈、窝阔台、拔都，明太祖、成祖，康熙大帝、乾隆爷，这些伟大的帝王都是马上征战，又乐于出游巡猎。他们在自然中才真正感受到自己作为天之子的自由与驰骋，才能感受到无羁野马般的恣肆。然而，这也就成就了他们在伟大帝业之后的奢侈与巨大的浪费。

在武帝西击匈奴于漠野，基本上消除了四方的威胁后，帝国进入稳定期。这个时候他开始数次巡游海上，而跟随他的外国人很多。为了显示帝国的富有，武帝广为赏赐这些远方来的客人，打开仓库让他们流着哈喇

乌孙故土花儿绽放。李江　摄

子，眼睛里冒着贪婪的光芒，不仅如此，还经常组织宴会 Party，有盛大的歌舞和大秦国传来的魔术，来观看的人很多，再多多地给压岁钱。宴会奢侈到何种地步呢？酒池肉林！太史公是一个很含蓄的人，从不用感叹词，也从不一惊一乍的，但是，我们于似乎轻描淡写的文字中可以感受到这种触目惊心的奢侈——酒池肉林。

什么是酒池肉林？商纣王的时候有酒池肉林（纣王版的酒池，大约与武帝是一样的；纣王版的肉林可就是那个啥了）。武帝的酒池肉林，就是来宾喝酒多得如池塘里的水，如今外国输入中国的拉菲，岂不就是在大货轮里运到海港再瓶装的，也是酒池，这就是跟纣王和武帝等人学的，不过，那时候是老外艳羡我朝帝国的富足与强大，现在是咱的人被人家忽悠，不值钱的拉菲变成了万元大酒，不值。至于肉林，自然是成垛成垛的肉被一帮饕餮给吃掉了。

伟大的文明往往伴随着日光的阴影。酒池肉林，就是汉民族和汉文化两千年以来日光中的阴影。在新疆，我们仍然可以看到一桌子菜满满地吃不动，点多了又不打包的现象，这都是从武帝时就传下来的。一方面，我们慨叹自然在受到人类蝗虫的危害与破坏，千夫所指；另一方面，我们又消除不了自己的虚荣和伪大方去饕餮奢侈。惜乎。

很长一段时间以来，我们的历史观有或左或右的极端倾向。随着笔触的深入，我们会不断触及这个问题。说到伟大，就没有任何可以非议的地方，就一切皆是光辉睿智与正确，例如，汉武帝和唐太宗；说到混蛋，那一定是残暴荒淫无耻穷奢极欲，例如，秦始皇、隋炀帝，这种评判，全然不顾历史的特点、规律，以及当时的具体情况与历史局限性。我们将来在《汉书·西域传》《隋书》等一系列有关边疆的著述中，从西域看中原，会有更深的感触，此为后话。

第三幕 汗血宝马

其一：太一况，天马下。沾赤汗，沫流赭。志椒傥，精权奇。锐浮云，晻上驰。体容与，迣万里。今安匹，龙为友。

其二：天马徕，从西极。涉流沙，九夷服。天马徕，出泉水。虎脊两，化若鬼。天马徕，历无草。径千里，循东道。

天马徕，执徐时。将摇举，谁与期。天马徕，开远门。竦予身，逝昆仑。天马徕，龙之媒。游阊阖，观玉台。

——刘彻·歌天马

西北外国使，更来更去。宛以西，皆自以远，尚骄恣晏然，未可诎以礼羁縻而使也。自乌孙以西至安息，以近匈奴，匈奴困月氏也，匈奴使持单于一信，则国国传送食，不敢留苦；及至汉使，非出币帛不得食，不市畜不得骑用。所以然者，远汉，而汉多财物，故必市乃得所欲，然以畏匈奴于汉使焉。宛左右以蒲陶为酒，富人藏酒至万余石，久者数十岁不败。俗嗜酒，马嗜苜蓿。汉使取其实来，于是天子始种苜蓿、蒲陶肥饶地。及天马多，外国使来觿，则离宫别观旁尽种蒲萄、苜蓿极望。自大宛以西至安息，国虽颇异言，然大同俗，相知言。其人皆深眼，多须髯，善市贾，争分铢。俗贵女子，女子所言而丈夫乃决正。其地皆无丝漆，不知铸钱器。及汉使亡卒降，教铸作他兵器。得汉黄白金，辄以为器，不用为币。

《史记·大宛列传》写到这里，最美的自然情节就要出场了。这是因为，这一幕大剧的主人公是汗血宝马。

人类与自然尤其是与动物的关系中，马、狗、猪大约是最为直接、最为紧密的关系了。据说在文字还没有出现的史前岩画中，这些动物的光辉形象就已经频繁题壁凌烟阁了，当然，在有些民族的岩画中，还有鹿的图像。而骏马，以其清丽脱俗、奔腾飘逸、安车驱驰的特质，成为文学作品与人们心目中至为美好的动物。所以，有马语者，没有猪语者；有画马而名世的国画大师徐悲鸿，没有画狗画猪的胡悲鸿、陈悲鸿。

马，是最美好的动物。马善良，是人类共生共难的挚友；马坚韧，无论多么险峻的环境都能够载人涉险度难；马英伟，骏马奔驰的英姿是没有语言可以形容的；马自由，只有草原和蓝天才适合做骏马的背景图；马高傲，只有英雄才能配得上骏马的驱驰。马还是动物中的侠客，忠肝义胆，持节如一。新疆有位很有名的作家周涛先生就写了一篇很好的有关骏马的文章，入神入骨："马就是这样，它奔放有力却不让人畏惧，毫无凶暴之相；它优美柔顺却不任人随意欺凌，并不懦弱，我说它是进取精神的象征，是崇

北庭都护府遗址，今吉木萨尔。作者 摄

高感情的化身，是力与美的巧妙结合恐怕也并不过分。屠格涅夫有一次在他的庄园里说托尔斯泰'大概您在什么时候当过马'，因为托尔斯泰不仅爱马、写马，并且坚信'这匹马能思考并且是有感情的'。它们常和历史上的那些伟大的人物、民族的英雄一起被铸成铜像屹立在最醒目的地方。"

至于汗血宝马，我们今天已经无法想象她飘逸飞扬的风姿，只能从《史记·大宛列传》中去寻找云霓中的那一抹绚丽了。

《史记·大宛列传》的这一段，是汗血宝马出场的过门，类似于戏剧里的咚咚锵。尽管如此，我们还是有必要把话说完整了。汉使西出带来的政治效应远没有经济效应大，民间的往来逐渐频密，物种的互通成为其中最大的亮点。

西北诸国的使节更来更去，走马灯似的，来了又走，往来如梭。即便如此频密，汉与大宛的政治关系并没有实质性的突破。所以太史公说，从大宛往西，都认为自己山高大汉远，习惯的是自由自在的生活，汉朝就没有太直接地用羁縻政策来对付这些民族。说白了，哥儿几个大大咧咧惯了，樊哙等人是你的臣子，你不让他在朝堂喝酒拿个象牙板子沐猴而冠也就罢了，我这儿天山大漠，草原辽阔，甭跟我来这一套。

至于羁縻政策，从汉代开始则逐渐成熟起来，成为历代中原王朝处理与少数民族地区关系的主要政策之一。羁是马络头，縻是牛嚼子。最初的本意是避免马牛随意吃草，以让牛老老实实地耕田拉车，让马长途驱驰。对于少数民族地区实施羁縻政策，则是尊重当地习惯又建立天朝权威、使之逐步向化的策略。这一政策的顺利实施，在当时的历史状态下取决于两个条件，一个是中原王朝必须有强盛的国力；一个是周边的民族地区相对处于弱小分散的状态，而地缘上又有很密切的链接关系。两个条件互为依存，构成了这个政策产生、存在与实施的基础。在今天，可以称之为"软实力"和"巧实力"。

由于汉朝与西北民族诸国距离很远，力量的涟漪到这里就变得相对减弱，那么，西北诸国对待匈奴与汉使节的态度就完全不一样。匈奴使节只要拿着单的信物，要吃的给吃的，要住的给住的，不敢稍加辞色；对汉朝的使节则是不同的态度，如果不给钱不送礼，不拿值钱的东西来换，那么此山是我开，此树是我栽，不留买路财，那你就别想从我这里过。这种状态，很像我们今天在广大发展中国家投资所遇到的困难和窘迫状态。我们在国外少有保护海外利益的力量，长此以往，不是好事情。不加改善，大约也就是汉朝当时使节经常受到的待遇。

政治分析是一件很枯燥的事情，比较无趣。咱们还是来说生活。葡萄酒的传播是中原王朝与西域关系的一个重要符号。时下方兴未艾的葡萄酒收藏，是被法国人忽悠的。法国的波尔多、美国的纳帕溪谷、阿根廷、智利，以及澳洲的葡萄酒都成了被追捧的产品。纵观西域中原交流史，真正的葡萄酒其实是从西域开始的，古西域是全球葡萄酒的发源地，如同云南的古茶树是世界茶叶的发源地一样。太史公说得很清楚，"宛左右以蒲陶为酒，富人藏酒至万余石，久者数十岁不败"。意思是说，大宛国以及它的邻居都以葡萄做酒，富裕的人家藏酒要万余石——大收藏家，放得长久的可以保存十余年。

人们嗜好喝葡萄酒，马儿嗜好吃苜蓿。

一部中原与西域的交流史，既是政治经济的交流与博弈史，更是一部物流史，互通有无史。今天内地的餐桌上，有大量外来物种，比如葡萄、苜蓿、胡萝卜，等等；当然，西域乃至更远的地方，同样烙下了很深的中原印迹，汉地的大饼是不是就是民族地区馕的发端？武帝从西域征集来的好马越来越多，为饲养马的需要，就择长安附近乃至甘肃等地的肥沃地域

新疆引进的汗血宝马品种。沙达提·乌孜拉别克　摄

大量种植苜蓿和葡萄。实际上，为了持续推行西进战略，实现对西域的持续的向化影响，把西北诸国习惯了自由自在的民族加以羁縻政策，武帝是深谋远虑的，这从种葡萄和苜蓿就能看得出来。良马要有好酒，葡萄美酒夜光杯，醉卧月下似睡非睡，这才是真正的远客征人中的小资情调。

　　大宛以西至安息，语言不尽相同，但是语言的词根是相近的，相互之间语言很容易沟通。这里的人深眼窝，高颧骨，善于经商，女士有很高的社会地位。这些地方没有丝绸漆器，也没有铸钱的。等到后来投降的汉族士兵多了，就传授他们制作兵器和其他工具。这些地方得到汉朝的黄金白银，都做成器皿而不是铸成钱币用以流通，说明他们是黄金白银的最早收藏家。

　　太史公在写这一段文字的时候，看来是嵌入了葡萄酒的"广告"。

关于收藏的起源，可能更早，但是，葡萄酒的收藏是从西域传至中原的；黄金白银的崇拜与收藏，也是从古西域开始的。此为佐证。

　　而汉使者往既多，其少从率多进熟于天子，言曰："宛有善马在贰师城，匿不肯与汉使。"天子既好宛马，闻之甘心，使壮士车令等持千金及金马以请宛王贰师城善马。宛国饶汉物，相与谋曰："汉去我远，而盐水中数败，出其北有胡寇，出其南乏水草。又且往往而绝邑，乏食者多。汉使数百人为辈来，而常乏食，死者过半，是安能致大军乎？无奈我何。且贰师马，宛宝马也。"遂不肯予汉使。汉使怒，妄言，椎金马而去。宛贵人怒曰："汉使至轻我！"遣汉使去，令其东边郁成遮攻杀汉使，取其财物。于是天子大怒。诸尝使宛姚定汉等言宛兵弱，诚以汉兵不过三千人，强弩射之，即尽虏破宛矣。天子已尝使浞野侯攻楼兰，以七百骑先至，虏其王，以定汉等言为然，而欲侯宠姬李氏，拜李广利为贰师将军，发属国六千骑，及郡国恶少年数万人，以往伐宛。期至贰师城取善马，故号"贰师将军"。赵始成为军正，故浩侯王恢使导军，而李哆为校尉，制军事。是岁太初元年也。而关东蝗大起，蜚西至敦煌。

一部有记录的中国文明史，到汉代前后似乎就达到了顶峰，让后人无法望其项背。太史公就是其中的杰出代表人物，论史章法层次有序，叙事条理清楚严谨，在《史记·大宛列传》中体现得一览无余，令人叹为观止。《史记·大宛列传》前半部分主角是张骞，写的是对西域的战略观察；后半部分刻画了一个皇帝小舅子惟妙惟肖的形象特征，写的是以天马为符号的开疆拓土，是战略观察后的进一步行动，耐人寻味。顺便提一句，一部《大唐西域记》其根本目的也不过是战略观察而已，玄奘的角色就是张骞之属，将来有机会再写这个"梗"。

张骞之后，跟风以及冒名顶替的各类使者络绎于道，有些人为了向汉武帝邀功请赏，声称大宛还有更好的马，藏在一个叫"贰师"城的地方。武帝好马，发烧友级，不过他为人还是很厚道的，先是派人持厚礼到大宛去求马。可是世界变化太快，汉出使西域的使节很多，随使节行走的多为商队，此时中原与西域的沟通已经比较顺畅，匈奴看来也有一段时间减少了对商队的袭扰，大宛国对中原的物品已是见多不怪，不以为奇。大宛国王召集谋士商议，分析了汉朝军队可能来袭的可能性，结论是不太大，况且贰师马是大宛的国宝，那时候的人们就知道好的战马是战略资源，不可轻易予人。于是拒绝了汉使的要求，不仅如此，因为汉使斗争艺术不够，大宛的权臣冒天下之大不韪在郁成这个地方拦截并杀害了汉使和使团。

武帝大怒。两国交兵，不斩来使。中原王朝至尊的地位受到了挑战，为强汉威武，必定要给予有力的、迅速的还击。不过，哪里都有出馊主意的人。武帝周围曾经出使过大宛的姚定汉认为大宛小国，不堪一击，少许兵马就可以令大宛俯首称臣。这位仁兄也不是嘴上功夫，曾经随浞野侯出兵西域，先期700人获楼兰王，后世陈毅元帅有诗"脱手斩得小楼兰"，有人说语出李白诗傅介子故事，实际上这个典故恐怕非姚定汉莫属。战略上的判断决定战役、战术行动的方向。此番曲画，武帝决定公私兼顾，"欲侯宠姬李氏"，派李夫人的兄弟李广利领六千人马，郡国恶少年数万人，西出阳关，指望小舅子获得大宛贰师城良马，凯旋封侯，所以封他为"贰师将军"。武帝战略大师，思维缜密慎重，并没有完全听从姚定汉的错误判断，还是给小舅子留了后手，除了足够的兵马和辎重队伍，还给他配备了强力团队，都是一顶一的好角色。如此看来，万里之外的贰师良马，似乎已是囊中之物。

贰师将军军既西过盐水，当道小国恐，各坚城守，不肯给食。

攻之不能下。下者得食，不下者数日则去。比至郁成，士至者不过数千，皆饥罢。攻郁成，郁成不破之，所杀伤甚众。贰师将军与哆、始成等计："至郁成尚不能举，况至其王都乎？"引兵而还。往来二岁。还至敦煌，士不过什一二。使使上书言："道远多乏食，且士卒不患战，患饥。人少，不足以拔宛。愿且罢兵。益发而复往。"天子闻之，大怒，而使使遮玉门，曰："军有敢入者辄斩之！"贰师恐，因留敦煌。

其夏，汉亡浞野之兵二万余于匈奴。公卿及议者皆愿罢击宛军，专力攻胡。天子已业诛宛，宛小国而不能下，则大夏之属轻汉，而宛善马绝不来，乌孙、仑头易苦汉使矣，为外国笑。乃案言伐宛尤不便者邓光等，赦囚徒材官，益发恶少年及边骑，岁余而出敦煌者六万人，负私从者不与。牛十万，马三万余匹，驴骡橐它以万数。多赍粮，兵弩甚设，天下骚动，传相奉伐宛，凡五十余校尉。宛王城中无井，皆汲城外流水，于是乃遣水工徙其城下水空以空其城。益发戍甲卒十八万，酒泉、张掖北，置居延、休屠以卫酒泉，而发天下七科适，及载糒给贰师。转车人徒相连属至敦煌。而拜习马者二人为执驱校尉，备破宛择取其善马云。

天下事，妙就妙在希望越大，失望越大；妙就妙在得来容易不怜惜，所获艰难知珍重。这厢皇帝姐夫满心热望，只等着良马千里来归，神采俊逸，风姿爱人；那厢小舅子坐镇中军，迤逦向西，也觉得贰师天马已是囊中之物，要紧的是那顶侯爷的帽子更是板上钉钉。只可惜，大军西过盐水（罗布泊），诸事不顺，当道小国，坚壁清野，拒绝提供食物和水，师出远行，鞍马劳顿在其次，吃饭和饮水则是不可或缺的，后续补给无法供应越来越远的队伍，当地又不能以战养战，战争的结局就可想而知了。这个小舅子也不是什么绝世天才，做事筹划能力一般，能下的城就饱餐数日，不能下的城就饿肚子而去。到了那个遮杀汉使的郁成，则是碰到了硬骨头。这郁成王当得上是条汉子，汉军来攻，损伤很大。小舅子就是小舅子，没吃过什么苦头，知难而退，跟手下的赵始成、李哆一商量，说咱们还是撤吧，等回去多征发士兵，储备足够的物资再战不迟。于是引兵退至敦煌，往来两年，士兵剩下的不到十分之一二，真可谓地地道道的铩羽而归。

一行人仗着皇帝小舅子的关系，给汉武帝上书，说道远缺乏物资供应，士兵们不怕打仗怕没有吃的，请求这次就算了，回长安增兵益食再来征伐。武帝不看这上书不要紧，看了以后勃然大怒，派使者到玉门拦截汉军，破口大骂，没用的怂包王八蛋，敢进玉门，一律砍头。这件事换别人，脑袋早就搬家了，亏了小舅子的身份。

李广利兵败屯于敦煌，战退维谷，朝廷内部对征伐大宛也出现了不同声音。浞野侯赵破奴击匈奴小胜而后大败，朝野震动，于是有人提出来要集中兵力攻打匈奴，罢兵大宛。武帝不这么看，他认为如果大宛这样的小国都拿不下来，马就不用说了，大夏就会轻视汉朝，乌孙仑头（轮台）这些墙头草也会更加刁难汉使，所以，击大宛具有战略意义。武帝力排众议，囚禁了反对出兵大宛的大臣，增兵 6 万，牛马毛驴骆驼若干，辎重充足，征发天下甲卒 18 万戍守在张掖酒泉一带观敌料阵，带兵校尉 50 余人，懂得马性的校尉两人，粮、兵弩一应俱全，天下骚动。英武大帝，这次要动真格的了。一代强汉，国力强盛，领导人视野万里，英明果断，睿智坚决，这才是中华民族两千年生生不息的政治基础。

> 于是贰师后复行，兵多，而所至小国莫不迎，出食给军。至仑头，仑头不下，攻数日，屠之。自此而西，平行至宛城，汉兵到者三万人。宛兵迎击汉兵，汉兵射败之，宛走入葆乘其城。贰师兵欲行攻郁成，恐留行而令宛益生诈，乃先至宛，决其水源，移之，则宛固已忧困。

围其城，攻之四十余日，其外城坏，虏宛贵人勇将煎靡。宛大恐，走入中城。宛贵人相与谋曰："汉所为攻宛，以王毋寡匿善马而杀汉使。今杀王毋寡而出善马，汉兵宜解；即不解，乃力战而死，未晚也。"宛贵人皆以为然，共杀其王毋寡，持其头遣贵人使贰师，约曰："汉毋攻我，我尽出善马，恣所取，而给汉军食。即不听，我尽杀善马，而康居之救且至。至，我居内，康居居外，与汉军战。汉军熟计之，何从？"是时康居候视汉兵，汉兵尚盛，不敢进。贰师与赵始成、李哆等计："闻宛城中新得秦人，知穿井，而其内食尚多。所为来，诛首恶者毋寡。毋寡头已至，如此而不许解兵，则坚守，而康居候汉罢而来救宛，破汉军必矣。"军吏皆以为然，许宛之约。宛乃出其善马，令汉自择之，而多出食食给汉军。汉军取其善马数十匹，中马以下牡牝三千余匹，而立宛贵人之故待遇汉使善者名昧蔡以为宛王，与盟而罢兵。终不得入中城，乃罢而引归。

初，贰师起敦煌西，以为人多，道上国不能食，乃分为数军，从南北道。校尉王申生、故鸿胪壶充国等千余人，别到郁成。郁成城守，不肯给食其军。王申生去大军二百里，偄而轻之，责郁成。郁成食不肯出，窥之申生军日少，晨用三千人攻，戮杀申生等，军破，数人脱亡，走贰师。贰师令搜粟都尉上官桀往攻破郁成。郁成王亡走康居，桀追至康居。康居闻汉已破宛，乃出郁成王予桀，桀令四骑士缚守诣大将军。四人相谓曰："郁成王汉国所毒，今生将去，卒失大事。"欲杀，莫敢先击。上邽骑士赵弟最少，拔剑击之，斩郁成王，赍头。弟、桀等逐及大将军。

舅子哥这番出征，跟前番就不是一个光景了。这不一样处，其一是有前面失败的教训，当了家知道柴米贵，此番卷土重来，自然是谨小慎微，多方筹划。其二是兵强马壮，底气十足。这兵马辎重对付大宛，已是杀鸽子用牛刀，轻车熟路。所到之处，天威震怒，草野俯伏，小国远迎，给食供奉。至轮台，不服，屠国而去。其三，这次采取了与之前不同的策略，一路直取大宛都城。美国"二战"的蛙跳战术，不过是贰师远征的翻版。贰师杀至宛城，决水移源，城内动摇，杀掉主张抗汉拒降的国王，出人头与良马、李广利谈判，声称如果汉军坚持屠城，那么他们就屠马，另外，康居的援兵很快也会到来，内外夹击，汉军看着办。小舅子还是小舅子，战争意志和艺术不甚了了，估计平常混迹于勾栏酒肆，搞交易知难而退是好手，谋略博弈非常"菜"。自己给自己找了个借口，说什么大宛找到了秦人给他们挖水井，城内物资储备丰富，再攻击没有什么好处，于是同意大宛的倡议，挑好马数十匹，其余雌雄共数千匹，罢兵。

贰师二次出征，分兵出击。一部分人马攻击郁成，郁成王坚决抵抗，杀分兵部队。贰师派上官桀屠城，郁成王逃至康居，汉军追击，康居听说汉军破宛国都，献出郁成王。上官桀押着郁成王见贰师，绑缚的四个士兵没有一个敢击杀郁成王的，可见郁成王的英武刚烈。上邽人赵弟年少无所顾忌，斩杀郁成王。正所谓天子一怒，血流四野。镇抚之道，播越流远。

初，贰师后行，天子使使告乌孙，大发兵并力击宛。乌孙发二千骑往，持两端，不肯前。贰师将军之东，诸所过小国闻宛破，皆使其子弟从军入献，见天子，因以为质焉。贰师之伐宛也，而军正赵始成力战，功最多；及上官桀敢深入，李哆为谋计，军入玉门者万余人，军马千余匹。贰师后行，军非乏食，战死不能多，而将吏贪，多不爱士卒，侵牟之，以此物故众。天子为万里而伐宛，不录过，封广利为海西侯。又封身斩郁成王者骑士赵弟为新畤侯，军正赵始成为光禄大夫，上官桀为少府，李哆为上党太守。军官吏为九卿者三人，诸侯相、郡守、二千石者百余人，千石以下千余人。奋行者官过其望，以适过行者皆绌其劳。士卒赐直四万金。伐宛再反，凡四岁而得罢焉。

汉已伐宛，立昧蔡为宛王而去。岁余，宛贵人以为昧蔡善谀，使我国遇屠，乃相与杀昧蔡，立毋寡昆弟曰蝉封为宛王，而遣其子入质于汉。汉因使使赂赐以镇抚。

而汉发使十余辈至宛西诸外国，求奇物，因风览以伐宛之威德。而敦煌置酒泉都尉，西至盐水，往往有亭。而仑头有田卒数百人，因置使者护田积粟，以给使外国者。

征伐大宛，凯旋而归，大赏三军。李广利封海西侯，赵弟一剑英武得封新畤侯，这一剑是那个时代崇尚武功的真实写照，这一剑是那个时代褒奖英雄主义的写照，赵始成光禄大夫，上官桀少府，李哆上党太守。赏罚如此分明，如此超越常规，有此君，有此将，有此战士。不过，太史公之超出常人的笔法，也值得我们玩味。李广利率军出征，一败而再战，二次出征兵强马壮，辎重充足，其实不应该过多伤亡，可是"将吏贪，多不爱士卒"，出发的时候6万将士，回到玉门的只有1万人，马匹3千。劳师4年，损失巨大，"天子为万里而伐宛，不录过"，对照李广故事，赏罚也有瑕疵。

尽管如此，征伐大宛战略意义之大，正如汉武帝的预期。一是西域小国为之慑服，出人质于长安，从此西陲略定。二是，汉西出远方，宣扬伐宛的威德，国力进一步向大宛以西宣示，为汉文明走向世界奠定了基础。三是，汉在敦煌置酒泉都尉，统治进一步向西延伸巩固，一直到罗布泊都有驿站，在轮台屯田（军屯）数百人，置使者护田积粟，保障使团的后勤供应。四是，大约也是最容易让人忽略的，李广利6万人马出兵，回到玉门的有1万人，有一部分士兵滞留在了西域，成为民族融合的早期群体，为中原文明与西域文明的交融书写了浓重的一笔。汉人与西域人通婚交流，传播中原文明的各种技术、文字与服饰，这是后世很少论及的。

　　　　太史公曰：《禹本纪》言"河出昆仑。昆仑其高二千五百余里，日月所相避隐为光明也。其上有醴泉、瑶池"。今自张骞使大夏之后也，穷河源，恶睹《本纪》所谓昆仑者乎？故言九州山川，《尚书》近之矣。至《禹本纪》《山海经》所有怪物，余不敢言也。

　　中华典籍，华彩流芳。《史记》之伟大，之典雅，之精到，之微言大义，无与伦比，旷绝古今中外，是中华文明史灿烂的华章。《史记》对西域文明与中原文明早期握手（一定不是最早的握手）底色的描述，确定了我们观察历史轴线的视角，那个伟大时代的人物与历史场景，其鹰扬武威、壮怀激烈，其恢弘博大，波澜壮阔，似乎就在眼前。马克思说，我们行走在前人的阴影中，我们的足迹踩在前人的足迹中。今日中国，也必将强盛如汉。历史值得我们反复揣摩借鉴。

连通南北疆的乌孙古道南出口，今拜城黑英山乡。作者　摄

王剑波 摄

重读《新安游记》

在风云的年代，从不缺乏英雄主义和刚烈的气质。那些年代信手拈来的东西，我们这个时代就要着意去寻找了。

在那片英雄的土地上，在那个年代，曾经培育了无数平民英雄。他们在国家存亡、种族绝续、家族荣辱的战斗中，无畏无惧，轻生死重荣誉，他们是真正的雄鹰，是这片土地永续的英魂。多少年来，思念着你英雄与无畏的气概，虽然，不知道你葬身何处。在我心中，没有眼泪，只有无限的追思和仰慕，无限的怀念。因为在我的身体内，流淌着您的血液。

一个民族深陷苦难的时候，往往正是伟大的民族精神复苏重生的时候，也是这个民族荡涤污垢凤凰涅槃奔流前行的时候。光辉熠熠的人性和卑劣的人性相映照、相冲撞，最后善复战胜恶，一个民族再回归本位。

在那场中华民族刻骨铭心，虽千百年也不会忘记的抗日战争中，我大姑一家，兄妹八个，除了小妹妹外，全都参加了抗日队伍，大姑的父亲和小叔叔遭汉奸出卖被捕，在押赴鬼子据点途中两人跳崖殉国，其他几位都看到了新中国的黎明。

我自己的亲爷爷，是全国抗日英雄，家人说，在中国人民军事博物馆里有他的名字。他在解放战争中牺牲了。

斯人或已逝，英灵长存续。

深深地缅怀你们，深深地缅怀所有与你们一样的先烈们。

祝福活着的英雄们，你们简朴伟大的灵魂是中华民族香火存续之所系，你们是真正的中国人。

让这一篇孙犁的《新安游记》，承载我的追思。

......

老汉奸以为是保了险的，整天不出大门一步。

八月十五晚上，老汉奸酒足饭饱，坐在客厅里赏月，一把盒子枪放在他手边的乌漆八仙桌上。后院里，他的儿媳妇正陪着日本宪兵队长打牌取乐，嘻嘻哈哈的声音，不时传过来。老汉奸以为他的江山，简直是万世基业了。

忽然帘子一动，闪进一个人来。老汉奸一抓盒子问：

"谁？"

"是我，大伯。"进来的人安静地低声说。

老汉奸并没放松，他把身子一闪，就要射击，但在月亮底下，他看得清清楚楚，他的侄儿手里什么东西也没有，并且低着头，非常温顺。老汉奸又喝道：

"你来找死？"

"愿意把我打死也可以。"他侄儿显得十分可怜地说，"全凭大伯。我在外面也实在混不了！"

"为什么混不了？你不是参加了除奸团，很红吗？"

"我怎么也斗不过大伯。日本人到处抓我，逼得我走投无路，我还是得回来求大伯你。"

"求我干吗？去求你的上级呀！"

"我决心不干了。新安这地方，我不能站脚，我想到天津去，求大伯给我一点盘费。"

"我一个大子儿也没有！"老汉奸退回来，坐在椅子上，忽然大声喊："你掏什么？"

佽儿从腰里抽出一把盒子，笑着说："我带来了一支盒子，这是一支顶好的枪，送给大伯。大伯有钱，也难讨换这么一件家伙！"

他倒拿着枪，交给他的大伯："我求大伯看在这支枪面子上，借给我五十块钱。"

老汉奸把佽子的枪拿过来，走到钱柜那里去，他想把枪支藏起，叫他滚蛋。

他一猫腰，他的脑袋掉下来，砸在钱柜上。一把明亮的刀在黑影里一闪。那个佽儿把两支枪带好，就到了上房。

在上房，他一刀砍死日本宪兵队长，……

这就是有名的熊氏三杰的英雄故事中间的一个。

"他为什么杀了他的大伯？"在解放区，是没人发这样糊涂的问题的。这位英雄不久牺牲在新安城下。他吃醉了酒，受了奸人的骗："要拿新安了！"他跳下炕来就奔着县城跑去，他爬上城墙，敌人打中了他，翻身跌了下来。伙伴说："你挂了彩，我背你回去！"

他一摆手，说："不用！我是没用的人了。这样也就够本了！"他举枪打死了自己。

其实，敌人只打折了他的左腿。

关于他的两条腿，有很多传说，新安一带，都说他是飞毛腿。有人说，飞毛不飞毛不知道，反正他走路特别溜撒，孩童的时候，常见他沿着城墙垛口飞跑。

也许有人要问：为什么只坏了一条腿就打死自己？这问题就很难答复。为什么不残废地活着？我好像听说，有一只鹰，非常勇猛，损坏了一根羽翎，它就自己碰死在岩石上。为什么它要碰死？

冰连地结的新安，有一种强烈的悲壮的风云，使人向往不止。

1947 年 3 月

古城。作者 摄

爱的力量

我小的时候，跟祖母住在一起。

祖母是当地大地主的女儿，确属跑马圈地的那类大地主。据老辈人讲，方圆百十里地都是祖母家的家业。她们家，一半男丁却参加了抗日，她嫁给了爷爷，爷爷也是抗日分子。据说祖母结婚来的时候已经"土改"，是骑了毛驴进的家门，看婚礼队伍的人有几里地长，因为她是当地闻名的美女。

爷爷牺牲后，祖母一个人抚养四个孩子成人，在艰辛中从容度过了多年，而她给予我的记忆至今流动在我的脑海中。

祖母是一个非常爱整洁的人。穿着很朴素，打了补丁的衣服，整整齐齐，那时候没有熨斗，不知道她怎么保持衣服的整洁。院子，是北方的土院子，没有现在的水泥地，一年四季却平整得比水泥地还好。每天早晨，她很早就起来，先端水洒一遍地，再用扫帚扫一遍，春夏没有泥泞浮土，秋天没有黄叶。屋子里，床和桌子，两把太师椅，一张明代的四方桌是她的陪嫁，从来没见过油渍和灰尘。那时候我衣服很少，每当我把衣服弄上浮土或脏兮兮的时候，都是她在屋外拿一个鸡毛掸子，叹口气，然后帮我掸一掸，夏天，马上脱下来给我洗掉，冬天，那要等到有阳光的天气再洗。

祖母是一个非常讲秩序的人。所有用过的东西，必须用完后就放回原处。饭碗、工具、小板凳，都需要在用完后立即归位。否则，前几次她帮你整理，几次之后，总是和蔼地告诉你放在某个地方，从来没有见她厉声、高声训斥过任何一个人。家里的男孩，我知道她最宠爱我的，可是我也知道她对我是最严厉的。所有我犯过的错误，她会加倍地处罚我，而所谓的处罚，就是平静的神色，轻轻的几句话，或者是轻叹一口气。对于别人，她不过只是看一眼，不说话。

小时候家里并不富足，可是从来没有从她那里感到物质的匮乏。好的东西，她会放在一个老式的提篮中，吊在房梁上。那个高度，正好是耗子不及、我踩着最高的凳子也达不到的地方。当我感到哈喇子要流下来的时候，就会有不多不少的一样好吃的东西来了。有不满足感，然而不会猴急猴急地去想了。家里有葡萄，有枣子，到秋天满架满

北京白塔寺。作者　摄

树之前，她从不让人随手去摘，而是等到收获的季节每个人都可以收到丰足的葡萄和枣子。很多次，看到我在枣树下逡巡，或者盯着葡萄架出神，她都会给我去买东西的机会，满足我劳动后有所补偿的期望。从现代心理学来讲，转移了注意力。她自己种了很多南瓜在近村的坡地与山沟上，每到秋天收获的季节我就会挑着担子跟在她的后面到坡上摘南瓜。那一代很多女人是缠足的，她轻快地走着，这封建主义的恶风恶俗并不是她勤于劳动的障碍。至今，违背自然规律的障碍我都从心底感到厌恶，大约缘起于此。裹足，确是一件非常不人道的事情。

她是一个很刚强的人。从不向别人要东西，也从不允许我们要别人的东西。那时候，邻居家有一棵我们没有的樱桃树，小孩子不懂事，总是馋得不行。当她发现我们这种思想苗头时，眼光变得严厉起来，那是我没有见过的坚定果决和批评的眼神，我望着那棵树，看到伸手可及的越墙的果实，幼小的心变得很坚定。以后的数年间，我总是会看到墙这边的果实烂掉，融到泥土中。让我奇怪的是，我竟然连去想的念头都没有了。当我记事的时候，我知道她的一个弟弟是很大的官了，后来听别人讲毛主席曾经为葛洲坝修水库的事情接见过他八次。那时候我家是比较困难的，但是她拒绝了所有人向她这个弟弟写信的要求。这个舅姥爷给她寄来的碧螺春，她让人回信说，茶不好喝，像老鼠屎，不要再寄了。我知道，她不希望弟弟破费。

尽管我家并不宽裕，然而她接济所有伸手的亲戚和邻居。她的大哥，过去是武工队的，后来有酒瘾，她一边轻声地劝大哥少喝酒，临走的时候，还是要放好几瓶酒在他的包里。舅姥爷很喜欢我，他有侠义精神。他来做客，我作为男孩子要作陪的，女人不上桌。祖母会破例给我倒一小杯果酒，让我喝一点。舅姥爷很高兴，告诉我战争年代一招制敌的办法。祖母会微笑着制止他，说，这个孩子，要培养他的文气。然而，她从来没有制止过我去动门后的一把日本军刀，那是一把柳叶刀，跟我当年的个头差不多高，是爷爷缴获日本军官的战利品。每当我使出吃奶的劲拿刀的时候，我知道她的目光是忧郁和湿润的。邻居家的男人是当兵的，两个孩子，通常都是祖母来帮助照顾，受到的待遇要比我高得多，他们来，夏天会有冰棍吃。

祖母爱喝茶。每天忙完早晨的事情后，照例是一壶茶。那时候她喝的茶，现在来分类是岩茶的一种，不过非常便宜，解油去腻提神，对胃也没有伤害。茶壶是上好的紫砂壶（小的时候并不知道），我还记得题款。桌子是很好的方桌，油亮油亮的。夏天喝茶的时候，她会吃一点咸菜。至今，我还继承了她这个习惯。

我上初中的时候，每天要走很长一段路，还要经过狼道。冬天，大约五点半左右就要起床，天还没有完全亮。有时候与小伙伴结伴，有时候只有一个人。我很恐惧。然而，每天早晨祖母会准时把我叫醒，从炉子中拿出一块烤红薯或者土豆，给我系上帽子的绳带，送我出门。我会在中途点一个火把，等着那头灰白色的狼走过它固定的小道然后再向着学校走去。

很多年以来，我知道你给予我爱的力量。在弱者和所爱的人面前，这爱让我流泪。在困难面前，这爱告诉我，用坚定而沉稳的心前行。

心境

即入伏天，心如秋日。

看着窗外的树叶郁郁葱葱，看着雨水滴窗，淋淋沥沥，万物生生息息，不绝如缕。那一刻，似乎已经忘记了自己的存在，似乎已经到了遥远的地方，化作了一切之中。庄周化蝶，期期以为如此。

昨天宴请朋友的父母，两位老人一位八十一岁，一位六十九岁，都是耳不聋腰不弯，思维清晰，表达清楚，行走便利的老人。两位老人过去都在水利部门工作，工作的时候，先生走遍了祖国的大江南北，与祖国的山山水水恋而爱之，夫人热情开朗，无事于心。两位甫一退休，即卷铺盖走人，单位的事情从不过问，一位是老年合唱团的骨干，一位致力于看外孙女，在职领导有一个现成的项目，希望老人去继续承担（这也是十年前的事情了），居然找不到他。老人一讲此事憨厚之余竟然露出难得的狡黠与顽皮。前几年两位老人赴国外给小女儿看孩子，国外生活很好，环境也很好。可是与大多数出过国的人不同，老人席间竟没有像那些人一样对我们现在的环境、交通医疗大事嘲讽，只是平平淡淡地说了一句，我们在有些地方确实不如人家。

老夫人是直性子，对我说了两件事情，一件事情是在国外的中国人习惯定期一聚，大家都会经常受到某反华组织的骚扰，比如这个反华组织讲很多国内的共产党员都脱党了，老先生现身说法："据我所知，我们单位就没有一个。"时有洋人，也有这个反华组织的人。老太太又说："你知道不？他（指老先生）在国外商场里碰到这个组织发反动材料都是主动取两份。"正在我错愕间，老太太抖包袱似地说："他说自己取两份就会少一个人受欺骗。"

两位老人都是大知识分子，家族中不乏名人。一位建国前家中就屡出名校生，一"辅仁"，一"浙大"，一"天大"。老先生的长兄是周总理钦点回国的物理学家，生逢其时而运命不佳，受"文革"冲击报国无门。然而，两位老人席间淡雅温如，平和安宁，看着他们，如读一卷书，如雨夜临窗，如对雪山而听松涛。他们是最平凡的中国知识分子，他们又是最典型的中国知识分子，不愤世嫉俗，又以自己的生活细节自觉地在异国异域维护了家国天下的荣誉，他们并不以此显耀，这是因为这一切已经浸透在他们的每一个细胞中，融入在他们人生的理念中。

老先生，苏州人，南人似柔而刚；老夫人，山东文登人，爽直而温和，年高而热爱生活。看上去，都比实际年龄小十四五岁。

据朋友讲，外孙女经常很不满地对她说：妈妈，姥姥在这儿太闹腾了。

强巴师傅和柳师傅

以中国论，现在的大都市，除了香港，基本上都堵车。北京是"首堵"，乌鲁木齐是"陪堵"。前些年乌鲁木齐不怎么堵，后来买车的人多了，路上疯狂地堵，尤其是冬天下雪，基本上是寸步难行。

我国的堵车，原因很多，一是政府职能部门管理不到位，此为首要责任；二是车辆多；三是司机和行人不守规则，加剧了街道的混乱。

管理差和车辆多那是和尚头上的虱子，不说了。司机问题，那可是罄竹难书，这样的例子比比皆是。并线不打灯，连并三线，还有一些极差素质的司机开车不按规则来，占着快行线打电话慢腾腾，不一而足。素质差的司机，是马路的大黄蜂，让人不舒服；而一个高素质的司机，却给别人和乘车人特别的享受。

十几年前，我去西藏。那是以十几个人组团的形式去的。到了贡嘎机场后，接我们的导游不记得了，司机是强巴。强巴是藏族人，在藏传佛教中有一个强巴活佛，我们的司机自我介绍说，我就是强巴活佛的强巴，会保佑你们在西藏平安的。

第二天，在拉萨市内游。第三天去日喀则。去日喀则有两条线路，一条比较凶险，要过高山峻岭，山高数千米，下临深渊；一条是上海援建的路，相对平坦。强巴活佛介绍了两条线路的情况，征求我们的意见，旅行车走哪条路。一群人为了显示自己的英雄主义，异口同声地宣称走复杂的老路。

车子出发没多久，脸色发白的家伙就很多了。车渐行渐入云端，云雾缭绕，已经看不见窗外的深渊了，人在雾中，窗外是濛濛的细雨，藏地的山上多雨，毛毛细雨下个不停，好处是氧气会增多一些，坏处是路滑而时有塌方，而窄窄的山路，基本上只能容一辆车通过。载我们的强巴师傅，一路风趣而轻松地给我们讲着各种各样的笑话，有时候会用英语讲，藏民的语言天赋很好，很多人说一口流利的英语。车子刚出发的时候，一车假司机都自告奋勇地声称要替强巴开车，活佛笑一笑，"怕你一会儿就尿裤子"。车渐行至唐古拉山口的时候，估计一车人都快吓得尿裤子了。好不容易到了山顶上的平坡，人人已是头晕目眩，嘴角紫青色，天气很冷，雨雾浓重。这一车，只有强巴谈笑风生，轻松自如。

车子到平地抛锚。天色已暗，此处依稀有江南的风景，柳绿流水，可惜望山跑死马，最近的人家据说也要几百里。饥肠辘辘的英雄们不免焦躁起来，只有强巴平静地说：活佛会保佑我们的。没过多久，就来了一辆车，很帮忙地把我们的车给从泥泞里拖出来。车子发动起来，继续前行。

这些脑海中的景象，已经过去十几年了，可是强巴那平和自如的神态一直印在我的心目中，令人回味思念。

那一年，重回新疆。一行人去天池。借了一辆车，开车的是柳师傅。柳师傅父母是湖南人，随王震将军入疆，从小在喀什生活，后来调到乌鲁木齐工作，也算老新疆了。我们有共同语言，一路上聊山川人物掌故，颇有兴致，同行还带着他的小儿子，依稀十岁的样子，憨厚可爱。远山的风景秀丽，草甸子上马儿时不时扫一扫马尾巴，悠闲自在地吃着草，车上的人有话可聊，旅途颇有情趣。

从天池上下来，已是正午。那是一个炎夏的日子，太阳高照，热浪滚滚。公路上一辆车也没有，大家都找树荫乘凉去了，没有司机会傻到顶着烈日行走。由于我们还要赶到吐鲁番跟别人会合，憨厚的老柳不以暑日为意，坚持开车行路。车上的人都睡着了，我习惯坐在副驾驶的位置上，通常长途旅行是需要有人陪驾驶员说话的。车子在平路上行驶，可是明显地向我一侧偏离，我对老柳说，不对劲，可能爆胎了。

停车，下车，右后胎爆了。这是一辆借的丰田越野车，行前太大意，没有想到会出这样的问题，乱翻工具，只找到一个千斤顶和一把不合手的扳子。没奈何，我和老柳轮流旋转螺丝，别的人当看客数转数，大约两千

车行沙漠。周小强 摄

转的时候卸完了整个轮胎，换上备胎。非常讽刺的是，我那天居然烧包得穿了一条白色的裤子，除了脸上的机油，裤子也沾满了机油。

收拾完，继续出发，老柳依然是憨厚地笑一笑，没说任何话，平静而安然，就像什么都没有发生一样，老新疆人就是这样。不过，不再坚持一个人开车，把方向盘交给了我。在平坦的路上，车子奔着200迈以上飞驰，老柳笑一笑，"不能再高了"。两侧没有参照物，所以感觉这样的速度像内地的八九十迈一样。

我们按预定的时间到了吐鲁番，开始了广场葡萄架下一摊一瓶的夜色酒筵。

如今，老柳是我最好的朋友之一了。那年冬天回去看他，住着大房子，请我在家里吃马肉，香得不行。

好的司机，好运气，让坐车的人舒服。我想，我得争取做个好司机。

香港的狗

取道香港。晚上睡得晚，也没有什么太着急的事情。起床，吃早饭，已是十点多了。轻装外出，沿着港岛的山路向上走。英国人当年研究了中国的八卦阵，路修得很别致，九曲连环，错综复杂。不过，山道不宽，却不堵塞，车行畅通，最可乐的是山道中间有个小缓冲的地带，居然做了一个大约二十平方米的斜坡街心不规则小花园，几盆绿植，几个石凳，小的围栏，温馨而又可人。

正是中午小学生放学的时间，三三两两的小学生，穿着整齐干净素雅的校服，规规矩矩地沿着山道回家，没有喧闹，没有张牙舞爪，有的是本分的天真和笑容，有一个小毛头在跟奶奶或者是姥姥等大人的车来接，坐在石阶上吃细棍的饼干，有点像小童磨牙的样子，更是可爱。有个年轻的妈妈牵着小孩向着山上走，我趋前问了向山顶的路，年轻女人回答得很仔细，生怕我这个陆客脑壳不够用走迷失了，小童则安静地等着，没有丝毫不耐烦的意思。

依山而长的房子，绿植随处可见，温暖的初春的阳光，和静安乐的人们，这样的一个国际都市，井然有序，让人感到舒服而平和。

过一个缓坡地段，看到一个全副武装的本地居民牵着一条哈士奇出来放风。狗是纯种的狗，两色的眼睛，野性而又训练有素，柔顺的毛色泽光亮。狗的主人，一巾、一大桶水在腰间，一绳子牵着狗。别的不起眼，独那桶水别在矮个子的腰间，有些夸张。我暗自想，遛个狗么，要喝这么多的水，真是活得太仔细了。

狗和主人渐要拐弯去远了，不过因为太喜欢这只纯种的北极名犬，加上自己闲也无事，不免尾随着又走了一段路。出来放风的狗，大约此时

港岛。作者 摄

要解决一些问题，就在人行道的中央解决小问题，这时候，狗的主人从腰间取下水瓶，把干净的水冲在狗儿嘘嘘的地方。一解决，一冲水，很短的时间，没有人在意这一幕，狗和主人也拐弯不见了。街面上，除了我这个闲人，没有别的行人。这一刻，我觉得港岛的阳光温暖而和煦，周围的一切，干净而纯粹。

在我们生活的北地，经常看到狗儿大小问题随地解决，而狗的主人熟视无睹；有的狗倚着人家的车子，每天都要做同一件事情，车的主人不得已放了木板来挡无知的狗和无德的主人。

如此比较，香港的狗，比之他地的狗更可爱，因为，它们后边站着一个理性的主人。后来，反中乱港势力破坏了香港的民主进程和法治秩序，大大不及我遇到的这位先生和他的狗。

南风知我意。高凤至　摄

说文道化

现在人喜欢讲文化，喜欢把自己标榜为有文化的人。文化是什么？千百年来并没有一个清晰的说法，关乎文化的定义和定位似乎是一件非常困难的事情。不过，也有一些框架来理解文化，而不是通常冠冕堂皇的定义。

一种文化，一定有好文化和坏文化两种因素存在。好的方面和坏的方面并存在一种文化中并不是特例，既然有良法，一定就有恶法，文化也是如此。所以，并不是一说文化就都是好事情。比如，文物古董之作假，并不是始于现在，宋朝的时候文物作假就已经非常盛行。当时文人之恶毒并不鲜见，就有偷手、替换、假冒等手段。更有把好友干掉，拿别人的作品或者行医的方子据为己有，手法卑劣，已达极端。如此说来，讲文化，无论现象和时代特征，都离不开好和坏两个方面。

一种文化，首先意味着它是一种传统的延续。中国的土地，必然延续中国特质的文化。美国的土地，延续的是古希腊、古罗马文明和盎格鲁撒克逊文明的风范，所以，美国建国的历史不长不等于这个国家没有历史，

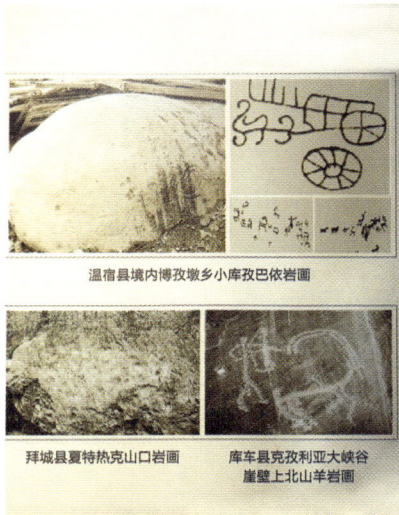

文明在"道"的层次是平等和相通的，并
无优劣和你是我非之分。作者摄于喀什

西域人类早期活动的记载。作者　摄

温宿县境内博孜墩乡小库孜巴依岩画

拜城县夏特热克山口岩画

库车县克孜利亚大峡谷
崖壁上北山羊岩画

它的历史植根在大洋彼岸，老欧洲的土壤里。我们面对美国今天的成就，从这个意义上来说就没有必要大惊小怪。一些地域文化也是如此，文化杂糅的地方，常有着历史上的璀璨和绚丽，才更容易产生美而多姿的文化艺术。

一种文化，最美的部分一定是简约而真实的。复杂的艺术符号没有生命力，也很难引起大众的共鸣。文化并不是深奥的，文化就是"鹅鹅鹅"，文化就是"大风起兮云飞扬"，文化就是汉碑，文化就是"采菊东篱下"，文化就是黄河大合唱。文化最美的部分，一定是以真实来体现自己的存在，《大河之舞》是真实的，没有假唱假演，艺术家们非常卖力，音乐表现的张力也是真实的。

一种文化，其最核心的主题一定是健康向上的。当国家民族危亡的时候，最好的文化就是"满江红"，而不是莺莺燕燕；当外敌侵略的时候，

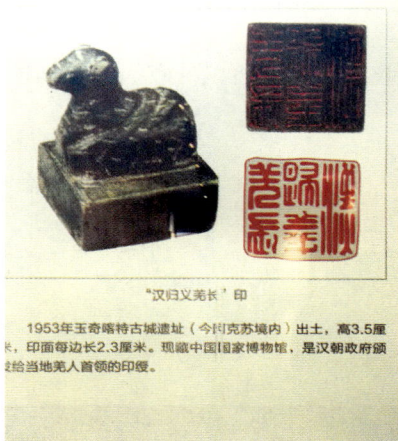

"汉归义羌长"印

1953年玉奇喀特古城遗址（今拜克苏境内）出土，高3.5厘米，印面每边长2.3厘米。现藏中国国家博物馆，是汉朝政府颁发给当地羌人首领的印绶。

碗舞 克孜尔石窟第196窟   龟兹群舞 克孜尔石窟第76窟

唐代诗人张祜（hù）《悖拏儿舞》一诗中说："春风南内百花时，道唱梁州急遍吹。揭手便拈金碗舞，上皇惊笑悖拏儿。"诗中描写的是唐代著名的碗舞。现在库车维吾尔族中流行的《沙玛瓦尔舞》等都是从唐代《悖拏儿舞》演变发展而成。

印是权力、信用和归属。作者 摄   历史总有痕迹，抹杀不了，篡改不了。
作者 摄

最好的文化就是"大刀向鬼子头上砍去"，就是和尚从戎以杀止杀，佛陀的经义和《古兰经》都对此作出了斩钉截铁的阐释。文化之唯美，允许花前月下，允许也必须有"我挥一挥手不带走一片云彩"，允许柳三变、晏殊，但是，决不允许汉奸文化，那是文化中最不耻最下作最需要枪毙的一部分。

一种文化，一定有历史的局限性和凤凰涅槃的过程。汉文化的核心曾经几千年是封建社会的文化，千百年来，是一个复合体，既有老庄文化，也有儒道法诸子百家的遗风流俗。其中，美的部分，有秩序、等级、对称、家国观念，等等；不美的部分，最核心的是迷信、教条主义、官本位，以及其他腐朽的东西。这些文化中的恶质，并没有因为我们这个时代来了就消失了，反而因为互联网新媒体的存在流弊更快、更远。文化面临如此的困境，就需要有一个凤凰涅槃的过程，需要一代或者数代健康心智的人来塑造文明的新延续。然而，文化绝不是产品，文化如果等同于产品，那就已经在为坏文化奠基。

一种文化，最强有力的推导是政治文明。所以，政治文化清明与否，决定着整个社会文化的净化重塑。

沙雅文化小镇哈德墩。作者　摄

幽默与文化

幽默与文化是一对不可分离的好朋友。

世界上有名的文化，历史悠久的文明，幽默是她的影子。维吾尔族文学中，（从中亚地区借来的）阿凡提就是一个典型的例子。很多人，无论哪个民族无论生于何地，很小的时候就知道阿凡提和他著名的道具或者伙伴小毛驴，还有那个可怜的巴依老爷。

我们不知道一种文化，一种文学作品离开幽默会是什么样子。大约也就是形而上学，枯燥无味吧。

很多文化下的民族性格都很有意思。新疆人由于历史上受萨满教、佛教以及基督教、祆教、伊斯兰教等多种宗教和文化的影响，诙谐幽默，颇多调侃打趣的成分。各民族民众之间，其实不用刻意去宣传啥子和谐，相互之间关系好得很。我的朋友，各个民族的都有，坐在一起，一定是相互调侃取乐。哈萨克族的粗豪放旷，维吾尔族的细腻周到，武中有文，各有其趣。

幽默是一种放松。幽默的对象，不是自己，就是自己认为可以信任、可以随意的人。所以，在这样的环境中，幽默就变成了调侃自己放松紧张气氛的最好方式，如果不能接受这种放松形式，那幽默就只好偃旗息鼓，自己夹着尾巴溜掉算了。

幽默就是不着相。不着相是佛家用语，意指佛说色空的时候其实什么也没说，经典的就是菩提无树。幽默就是菩提无树，幽默就是色空皆无，无风、无树、无铃，风动、树动、铃动就很无趣。

幽默就是淡定。幽默是淡定情形下的产物，如果一个人一边跑得自己上气不接下气，一边还要幽默一下，那就比较困难。只有心情放松，脚步从容的时候，才会有一种幽默的分子化学出来。

幽默是一种感情。幽默是有感情的，你不喜欢的人，你不喜欢的事物，你就不会想到去幽默。你喜欢的人，你喜欢的事物，比如邻家的小孩子光着小屁屁冲你撒尿，你并不觉得这有什么不妥，你认为这是世间最美好的

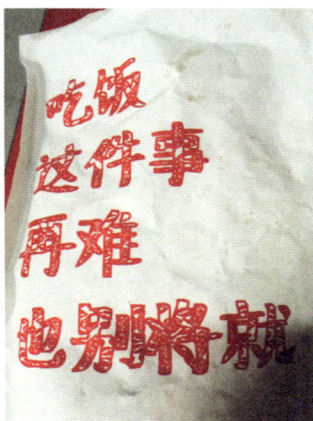

幽默是边疆人民的底色。作者 摄

事物，你会跟这个小毛头幽一默，"嘿，狗剩，去，冲那棵柳树再撒泡尿，明年会长出大枣子来"。你会看到神奇的事情发生了，那个小毛头娃娃每天的功课就是冲着柳树撒尿。当然，关乎幽默的感情是纯洁的、健康的、向上的、唯美的，并无私情小意儿，是关心爱护，或者担心忧虑。

幽默是一种智慧。那些伟大的贤哲、文学家、艺术家无一不是幽默大师，从老子、孔子到苏轼，从鲁米、《古司汤丽》的作者萨迪到纳斯尔丁、鲁迅、泰戈尔，从黄永玉到莫奈，这些人类的天之骄子，无一不是智慧的化身，无一不是幽默大师。幽默建立在智慧的基础上，如同风帆立于一叶扁舟。

我也知道有些人活得比较心里发紧，没有幽默感，开会做报告与人交往，板着一副脸，似乎丢掉了250个铜板，讲的东西，非左即右，空洞无聊。这样很无趣，生活并不全都是正经或假正经，放松些吧，你没那么多观众。

博弈

棋载经纬，棋载佐治之道。这恐怕是围棋能作为超级游戏传承有继的根本吧。

现在的小孩沉溺于王者荣耀，前几年三国杀还流行了一阵子，王者荣耀也罢，三国杀也罢，我看都长久不了。个中原因很简单——太复杂。游戏入门不能太复杂，器具不能太复杂，对人员的要求不能太复杂。有句玩笑话说得特别经典和形象，"兜里揣副牌，逮谁跟谁来"，这句话说明了几个道理，一是玩家痴迷于娱乐和游戏，扑克牌相关的游戏吸引人，容易让人着迷；一是扑克牌简便易于携带；一是扑克牌最少一个人可以自娱自乐，两个人就已经是很好的娱乐搭配了。所以，好的游戏得具备这三个条件。围棋又与扑克牌和象棋有所不同，它既具备这三个条件（有非常简单的围棋器具），网络的发达还可以令人通过野狐围棋什么的平台大块朵颐，它同时还能满足各类大小布尔乔亚们端坐一室，一壶茶，一曲《十面埋伏》（必须是特别贵的古琴），一张精致的棋桌，一人一盒云子，一支香烟或者雪茄（不能是电子烟），这算是内地围棋客的标配。

西域地处边陲，常被称为蛮荒之地，实则不然，她的文明向来居于中央高地，独领风骚。西域古来是几乎所有文明的交汇地，有人说四大文明，事实上，古希腊罗马文明（或者称之为地中海文明），波斯文明，阿拉伯文明，古印度文明（不是现代的印度，我们说的是摩亨佐·达罗文明），佛教文明，草原文明，加上中华文明，从很早的年代就在这块土地上交汇。不过需要特别指出的是，在大多数时间，中华文明在这块画板上的色彩最浓，元代以后，就彻底变成主导色彩了。

有清一代，新疆的文化也是很先进的，其先进之处有个很重要的原因就是清廷流放了一大堆文人到了所谓的西北苦寒之地。流放群体大体上分几种，一种是未经允许讨了小妾的，占三分之一；一种是忤逆了皇上，天子很不爽，又不能不讲政治一宰了事的倒霉官僚，比如林则徐、纪昀，这也差不多占到三分之一；剩下三分之一成分比较复杂，特别混蛋的极少。这些流放之人，大多都是满腹经纶的耿直正派文人墨客，所以诞生了近代重实地考察的历史地理学派，其代表人物有祁韵士等人。当然，值得大书特书的还是林则徐。林则徐从西安咸阳出发，过泾渭河西出，走了一条跟唐僧有很多重叠的路线，最后用了半年时间走到今天的惠远城。林则徐为西域贡献颇大，于文治倡导治水、丈量土地以利土地改革。伊犁将军对他也不错，用老虎肉招待这位落魄江湖的禁烟民族英雄。当然，林则徐最大的贡献是发现了左宗棠，这是他晚年收官最经典最耀眼的一手，这一手用惊天地泣鬼神来形容都不够味道。这一手的远见卓识，泽被久远，比他修的那条渠价值大多了。所以，近世官子妙手，育人识人向来排位第一，林氏这一手官子价值之大，可以列入名谱比较靠前的位置了。吴清源和他比起来，不过雕虫小技耳。

近代以来，土耳其资产阶级革命在穆斯林世界引发了大的地震，土耳其废除哈里发制度，建立世俗政权，引导社会世俗化为穆斯林世界树立了近代文明进步的典范，自然在新疆也引起了涟漪。世界的变化节奏在那时其实也很快，没多久，苏联十月革命一声炮响，最先领略苏俄新文化的中国省份首推新疆，伊宁市大街上当时洋气的布拉吉就是一个很好的符号。苏联在那个时代的进步，于新疆政治经济都有深刻影响。新疆近代发展得益于苏联之处值得书写，比如中国空军诞生在新疆哈密，这个源头不能忘记。有人对服饰和胡子不以为然，觉得耿耿于怀过于关注细节，属吹毛求疵。其实关乎人的服饰、修饰貌似小节，实则兹体事大，有些服饰、修饰就是意味着反动、极端和邪恶，不吐口吐沫加以唾弃并从法律上严加限制是很不对的。

新疆解放后，人民军队为人民服务，无私奉献，大智大勇，为新疆治理注入了全新的血液，一举扫荡封建神权政治对各少数民族的羁绊。王震、张宗瀚、王恩茂都是其中领风骚的人物，尤其是张宗瀚的《老兵歌》荡气回肠，写尽了那个时代共产党人的气概和精神，"放下我背包，擦好我枪炮。愚公能移山，我开万古荒。人称新疆好，地阔天无疆。远山蜃楼动，平沙海市映。壮士五湖来，浩浩慨而慷。君有万夫勇，莫负好时光。江山空半壁，何忍国土荒。荒沙变绿洲，城乡换新装"。随后，大批知识分子和知识青年被延揽进入新疆，文明、科学、进步之风吹遍天山南北，社会主义制度的丰硕成果团结了各族人民群众，让这片古老的大地焕发了青春，复苏了草原文明的精神本质。

围棋讲究布局，布局首要的问题是确立势。大势所至，势不两立，都是讲的势。新疆形势载棋道至理。文明向化，正邪自古以来势不两立，黑白若求博弈，则端坐纹枰，手谈和合，半目求胜，或让子为礼，以求平衡。若一方不识抬举，肆意杀戮，以杀棋为乐，或者弄些小伎俩，玩些小聪明，企图偷着险胜，或可一时得逞，又怎能为长远计，这等人棋品难看，死相也很难看。

天山南北，瀚海荒野，一望无际。天山横亘其间，绵延东自博格达峰，西没入葱岭。博格达峰自清开始作为祭天的圣山，其地位比肩东岳泰山。葱岭古来就是中国版图的神圣之地。天山以北，准噶尔盆地；天山以南，塔里木盆地。从高空俯视，北疆环准噶尔盆地西缘城市乡镇星罗棋布，南疆则围绕塔里木盆地绿洲宛若沙漠中的颗颗明珠。棋道重取势，势由布局来。一代又一代有远见卓识的政治家们，无分时代，智慧同源。从惠远城到喀什的满汉回城，从边关到伊吾卢，自汉代以来就在这片土地兴屯戍边，其布局之精准，其谋划之长远，令今世之人不觉汗颜。

从高空俯视新疆版图的全貌，准、塔两盆地恰似围棋中的双眼，自然造化，鬼斧天工，这双眼即是围棋存活的条件。南北疆互为整体，互为形胜，古道相连，联动策应，各有侧重。左宗棠称新疆为中华臂膀，新疆失，则西北动摇，西北动摇则腹心受敌。历代贤君名臣，莫不把经营西域放在战略首位，海塞防并重方为强国之策。经营好西北，才能够经略好东南。

围棋之杀伐，根本在于围地，谁拥有势，谁谋篇布局强，谁眼做得活，谁才能够治理好这片土地。祖宗基业，播越千年，后世小子何敢不凛然惕惧。

新疆文脉，围棋居其一。在新疆这片文化热土上，活跃着一群延续中华千年文明精华的围棋传播者、爱好者。美轮美奂的景色，吸引了无数奕客大侠来此决斗，陈祖德、王汝南、华以刚、聂卫平、刘小光、俞斌、华学明、常昊、古力、罗洗河……一大群中国棋界的高手接踵到新疆传播棋术，发扬光大围棋作为国粹的博大精神；著名的武侠小说大师金庸对围棋、对新疆情有独钟，他曾经说自己前世是个新疆人，他到天池与聂卫平盘道请教。一池碧水，远山寂寥，雪莲花马兰花盛开，云杉雪松苍翠，那情那景那人，何等雅致，何等小布尔乔亚。新疆围棋协会主席韩辉，秘书长李文东，谦谦君子，恂恂有礼，儒雅风流，合众融融，麾下聚集了各界围棋爱好者；新疆籍围棋江湖豪客罗中与聂卫平共举"义旗"，啸聚围棋一百单八条好汉，成立了"水泊梁山棋友会"，常常"打家劫舍"。新疆棋界精英时聚南山脚下，背靠雪山松柏，面向山谷野花，乌鲁木齐城市远景尽在眼前，清曲一首，浓茶一杯，谈笑间杀伐决断，黑白刀光剑影乍起，庙算于无形，决胜于成竹。

醉翁亭记，东坡卧眠，采菊南山下，亦不过此种意境尔。

2021 年，第三届"炎黄杯"名人围棋邀请赛在天山举行，著名武侠小说大师金庸与聂卫平对弈，被称为"世纪名局"。韩辉　提供

蚂蚁

我喜欢猛兽，如大型的猫科动物老虎和美洲豹；我也喜欢老鹰，它的亲戚我也喜欢。桂地有个地方以食鹰为尚，我深恶痛绝之。每念及此恶习就不免咬牙切齿。但是，除了猫科动物外，我想我有时候骨子里可能更喜欢蚂蚁。

蚂蚁是干净的小生灵。蚂蚁喜欢在干净的沙滩、泥土地，雨后或雨前的绿树上爬行，最可爱的是躺在春天犁过的泥土地上，空气中弥漫着春天的气息和泥土的味道，暖洋洋的风儿熏着你，身边一只小蚂蚁缓缓地自如地爬行过去，淡定而无视你的存在，自顾自，那份雅致、那份安静、那份从容，真无可形容。

蚂蚁是安静的小生灵。蚊子和苍蝇除了脏以外，让人无可忍受的就是聒噪。蝉儿干净，食清露，宿桠枝，居杨柳槐树，可是，蝉儿喜欢标榜自己的歌喉，仿佛 KTV 里的麦霸，挺肚窝胸，缩脖憋气，觉得自己是张明敏或崔健，实在让你不得午时草席之清眠……

蚂蚁是有秩序的小生灵。蚂蚁建立的是法治社会。后蚁居统治地位繁衍文明与生息，没有特权而长于服务，孳生繁荣、昌盛以及秩序。其他的蚁众各有分工、各司其职而又相互合作。在蚁众的世界中，秩序是建立在遵守法治的基础上，游戏规则是天经地义的事情。没有喧闹、没有非理性、没有自毁长城和窝里斗。

蚂蚁是理性的小生灵。我们常常在海滩或河滩上故意为蚂蚁划了"深沟"或者伸出某个手指阻挡蚂蚁的去路，蚂蚁总是默默地绕过去，没有任何其他动物生灵的张牙舞爪。人类，除了欺负蚂蚁这样的小生灵，绝不敢在蝎子和壁虎面前伸出咸猪手。我常常见到一队队蚂蚁整齐地逶迤在干净的土地上，绕过泥泞和肮脏的地方，一旦受到侵害和阻挡，群蚁会自动寻求其他处于危境的蚂蚁，落单的蚂蚁也会从容地寻找蚁群，没有慌乱，无论身处何种境地。

有个笑话说，壁虎看到有只蚂蚁躲在巨岩的后面，问：你在干吗？蚂蚁：嘘，别说话，有头大象要过来，我要绊倒他。第二天，壁虎看到一队蚂蚁行进中，问：你们在干吗？蚁群：呵呵，我们有个弟兄昨天绊了一头大象，要送他到医院输血。

蚂蚁，似骆驼刺，是富有英雄主义、浪漫主义和理想主义的。我喜欢骆驼刺。写给你，蚂蚁。

天下太平与杞人忧天

在中国，从来没有一个地方让人们如此持续地关注，也从没有一个地方总是引起人们的忧思牵挂。但是，无论对任何事情，过于热情和过于冷漠都不是最好的态度。

在新疆，第一个引起人们关注的问题莫过于民族关系。谈论民族关系，或者和平主义天下太平无事，或者谈虎变色，似乎处处风起云涌。其实，新疆的民族关系到底是什么样，民众最有发言权。我的民族朋友"常委"是在内地读过书的，善良而帅气，来内地开个会，自己的汉族好朋友也来此地公干，两个人完全可以开两个房间，睡两张床，可是哥俩居然挤在一张床上，酒后而海聊，一个民，一个汉，没有任何不习惯的地方，自然得再自然不过了。第一天我听说了这个事情，自作主张地说："明天给你们加订一张床吧。""常委"很不以为然："为啥？我们两个已经很久没见了，难道不可以'亲热'一下？"随后又哈哈大笑："你放心了，我不是'同志'，我是异性恋。"我不禁为自己"皮袍下的小"感到非常汗颜。

忍了好几天，由于是民族的朋友，我一直避免谈一些敏感的话题，尽管我们两个无话不谈，后来我实在忍不住了，问他，"你跟我说实话，现在的老百姓之间到底是一种什么关系？""常委"一秒钟的停顿都没有，"好着呢，我们那里一栋楼十户，八户是汉族，两户是我们，我们是少数，但是汉族的对我们特别好，尤其是邻居杨妈妈，对我好着呢"。"常委"和李秘书一起来此，两人形影不离。有这样的民族朋友，我觉得自己的某些担心非常多余。

是的，环顾世界，哪里没有发展的问题？难道不是只有中国人才生活在没有战争、没有人欺侮的生活中吗？难道不是中国政府正在挖空心思

休闲时光。作者摄于大巴扎步行街

帮助人民脱贫致富，无数的人为此离开自己的家到这偏远的边疆辛苦工作吗？当然，此地的发展也是曲折中求前进的过程。在这个过程中，有一个问题需要引起我们的注意，那就是——是不是我们自己需要提高和进步呢？我常常看到一些让人匪夷所思的细节问题，常常看到酒后的人们忘记了文明和礼仪。细节的问题似乎尤其需要引起重视。当然，许多时候，不低看、不高看，就是最大的平等和尊重。

　　我常常思考那彦成是怎么思考这个问题的，我常常思考林则徐是怎么思考这个问题的，我也常常想我的那些民族朋友是怎么思考这个问题的。当我看到他们对我心无芥蒂时就不免笑自己杞人忧天了。"常委"眉飞色舞地说起他们南疆的老乡如何把十万元一只的羊奉为神明养着当宠物，谁也不许接近，自己喂养自己伺候这可爱的羊儿胜过对自己的老婆孩子。我禁不住问他沙依提老爹是不是也养了一只，"常委"说："你有点礼貌撒，不要打断我讲话，我家那个邻居买了一只一万元的，结果死了，自己悻悻然地说，我连吃都不能吃。"我连忙陪着笑脸说："就是就是，我养过鹦鹉的，很名贵，可是夏天五点多就叽叽喳喳地吵得不行，我一怒之下从窗子给放走了。""常委"不免幸灾乐祸口无遮拦一点情面也没有给我留地大笑起来。

西域的母亲河——塔里木河。王剑波　摄

盛世治疆

盛世治疆

翻阅几千年中原文明史和新疆或者古称西域的历史，在地域文明交汇的过程中，哪一个文明的色彩重，与这个文明强盛延续的周期长短有密不可分的关系。一般来说，中原王朝强盛的时候，向东是辽阔的大海，向西是万里西域，经营西域，密切与西域的关系，成为一个强盛王朝和鹰扬武威文治武功的帝王的应有之义和必修功课。

西域有人类的足迹和文字历史以来，就离不开与中原文明的关系，无论这种关系是和是战，还是和战交融。这片土地如同向东的大海一样，把所有的文明商旅驼队统统吸收，湮没在她浩瀚的胸怀中，一切慈悲的、残暴的、和平的、武力张扬的，都成为这片土地自然气息的一部分，成为这片土地最偏僻的地方的一个符号。

西域与中原的关系，在强盛王朝时期就会变得热络密不可分。从汉武帝到唐太宗，从元朝、明朝到清朝。最突出的历史事件都发生在这些强大的时期。汉文明像波浪一样，在她强盛的时期就向着西方一浪接着一浪地涌去；在她弱势的时候就会像短暂退潮的大海一样，暂时减弱她不息的脉搏。中原文明暂时的间歇，并不影响西域对中原文明的向心力，并没有隔断中央政权对西域管治的法理，并不能影响西域的勃勃生机，她自己有一个强大的自我调整功能，当然，其他文明也会在这个间歇期向着西域扩展。文明的交融，既有你进我进，也有你退我进，甚至有时候还会出现你退我也退，就像所有的潮流都同时从岩礁退去一样，朝着不同的方向。

西域，在这样的历史潮流中经过了数千年。随着近代文明史的演进，新疆以其与中原文明的逐渐向心，与中央关系得到强化和加固，在邦畿中国的政治理念中，逐渐成为城郭的一部分。这个趋势，已经成为一个无可改变的历史规律。

瓦罕走廊汉唐古戍堡。彭小满　摄

　　这是因为，每一个强大的朝代检验自己政治理念是否王道向化的重要标尺，就是要不断审视自己的治疆之道，和政策之向背，要不断地向着这个大地的中心去延展自己的政治理念，去检验自己。这一现象，从汉武帝到光武帝的时候就已经显现出来，唐代又是一例，到了明代，力量只能及于今天的哈密，尽管如此，以哈密卫为哨，明代也没有放弃西顾的目光。有清一代，帝王的战略眼光是非常伟大的，康乾奠定了西域与中原王朝的关系，左宗棠挽救和巩固了这种关系，直至新疆建省。历史经历了民国弱症，杨增新的伟大在于他延续了左宗棠的政治与军事成就，因了他的努力，才得以在那样一个势如累卵的时代巩固了这么大的一个区域与中央政府的关系。到了"伊宁事变"（时国民政府的定性）之后，国民政府退出了历史舞台，新疆进入了一个新时代，重新在一个强大中国的版图中获得了新的生命力和内涵。

　　历史经验表明，治政之道，确需要尊重这一片独特的土地往复开来的规律，确需要以谦卑的心态面对自然和人民的力量。

文化泽被，化育久远。作者 摄

张格尔之乱与那文毅公奏议

——兼论民族融合

导论

民族之间不间断的融合，是中华民族一体化的主流进程。

周总理曾经说过，说起民族之间的融合，既有汉族融合少数民族，也有少数民族融合汉族（大意如此）。实际上自有中国以来就没有停止过民族之间的融合，自西南改土归流（封建时代）至今我们很少听说这些地区有什么大的民族问题。最近在看吕思勉先生的《中国民族史》，一直以来我就认为自己是鲜卑族的，自然今天的民族属性上填写的是"汉族"，看了吕先生的著述，确信自己祖上是鲜卑族没有啥大问题了。然而，无论当年的拓跋氏如何强大，今天已经很难找到先祖的痕迹了。如此说来，民族融合的步伐是无可阻挡的，是一个任何人都阻挡不了的大潮流。

所以，我一向不屑于那些洋鬼子和假洋鬼子所谓的民族问题的理论。

因为很多东西不需要理论，正如物价高了就需要调控，房价高了就需要遏制，这需要什么理论吗？老百姓都已经承受不起了，都满腹怨言了，你还自以为得计，不是在自寻死路吗？这需要名人专家来讲什么理论？老百姓的情绪就是天大的理论。民族问题也是一样，千百年来，汉族与少数民族不断融合，相互之间已经很不"纯"了，那些横亘中国北方的"大民族"，如契丹这样的建立了封建王朝的民族消失了，吐谷浑也消融了，甚至，在宗教上至为独立纯粹的犹太人，来到中国的，也消融在中国的冰城和开封。当然，也有很多汉族人融合到少数民族中去了，汉族人被回族吸纳，汉族人甚至还出了客家人，虽不是一个独立的民族，但是我看独立性也是很强的。中华民族，有容乃大，当得起这个评价。这些民族，融合在中华民族这个大家庭中，也没见到有什么"血型"上的不适应，春风化雨，润物无声。至于今天一些苍蝇蚊子的瞎嗡嗡，真的不过是几只苍蝇蚊子而已。

　　我们前文说过，中华民族自有夷狄华夏之分的时候，就开始了不间断的民族融合进程。在《草原帝国》一书中，作者勒内·格鲁塞（法）反复向我们解释了游牧文明与农业文明之间历史周期性的碰撞与交汇过程。这种游牧文明与农业文明的交融过程，既有战争方式也有和平方式。战争中，有对人口的掠夺与征伐，数以万计乃至十万计的人口被突如其来的游牧民族的铁骑裹胁到草原深处，同时，也有北方民族不间断地整个部落、数十万户内附中原，最为强悍的匈奴和突厥诸部都发生过此类内迁的故事，迁来的人口被安置到今天的北方诸省，最后融入汉民族的洪流中。除了战争，也有和平如贸易的方式，人员往来，互为沟通，比如和亲，比如质子入中原王朝。我们今天熟知的两个历史人物就是其中的典型，一个蔡文姬，一个苏武。无论是大漠硝烟的征伐，数十几万人的命运被寄予滚滚的铁蹄，还是一个人的命运把瀚海大漠和麦田依依连接在一起，历史就是这样冷静地告诉我们，我们的先人就是在这样的轨迹中书写下生生不息的历史画卷，

种地也有对历史的思考：阳光，水，锄草除根。作者　摄

　　无可阻挡，无可逆转，或许，应被称之为民族史上的科学定律。甚至，吕思勉先生还提出了这样一个不容忽视的现象，越是那些与汉民族接近、掳掠汉族人多的民族，他们文明进步得就更快，这种现象，是他们自己所未曾想到的，也非他们的本来意愿。

　　我们每一个人都是历史。继承过去，又延续未来。

　　无论我们今天执行什么样的民族政策，民族关系融合的进程仍然如江河东流，不绝如缕。这一规律，对其他国家和民族不一定适用，对中华民族则是经过了七千年历史锤炼过的。正因为如此，北方民族中与中原民族第次亲密接触的匈奴、鲜卑、羌族、突厥诸部、契丹（据称是鲜卑的别支），统治过中原的女真、蒙古族、肃慎（满族）；南方的苗族、粤族等都已经与汉民族形成了鱼水交融的民族关系。这其中，还有阿拉伯文化与中原文化和合而生的回族，也散落在华夏的每一个角落，成为这片土地虔诚的主人。

历史的长河流经今天的时候，暂时出现了旋涡，因为此时出现了礁石，我们来看看到底是什么样的礁石在阻挡她前行的潮流。

新疆与内地的关系，需要用历史的眼光来看待。一切形式主义的东西，都不利于我们今天正确地理解边疆。

首先，新疆不同于内地中原的省份，郡县制曾经短时期在局部地区出现过，大多数时间与中原王朝是一种较为特殊的关系，中央王权在新疆实施的是军府制。这是因为中央王权对西域的统治在历史上大多数时间处于波动状态，不是固定而明确的今天的疆域概念——事实上在历史大多数时期的疆域要远远大于我们今天所拥有的。这种状态直到清代才得到根本性的改变。清乾隆二十四年（1759 年）统一天山南北，把西域逐渐改称为新疆，设官置守，驻军巡查，征收赋税，从而实现了建省设县的治理模式。清政府曾多次对内外宣称："准噶尔荡平，凡有旧游牧，皆我版图。"这一时期的西域疆域概念已经非常明确了。史书有载，不作赘述。清代对新疆的治理，具有近代政治意义上的"典型性"。也就是说，直到 1884 年新疆建省之后，郡县制才得以在新疆推行。打一个比方，不一定准确，但大体上可以说明这种政治上渐进的过程，以及我们理解今天的新疆政治现状离不开对历史的省思。比如，我们在 20 世纪 80 年代就在沿海地区实施了特区制度，而喀什实行经济特区不过是 2010 年新疆工作会议之后的事情，要在社会、经济、文化及体制上追上沿海地区，又谈何容易！两千年之于不到两百年的郡县制，政治社会及人文底蕴当然不能一视同仁。

其次，新疆历史上就是文明交汇地，也是地缘政治的角力场所。这就决定了强权及"利益攸关方"对新疆政治社会总是不遗余力地插手介入。

中国积弱的时候如此，中国强国复兴的时候更是某些国外势力牵制、遏制中国的关口。当今世界，美国、日本、中亚国家、土耳其、部分伊斯兰国家、一些欧洲国家，都积极介入新疆事务。这些影响力，或大或小，或分或合，或集或散，总之离不开破坏新疆多民族区域政治与社会结构稳定的用心。因此，我们不能抱任何幻想，幻想这些外部势力有一天大发善心不再捣乱。相反，我们需要持久地审慎地观察和研究这些外来势力在当今的"介入"方式与力量的强度，此不仅关乎新疆的民族融合，甚至还关乎整个新时代中国的政治安全。"观外"的同时我们要"内视"，古人讲，"内圣而外王"，凡事需以自省为先，如无自省，外因看得再清楚也没有意义。读史以鉴古至今就变得至为重要了。

张格尔之乱与那文毅公奏议（上）

清代顺治 1644 年入主中原，历经四代君主勤勉政事，一统华夏，臻于全盛。

到嘉庆、道光两朝（18 世纪末至 19 世纪初），开始走下坡路。最主要的表现就是吏治腐败严重和财政危机加剧。至此时，清朝政府治理新疆已经百年。百年之中，清朝政府实施了许多有效的治理政策，历任伊犁将军经过中央政府慎重选择，基本上都做到了勤勉王事"为民服务"，加之全国各省区的"对口支援"，每年的财政支持高达 200 余万两白银。这些政策，使新疆社会经济获得了快速发展。

尽管如此，道光初年，受全国政治经济形势的影响，新疆社会经济发展开始处于停滞状态，究其因，就是日益腐败的吏治。各族统治阶级对普通民众的剥削与压迫进一步激化了各地的矛盾。特别是已经长大成人的原和卓后裔张格尔、玉素普等人，在浩罕汗国（今乌兹别克斯坦境）支持下对南疆维吾尔族聚居地区不断侵扰，更使新疆政局变得复杂和不稳，终于酿成道光六年（1826年）和道光十年（1830年）南疆地区两次大规模的动乱。

1820年，萨木萨克死后不久，张格尔就加紧了作乱的步伐。在浩罕汗国玛达里汗的暗中支持下，张格尔聚集数百人袭击了清朝卡伦（边防站）。当时，喀什噶尔边境山区的柯尔克孜首领苏兰奇因受到张格尔的压迫，向喀什噶尔参赞大臣报告了这一敌情。参赞大臣斌静听了之后却并不放在心上，到清军卡伦守军再次向他报警后，这才感到事态严重，急忙派人火速飞报伊犁将军。

此时，张格尔已率领数百人顺利进抵图休克塔什卡伦，距喀什噶尔西北不过百余里，在山区村落烧杀虏掠，清军副护军参领音德布英勇战死。

伊犁将军庆祥闻报后，日夜兼程亲自奔赴喀什噶尔。同时，喀什噶尔帮办大臣色普征额也率兵火速开赴边境御敌，与张格尔匪帮遭遇后，迅即获胜。张格尔仅率20余骑逃回浩罕。

第一次入卡的失败，并未使张格尔认输。他继续在边境地带活动，打出"霍加后裔"的旗帜招揽了一些亡命之徒，积蓄粮草和弹药，并不时对清军卡伦做些小规模的骚扰。

1822年9月，张格尔伙同其弟巴布顶，集结200多人，自边界阿赖岭入境，进入我方乌鲁克卡伦抢劫，伤清军官兵30余人，侍卫花三布阵亡。面对危局，清军游击刘发恒率卡伦守军奋力拒敌，张格尔与巴布顶抵挡不住，又退往边境山区。

在山区观望期间，张格尔突发奇想，派人到喀什噶尔参赞大臣处商谈，要求清朝将喀什噶尔罕爱里克回庄划为其世袭领地，他便不再闹事。

喀什噶尔参赞大臣永芹早已探得浩罕汗国将派兵数千协助张格尔夺取喀什噶尔，张格尔此举不过是妄图以诈降争取时间。

为务求全歼张格尔匪帮，永绝边患，接到边报后，道光一方面要求庆祥严辞回绝张格尔的无理要求，同时命喀什噶尔参赞大臣永芹尽速进剿。

1822年10月3日，永芹领兵300人，开赴边境木吉一带剿敌。不料张格尔已闻风先遁，窜出边卡之外；他见浩汗国答应派出的援兵迟迟不来，也就只好继续招兵买马，在喀拉提锦山区一带，准备更大规模的军事入侵。

为防止张格尔再度入卡为乱，清廷开始在喀什噶尔加强边备。1822年11月，喀什噶尔参赞大臣永芹病故于任上，来年元月，清廷派伊犁将军庆祥出任喀什噶尔参赞大臣；至3月间，又调乌鲁木齐绿营兵500人、战马500匹赴喀什噶尔充实防务。

1823年7月18日深夜，张格尔又领着党徒200余人和浩罕汗国革职军官艾沙所带的60余名安集延士兵，第三次入卡作乱。他们自开齐山入境，以最快的速度绕过清军卡伦，占领了喀什噶尔以北40余公里的阿图什。

在喀拉汗王朝苏图克·博格拉汗的陵旁，张格尔向民众宣布，他此行的目的只是要到喀什噶尔阿帕克霍加麻扎去，以祭拜先祖在天之灵。消息一传开，有不少白山派信徒信以为真，先后赶到阿图什参拜张格尔。

与此同时，喀什噶尔参赞大臣庆祥也已闻报，火速命令帮办大臣舒尔哈善与领队大臣乌凌阿等，率兵直奔阿图什围剿。张格尔忙带着由引诱哄骗而扩充为千余人的部队迎战。这些未经训练的叛军一战即溃。张格尔马上掉头就跑，先往东退往伽师，再向西悄悄迂回到喀什噶尔城东5公里处，占领了阿帕克霍加陵园。

庆祥闻讯，又派千余清兵前往包围了阿帕克霍加陵园。此时，张格尔已派人混入喀什噶尔城内，串通内应发动了变乱，叛匪冲出东门，在清军外围又形成一道包围圈。清军受内外夹击，处于明显劣势。在一个雷雨交加的夜里，张格尔顺利突围。

短短几天，张格尔疯狂煽动宗教情绪与民族仇视，不断招兵买马加强攻势。喀什噶尔附近清军防线已无力再维持，舒尔哈善、乌凌阿等将领，原先的代理喀什噶尔参赞大臣穆克登布等，都先后英勇牺牲。清军残部由庆祥带领退守喀什噶尔汉城。此后，英吉沙尔、叶尔羌、和阗等地清军，也相继被张格尔叛军包围。这时由于闻知张格尔已得手，浩罕汗国也应邀派出 3900 名侵略军赶来，企图与张格尔平分秋色。两股强盗合兵，塔里木盆地西南缘一带陷入了一片硝烟战火之中。

18 世纪以来，英帝国主义就开始把势力的触角伸向我国西藏、新疆地区，并积极物色和培植代理人。张格尔早年在喀布尔求学时就与英国间谍有过往来。这次张格尔入卡时，就有 20 余名英国特工尾随而来，不仅为他充当政治与军事顾问，而且负责为他输送大批欧式军械。在制订侵略计划与训练叛军方面，这些英国间谍是不遗余力的。据西方史料披露，这伙间谍中，曾有 5 人身着当地百姓服装，每天寸步不离地跟着张格尔。正是由于浩罕统治集团与英帝国主义给张格尔撑腰打气，为虎作伥，才使张格尔的叛乱在短时间内得以迅速蔓延。

1823 年 7 月 22 日，张格尔见清军己退入汉城固守，便率兵攻打回城。守在城中的是喀什噶尔维吾尔阿奇木伯克买买萨依提与原喀什噶尔阿奇木伯克郡王玉努斯。他们两人调集数千维吾尔居民和士兵，与敌军展开殊死搏斗，浴血奋战整整 4 天 4 夜，城门被敌人炸开，两人同时为国殉难，上千维吾尔军民战死在敌人屠刀之下。战死的维吾尔勇士在喀什噶尔的历史上，留下了不屈的身影与血染的风采。

张格尔攻陷回城之后，为保存实力，把攻打汉城的任务推给了急于争功的浩罕侵略军，并答应事成之后，割让喀什噶尔为礼物，而且平分其他各城所获的赃物。浩罕军首领喜不自胜，也急于得到当年波罗尼都埋在"古勒巴格"（即当时的汉城）的所谓地下宝藏，同时又轻信了清军不堪一击的胡话，于是将麾下3000兵将齐策于汉城之下。

当浩罕军队抢先发动攻势后，守在城中的庆祥将军率清兵与内地各省籍商民共千余人，冲出城外与敌军接仗，一战杀死敌军800余人，其余受伤者不计其数。浩罕军惨败而退。这时，张格尔才亲自出马，先用水攻，不成，再用地道战术，经数十天鏖战，于9月26日终于攻进汉城。喀什噶尔参赞大臣庆祥将军誓死不降，拔刀自刎以身报国。

翌日，张格尔率大军入城，宣布自己是"赛义德·张格尔·苏丹"（"圣人后裔张格尔国王"）。不久，喀什噶尔以南的所有地方，全部落入张格尔之手。

多年来蒙受清朝地方政府和维吾尔伯克欺凌压榨的喀什噶尔穷苦百姓，特别是其中的原白山派信徒，在张格尔起事初期，曾对这个所谓的"霍加后裔"抱有一些幻想，在单纯的宗教感情支配之下上当受骗。但张格尔一旦大权在握，就开始纵容浩罕侵略军和自己的亲信们对当地人大肆抢掠。正如清朝史料记载的那样："淫虐妇女，搜索财物，其暴虐甚于从前和卓（即霍加）千倍万倍。"而且，凡与清军作战，张格尔就用浩罕军督战，让贫苦百姓上前受死，自己则坐享渔翁之利。如此一来张格尔开始失掉自己在当地人心中的正面形象，加上不断的战乱加剧了贫困，当地百姓不再如叛乱开始时般支持张格尔的叛军。

清朝政府从全国调集4万余人的军队，以长岭为扬威将军，统帅入

徕宁城遗址。作者摄于喀什

疆平乱。经多次激战，至1828年年初，彻底平定张格尔之乱，并活捉张格尔押送北京处死。张格尔之乱与继后的玉素普之乱前后不过数年，为患之深，十分严重，暴露出了清朝政府在治理新疆的政策方面存在诸多不完善的地方。痛定思痛，在当时已经变化了的形势下（国家已经不再强盛，强敌环伺于外），如何才能稳定新疆的政局，如何维护新疆周边的安全，成为当时执政者考虑的首要边疆问题。

与后世的传述不同，相较于明代那些被宦官教坏了的变态的皇帝，清代帝王难得的勤政与睿智。道光帝出招老辣狠准，1827年，即在平定张格尔之乱基本结束的时候，派直隶总督那彦成为钦差大臣到南疆办理善后，就帝国在新疆的治理政策调查研究，以备调整。

后记：浩罕汗国（简称浩罕），古国名。15世纪后期，蒙古帖木儿帝国瓦解。游牧部落乌兹别克人从北方进入中亚，于18世纪初，在佛尔哈拉河流域建立的封建汗国。定都浩罕城。实行贵族专政的封建统治，发展农牧经济，和中国新疆喀什噶尔等地通商。19世纪中叶中亚各汗国互相战争，浩罕征服了中亚重要商业和军事中心塔什干。19世纪30年代国势最为强盛。19世纪中叶帝俄侵略中亚各地，1876年吞并浩罕。

张格尔之乱与那文毅公奏议（中）

那彦成（1763—1833）章佳氏，字韶九，一字东甫，号绎堂，满洲正白旗人，大学士阿桂孙，清朝大臣。乾隆五十四年进士，选庶吉士，授编修，直南书房。四迁至内阁学士。嘉庆三年，命在军机大臣上行走。迁工部侍郎，调户部，兼翰林院掌院学士。擢工部尚书，兼都统、内务府大臣。那彦成三岁而孤，母那拉氏，守志，抚之成立，至是三十载，仁宗御书"励节教忠"额表其门。

这是正史对那彦成（那文毅公）的记载，过于文绉绉。其实那文毅公是个很有意思的历史人物，是一个难得的在民族宗教问题上很有修为的政治家。此公头脑清醒，看待问题准确客观，对待复杂问题很有章法，能够拿出解决办法，套用现在的话说是能够发现问题、解决问题的行家里手。清帝经常把危险和棘手的问题交给他去办，不过想来那公正直为人，不善韬晦，经常事情办利索了之后就受到一些人的弹劾，所以皇帝曾经手诏戒之曰："汝诚柱石之臣，有为有守。惟自恃聪明，不求谋议，务资兼听并观之益，勿存五日京兆之见。"此公，政治上跌宕起伏，既有"张格尔既

帕米尔高原上的打草人，世世代代忠诚于国家的塔吉克族人。彭小满　摄

诛，加太子太保，赐紫缰、双眼花翎，绘像紫光阁，列功臣之末"的风光，也有"十一年，诏斥误国肇衅，褫职"的政治挫折，而死后又得到皇帝的褒奖，道光十三年，卒，宣宗追念平教匪功，赐尚书衔，依例赐恤，谥文毅。《清史稿》载："那彦成遇事有为，工文翰，好士，虽屡起屡踬，中外想望风采"，已是很高的评价了。除了这些有意思的资历外，那公还是阿桂的孙子，正所谓爷爷英雄孙好汉，二月河先生的名作里面有很多关于阿桂的描写，阿桂于征讨大小金川时千里披露清兵兵败之真相，至成为一代辅佐帝王的命世之臣，实是国家之栋梁，社稷之柱石。

那彦成与新疆发生第一次关联是嘉庆帝二十一年，"坐（违犯）前在陕甘移赈银津贴脚价，褫职逮问，论大辟；缴完赔银，改戍伊犁。会丁母忧，诏援滑县功，免发遣。二十三年，授翰林院侍讲。历理藩院、吏部、刑部尚书、授内大臣。道光二年，青海野番甫定复扰，命那彦成往按，遂授陕甘总督。驱私住河北番族回河南原牧，严定约束，缉治汉奸，乃渐平"。

其后，张格尔乱定，这已是道光七年的事情了，道光帝命他赴疆处理善后事宜，前缘既定，这一次是逃不掉了。"七年，回疆四城既复，命为钦差大臣，往治善后事。先后奏定章程，革各城积弊。诸领队、办事大臣岁终受考覈於参赞大臣，又总考覈於伊犁将军，互相纠察；增其廉俸，许其携眷，久其任期。印房章京由京拣选，不用驻防。除伯克贿补之弊，严制资格，保举回避。五城叛产归官收租，岁粮五万六千余石，支兵饷外，余万八千石为酌增各官养廉盐米银之用，有余则变价解阿克苏采买储仓。改建城垣，增卡堡，练戍兵。浩罕为逋逃薮，所属八城，安集延即其一。严禁茶叶、大黄出卡。尽逐内地流夷，收抚各布鲁特，待其款关求贡，然后抚之。诏悉允行。张格尔既诛，加太子太保，赐紫缰、双眼花翎，绘像紫光阁，列功臣之末。浩罕匿张格尔妻孥，诈使人投书伺隙。那彦成禁不使与内地交接，绝其贸易。九年，使人出卡搜求逆属，上虑其邀功生事，召还京，仍回直隶总督任。"一句"上虑其邀功生事"，可以想见此公个性之张扬，也可以想见道光帝之苛刻察人，既是明君，但也已不复乃祖大开大合之胸襟。

张格尔之乱与那文毅公奏议（下）

新疆之治理，根本在于吏治，这是清代清明政治家那彦成的历史论断。有清一代始终将此治政要旨放在治理新疆的首位，尽管封疆之吏未能始终不忘初心。

18 世纪中期清朝政府治理新疆时，正值大清帝国如日中天。经康熙大帝平定疆乱，到乾隆底定江山，始终把新疆的吏治建设放在重要位置。

乾隆这位十全武功老人，这位政治家、军事家和颇富文学修养的帝王，在新疆推行了一系列加强吏治的政策措施，严格考核、发银养廉、严惩犯罪、尊重民族宗教又坚决杜绝宗教干政，等等，对保证新疆有一个良好的吏治起了重要作用。

不夸张地说，乾隆的新疆政策经历了几百余年，到现在看来都闪烁着熠熠光辉。其一，他奠定了后世治理新疆的基本政治理念与模式，此为基石，这是新疆历经政治变迁和战乱以及国家疲弱而未从一统国家分离出去的根本原因；其二，他真正实践了"镇抚"的政治战略，建立了良好的民族关系，他以严明的法律、宽容柔和的宗教民族政策，极大地争取了少数民族对中央王朝的向化；其三，他建立了严格而又互为体系的以满汉军府制为主体、伯克制管理民生的军事与民政相融合的治政体制，这个体制的核心就是对统治集团严格约束，力求睿智（对治政官员，尤其是伊犁将军等主要官员）、娴熟于政治艺术与处理民族事务、廉洁公正。这些都体现了他的政治远见与智慧韬略。

但是，沧桑变幻，一切世间事都是会变化的。乾隆晚年，整个中国的政治环境在不断恶化，吏治在变坏。大清帝国的政治家们，腐败在加重，买官卖官触目惊心，政治的野心与贪腐交织加重了对民众的盘剥，官僚主义、形式主义、教条主义，一切政治之弊，都在侵蚀着大清帝国的政治立国基石。而这些弊端，又无一例外地体现在边疆地区。与内地所不同的是，其性质与后果较之内地更为严重和立竿见影。

严重的骚乱终于发生了。疆事糜烂，其后有那彦成巡视南疆事务。那文毅公给道光帝的奏稿中，主要内容就是关于新疆吏治败坏的诸种表现，以及对原因的深度分析和纠正的策略。这些奏稿归纳起来，不外乎几个方面：

（一）清政府在南疆地区所依赖的维吾尔族伯克们腐败了。他们成了危害清朝在疆统治的第一类初级蛀虫。

伯克们的腐败，无外乎狐假虎威式地对维吾尔族民众的盘剥。那彦成在南疆调研后向道光帝报告：（张格尔之乱的原因）实系回众苦于阿奇木伯克等苛敛。而阿奇木之所以摊派，多由大小各衙门供支浩繁，摊派敛钱，借办公之名，又复指称中饱，肥其囊橐。那彦成举例说："如每月由阿奇木在于各回户名下，按户派红钱二十五文，名为克列克里克。如有不敷，再行续派，以所用之多寡，按户均摊，钱无定数，名为色里克。其各衙门服食日用所需，无一不取给予阿奇木，虽有发价之名，并不发价。"

这段话，读来生涩，说白了，就是当地清政府派驻的官僚一切所需，以及伯克自身的需求，都取之于普通的民众身上，以至于苛捐杂税多如牛毛，甚至都懒得巧立名目，只要没有交足就继续索要，有些名义上需要官府事后补偿，也不了了之。

那彦成上奏的"各城阿奇木陋规"共七条：第一条，各级伯克超过规定，任意扩充自己所属"燕齐"（农奴）数额；第二条，借为巡查官兵提供马匹之名向农民摊派银钱；第三条，阿奇木等伯克借入京朝觐之名，向农民摊派钱物，而且随带过多物品，苦累沿途军台驿站；第四条，随意役使农民为自己开荒种地；第五条，把持市场，控制粮价，从中牟利；第六条，阿奇木借赴任之名向农民索取办公用品；第七条，各级伯克上任时，要向自己的上司伯克呈送各种贵重物品（是称"博勒克"）。

（二）清政府在新疆各地的军政官员腐败了。他们成了动摇清朝在疆统治的根本诱因。伯克们的腐败有的是为虎作伥，有的是水涨船高，在旧的封建体制之下，地主阶级剥削农民、牧民、农奴似乎是天经地义的事情。但是，有清一代在最初的吏治上还属廉明的。随着社会总体走下坡路，这些天高皇帝远的大员末吏开始如同脱缰的野马，不约而同地走向了腐败的不归之路。大清在边疆地区的统治也开始同在中原的管控一样，有些摇摇晃晃了。

那彦成向清帝报告了"各城大小衙门陋规"共有 17 条，第一条：官府日常费用开支要当地阿奇木伯克等供应；第二条，官府需用的物品不直接从市场购买，而是交当地阿奇木伯克等代办；第三条，官员派当地阿奇木伯克等为自己购买黄金、皮张等贵重物品；……第七条，官府超编雇用"通事"（翻译）和"毛拉"（低级宗教人士）；……第十条，官员从市场贱价购买弱小牲畜，交当地人牧养，长大肥壮后再卖掉牟利；……第十七条，阿克苏、库车等地官员借向北京进献土特产之名牟利。

社会是变迁的，也是必然会变迁的。人类文明的进步不断以各种新的形式体现出来，但是，人性的弱点很难改变，任何一种政治体制，如果人性弱点不能有效控制,那它就会如幽灵般在新时代以新的形式体现出来。

善后治政：那文毅公奏议之后

道光帝派那彦成考察新疆吏治存在的弊端后，对那氏之奏中反映出来的新疆治理问题大为震怒。皇帝大人在那彦成的奏折中批示道：这些陋规，"行同饕餮，殊出情理之外。已往者虽施恩不究，若不杜绝，将来又复如故。无怪乎一夫不逞，万夫响应。丧心昧良，深堪发指。设非公忠体国之大臣，孰肯和盘托出，可嘉之至"。

这段话有三层意思，一是说这些贪赃枉法的官员，像贪婪的饕餮一样，丧心病狂，令人发指，没有人性和良心了；二是说已经犯的就算了，我开恩赦免这些混蛋，但是如果不采取措施加以防范和杜绝，将来又这样，那还是会再出现一个人为非作歹、上万个人跟着作乱的危局；三是说你那彦成真是个好官啊，但凡是不把国家社稷放在第一位的人，是不会把这些丑事和盘托出的，非常值得表扬啊。

道光帝说起来头脑还是很清楚的。不仅如此，他还采纳了那彦成的一系列措施和办法纠正张格尔之乱后的局面，期以从根本上改变新疆吏治存在的问题。

脑子极为清楚的道光帝为杜绝各项"陋规"立马就采取了一些措施，一点没有"研究研究"再说的官僚主义，这些措施现在看起来简洁明了，真是充满智慧：

第一条，在南疆各地官府衙门（包括阿奇木衙门）前，一律立石，刻写明令废除上述种种"陋规"的文字，并把这些内容广为印刷，在各维吾尔乡村张贴，使广大农民群众都知道。这一办法，比现在的互联网传播

艰苦朴素的兵团老一代领导人肖风瑞。陈平提供

速度还来得直接有效，目的是发动群众进行民主监督，那些官员伯克们再蒙老百姓就不大好办了。

第二条，各城驻扎办事、领队大臣每季度检查一次有无官员伯克违法乱纪，重犯各种"陋规"行为，上报喀什噶尔参赞大臣。喀什噶尔参赞大臣每年汇总上奏北京中央政府。这一条，用现在的流行语就是"自查自纠"。

第三条，伊犁将军统辖全疆各地，要破除情面，认真履行职责，监督查办各地违法乱纪的官员伯克。这一条讲的是一把手的职责。

第四条，如果章京（秘书一类的官员）伯克有违法乱纪、贪污腐败行为，由当地主要官员奏明中央政府查办。如果当地主管官员徇私枉法、包庇不报而被喀什噶尔大臣查处奏报，则把当地主管官员查处。这一条重在打击官官相护。

第五条，各城办事、领队大臣如果重犯上述各种"陋规"，或变换名目，经喀什噶尔大臣参奏，即援乾隆五十四年和阗领队大臣格绷额贪污案处死刑，参与的也要处死刑。这一条也有意思，是为重犯重罚。想起我们现在正在大幅讨论减少死刑的诸般报道，真不知道一个死刑了了的社会如何震慑日益猖獗的贪腐与黑社会。

第六条，有人会问了，怎么总看到喀什噶尔参赞大臣参别人，他犯法怎么办？这一条就是管这个的，他要犯法，各城的办事和领队大臣可以参，如果伊犁将军知情不报（指官员伯克犯法），也要严办。

第七条，各地农民群众如果被当地官员伯克非法摊派粮款，可以到喀什噶尔大臣衙门和伊犁将军衙门上告。如果这两个大爷不受理查办，可以到北京中央政府直接告发，如果上告属实，可以免除"坐罪"（诬告或起诉之罪），如果不实则要照例治罪。最有意思的就是这一条了，这是个上访条款，说起来，很有现代民生意识的。不过，我们也不可复古非今，因为，以当时的条件来看，这是一个说说罢了装样子的条款。按照当时的交通，一路有人车接马迎的林则徐和纪晓岚还要逾时一年半载的才能到乌鲁木齐和伊犁将军府（今伊犁），就别说被官员榨干了的普通老百姓了。

不过，总兹七条，反映了一个封建帝王的政治决心和意志，其思想和政治理念，还是相当有水平的。不仅如此，道光帝还完善加强了考核监察制度和干部的选拔任用制度，并增加了养廉银钱发放数额。

道光帝的惠政维系了新疆百余年与中央王朝的关系，无论局势如何动荡，新疆没有从中国分离出去，等到阿古柏残暴统治，左文襄公抬棺西出玉门收复西域，大军所及人民箪食壶浆以迎接天朝军队的时候，我们不能不感念道光帝的智慧与远见。以古鉴今，唯有强力控制腐败、建立廉明政治的法治社会，才能够全局安而一隅宁。

坚冰已经融化，道法复归于自然。作者 摄

跋　Postscript

（一）

与《骆驼刺》邂逅，瞬间有一种书稿之外无以言表的意绪。当我接受作者和责编的安排，起草这段跋语时，恰好党的十九届六中全会召开，党中央决议中一些新提法、新概念，尤其引起我的特别注意。它们代表着我们党的与时俱进，对于一些重大问题、重大决策，在新时代背景下的重新认识、重新确定。这一切让我多生感慨，在一个人的平生经历中，该会有多少这样不可思议的机遇与巧合，偶然带必然，梦幻伴现实！

1981 年底，我大学毕业到省委机关当干事。不久，成为一位从边疆调入内地的领导同志的专职秘书。尔后的五年秘书生涯，乃至在他的后半生中，我们不是普通的上下级关系，我们亦师亦友，我们宛如父子。尽管在政治生涯中，我非常讨厌庸俗的人身依附，共产党员的身份，工作岗位的同事，尤其是作为一个社会的人，我们彼此都是独立的、自我的。但是，知心、会心、交心，则是任何身份界限也挡不住的。正因为如此，我们各自都是一种客观的存在，彼此不同阶位相同认知的对话和讨论时常发生，相互之间的欣赏、质疑和批评同时具备。正因为如此，我有不少机会，听他谈论过调动到内地的原因，听到过当时总设计师在他的请调电报上写下的，"某某同志明显是有意见的"的批示。

党内的不同意见如何处理？我们的组织原则是"下级服从上级""少数服从多数"。作为顶层决策者，我相信当事人一定明白这意见虽铢两分寸却分外珍贵，但更明白当下什么是最重要的事情，什么是大局和全局，什么是协调与平衡，什么情况下该坚持的、该忽略的权重。同时，也正是这些意见的搁置，让我进一步理解了另外一个真正的共产党员的铮铮铁骨，一个成熟的政治家的洞晓世事、预见睿智、高瞻远瞩；理解什么是坚持真理的斗争精神，什么叫原则问题绝不退让的高贵品质。当然，他本人，按世俗的说法，付出的代价也是沉重的。

外国的名流评价，"中国人总是被他们中间最勇敢的人保护得很好"。其实，他们并不了解，中国的领导者，拥有百年奋斗历史的中国共产党人，还有一个最为珍贵的法宝——"自我革命"。尽管对一些根本问题的认识，需要时日，甚至需要40年，但"自我革命"总是能够扑捉到这些缺陷，弥补上这些不足。"勇敢斗争"和"善于斗争"让坚持真理颠扑不灭，给予一个政党政治的坚定和生命的活力，永远具备先进性；"自我革命"则不断地净化、剖析、反省自己，让自身肌体的纯洁成为可能，并且纯洁性不断保持。

2021年某一个夏日，我和作者沈思一还有这本书的责编范云平坐在一起，回顾上述的这么一段难忘的历史，我的一些刻骨铭心的经历。我谈得那样投入，绘形绘色，让两个人感叹不已。当时，我们只是想到，党终究会纠正自己，从血的现实中不断认识和抬升自己，但无论如何也没有想到一切来得这么快。我们有了党的十九届六中全会，有了党的历史上的第三个决议。（2021.12.9）

（二）

沈思一的《骆驼刺》是一本大书，尤其是书稿中的第一方阵，阅读起来，仿佛有一种面对《瓦尔登湖》的感觉。但如此耗神、费心、劳力为这本书稿做一些编辑工作，包括也许是多余的修改加工，分明是来自另外一种感情，对新疆地区的特殊感觉、感受、感悟，爱之也切，念之也深，缘于情之所系、思之所至。

我第一次到新疆是 20 世纪 90 年代，参加全国少儿社长年会，好客的主人拉着我们走了新疆的西线，让我充分感觉到天高地远的广阔。后来又有一次探亲之旅，表姐的女儿安排了伊犁为圆心的周边游走，算是一次深度旅游，弥补了一些走马观花的遗憾。再后来就是奉命在新疆和田地区的深度调研，那不是在看景阅风，而是在读人读心。我极难忘的记忆，是村民们最开始应对我们的眼神，和后来与当地年青人的扪心而谈。形与神，言和语，给我留下无法磨灭的印痕。正是撰写那次调研的汇报材料过程中，我打开了时光的闸门，甚至拿出了 30 年前我所服务过的领导同志的原始文本，其中的先见之明，让调研组众多同事由衷折服……

审读《骆驼刺》书稿，仔细品味起来，我的思绪是复杂的。既为作者对良辰美景的抒写牵引，景、行、食、色，都给我一种重新体悟的尝试，又对以前的深刻印象挥之不去，思绪万千，辗转反侧，再三咀嚼。也许正是这种复杂的心绪，让我不至于在作者的亲情奔放、生花妙笔之下走神、迷失，我竟然还真切看出一些毛病和缺陷来。我并不推崇好的文章应当千锤百炼，不赞成"文章不胜改"，尤其是不喜欢出版社的编辑对作者文稿的大删大改、伤筋动骨。可是，对这本书稿的异常情绪，让我一反常态，批批划划，竟有了许多。无边的情绪化，几乎让我一时难以把控。作者能接受吗？

　　全书的整体印象尚佳，不仅插图美，那些图片反映了作者笔下的自然生态，的确是相映生辉；而且，后几部分的历史陈述，提高和延伸了整部作品的抒写空间、历史内涵，把文气拉回到作者自己特别娴熟的语境之中，一改第一部分中略有生涩和语塞，一下子变得逻辑缜密，结构严谨，叙述明白，详略得当。当然第一部分也是瑕不掩瑜，是块可以久经打磨的璞玉。

　　还能说些什么呢，我已经把自己的所思、所悟、所见全部凸凹进书稿的字里行间了，粗粗算来也有三四百处，再总结归纳等等，明显是多余的。况且很多地方的删改，是只能做不能说，或者无法用言语来表述的。于是，只好把这些一反既往的编辑心绪写照，一骨脑儿地送给责编和作者，只希望他们照单全收之后，不忘初心，不负初衷，坚持自己的风格、品格，坚守自己的城堡、壁垒，最后让大作玉树临风。　　（2021.8.7）

（三）

　　本书稿是作者沈思一先生的作品合集，全书倾注了作者对新疆、对新疆地区少数民族的炽热感情，是一部不可多得的民族和睦、民族团结、民族同心的时代颂歌，很好地体现了总书记倡导的"高举中华民族大团结旗帜，促进各民族在中华民族大家庭中像石榴籽一样紧紧抱在一起"的指导思想。

　　纪事属于文学作品范畴，但沈先生的作品又因为他的亲身经历、亲自感悟，用生动语言、形神毕肖，讴歌"我们都是中华民族共同体的一分子"，讴歌"各民族要像石榴籽一样紧紧抱在一起"的社会现实，讴歌新疆地区改革开放发展的飞速前进，新疆各族人民热情善良勤奋勇敢智慧的精神境界。全书故事生动，语言亲切，主题鲜明、导向正确，具有艺术性和可读性，恰当地体现了思想内容与艺术表达的有机结合，是一部难得的民族文化融合读本。（2021.9.7）

（四）

在我们中华民族的历史上，哪里有什么"沪人""豫人""鲁人""浙人""苏人"这些概念，同理，所谓的"疆人""藏人""蒙人""港人""台人"的概念也是根本不存在的。讲"某人治某"，本身就不符合历史认知，不是科学概念，也违背社会自然规律。在中国的版图上，大家都是中华民族的一分子，都是有着中华民族血统和基因的炎黄子孙，我们不仅有着文化同根，更有着血脉同源，正因为如此，中华民族以它五千年血脉不断而雄踞世界民族之林。总书记曾在和美国总统的交谈中，形象地比喻，"所以我们这些人，都是原来的人，延续着黑头发、黄皮肤，我们叫龙的传人"。作者关注这些立足点，聚焦这些基本点，强化这些关键点，用情炽烈，丹心可嘉。

我们欣喜地看到，在十九届六中全会上通过的决议中，针对"一国两制"的香港、澳门特别行政区，强调的是"爱国者治港""爱国者治澳"。总书记一再教导我们："维族同胞说我们要像石榴籽一样抱在一起，这个词很形象。各民族就要像石榴籽一样紧紧抱在一起，我们都是中华民族共同体的一分子。"习近平总书记在第二次中央新疆工作座谈会上再次强调："各民族要相互了解、相互尊重、相互包容、相互欣赏、相互学习、相互帮助，像石榴籽那样紧紧抱在一起。"我们生活在不同的省市区所辖地，

生活在不同的山林湖海江河草原边，我们都是中国人，都是中华民族一份子。（2021.12.6）

（五）

作为一个做了三十多年专业的出版人，我最希望看到的是，经过作者的勤奋观察、努力写作，把前一部分和后一部分逐步充实起来，各自为册，各成专著，各领风骚。诗歌部分，嗬，再等一等吧。

是为跋。（2021.12.10）

刘建生

中宣部出版局原副局长

中国期刊协会副会长